W0270707

FISCHER LOGO

für den Spielraum im Kopf

Ein Kaleidoskop logischer Unterhaltung,
rätselhafter Spiele
und verständlich verfaßter Wissenschaft

Über dieses Buch »Ich *will* lineares Denken durchbrechen, Mauern niederreißen und dahinter etwas finden, das wahrer ist.« Dieses Credo gilt für Rudy Ruckers Sachbücher wie für seine *Fiction*, die, obwohl mit *Science* angereichert, doch nicht einfach *Science Fiction* ist ... Die witzige, originelle, wendige Verknüpfung von ungewöhnlichen *Stories* und naturwissenschaftlichen *Facts* zeichnet auch diesen Roman aus, dessen Thema (unter anderem) »ein bestimmter Aspekt der Struktur des Raumes« ist.

Über den Autor Rudy Rucker liebt Rockmusik, moderne Physik und Bewußtseinserweiterung in (fast) jeder Form. Als Sachbuch- wie als (Science)Fiction-Autor beschreibt er die Grenzgänge des Verstandes durch die Möglichkeiten der Naturwissenschaften.

Als Fischer Taschenbuch lieferbar: ›Mixmischmasch. Geschichten aus der Hypersphäre‹ (Bd. 8705), ›Lichtfänger‹ (Bd. 7586) und ›Lafcadio und die Sexkugel‹ (Bd. 8704).

Im Wolfgang Krüger Verlag lieferbar: ›Der Ozean der Wahrheit oder Die fünf Arten zu denken. Mathematische Meditationen‹ und ›Herr über Raum und Zeit‹ (Roman).

Rudy Rucker

Gödel, Zappa, Rock 'n' Roll

Ein Roman vom Paradies der Zukunft

Aus dem Amerikanischen
von Udo Breger

Fischer
Taschenbuch
Verlag

Deutsche Erstausgabe
Veröffentlicht im Fischer Taschenbuch Verlag GmbH
Frankfurt am Main, Oktober 1989

Die Originalausgabe ›Spacetime Donuts‹ erschien im Verlag
Age Science Fiction Books, New York

Umschlaggestaltung: Manfred Walch, Frankfurt am Main
unter Verwendung einer Computergrafik aus:
›Computer Graphics in Japan‹, Tokyo 1985
Gesamtherstellung: Clausen & Bosse, Leck
Printed in Germany
ISBN 3-596-28708-1

Inhalt

Vorwort 9
Einleitung 11

TEIL I

Vernor Maxwell 15
Völlig abgefahren 23
Alice schwimmt 29
Waxy's Travel Lounge 35
Vision 41
In Handschellen hinein, im Mamboschritt hinaus 49
In Micks Gewalt 55
Trips 62
ZZ–74 69

TEIL II

Escherichia coli 77
Theorie und Praxis 83
Wirklich, im Vergleich zu was? 88
Hyperraum 94
Gott 100
Ausgänge 105
Phizwhiz 111
Eine wunderschöne Landpartie 119
Star Fucker 124

TEIL III

Blut 133
Wein 139
Drei Häuserblocks 144
Vereint 149

Am Himmel 155
Platz 160
High Splits 164
Das Eine und das Viele 170

Für Kurt Gödel,
Mick Jagger und 1972

Vorwort

Die Ereignisse wollten es, daß ich mich 1972 am Rutgers College wiederfand und eine Doktorarbeit zum Thema Mengenlehre anfertigte. Rutgers liegt in der Nähe von Princeton, wo das bedeutende Philosophie-Genie Kurt Gödel lebte. Ich begegnete ihm verschiedene Male und war zutiefst beeindruckt. Diese Begegnungen werden im vierten Kapitel meines Pop-Philosophiebuches, *Die Ufer der Unendlichkeit* (W. Krüger, Frankfurt 1989), näher beschrieben.

Die Ufer der Unendlichkeit enthält (im ersten Kapitel) darüber hinaus meinen Versuch einer Erklärung des wichtigsten wissenschaftlichen Drehs im vorliegenden Buch: der Zirkularen Skala.

Ein schwer zu bewältigendes wissenschaftliches Problem, das nicht unerwähnt bleiben sollte, ist mein Gebrauch Schwarzer Löcher im Miniaturformat. Neuesten Theorien zufolge sind derlei Objekte instabil und können nicht existieren. Holeflaffers Technik der Magnetischen Monopolinjektion aus dem Jahre 2038 wird diese Schwierigkeit, praktisch genommen, allerdings beseitigen.

Eine Woche bevor ich vorliegenden Roman zu schreiben begann, sahen meine Frau Sylvie und ich die Stones in Buffalo. Irgendwer verkaufte uns vor den Toren des Konzertgeländes Tickets zu überhöhten Preisen, und wir fanden uns in der dritten Reihe wieder. Das Konzert übte eine gewaltige Wirkung auf mich aus... und das Tolle war, daß die Musik so laut war, daß man nach einer Weile nicht mehr sagen konnte, welchen Song man hörte. Einen weiteren, wesentlichen musikalischen Einfluß auf dieses Buch hatte natürlich Frank Zappa. Die zitierten Strophen am Ende des Kapitels Sieben stammen aus dem Song »Stink-Foot« und erschienen auf Zappas Album »Apostrophe«.

Weniger Augenscheinliches wurde Thomas Pynchons »Die Versteigerung von No. 49« entnommen, ein Buch, welches sich unter anderem mit einem bestimmten Symbol auseinandersetzt, einer Art stummen Posthorns, das etwa so aussieht:

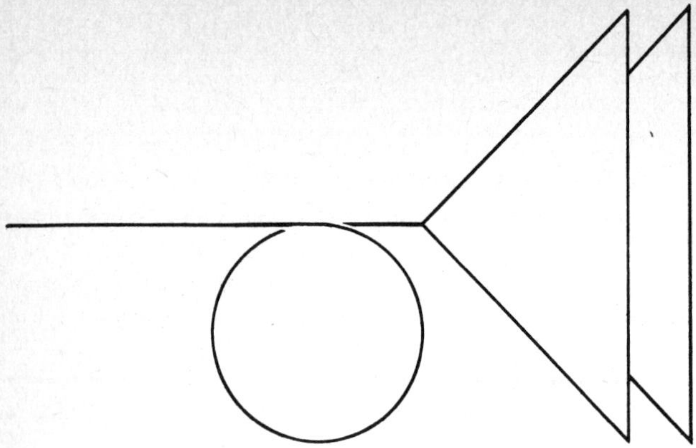

Bis zu einem gewissen Grade fußt die Handlung von »Gödel, Zappa, Rock 'n' Roll« auf diesem Symbol. Noch genauer betrachtet, sieht die Handlung so aus:

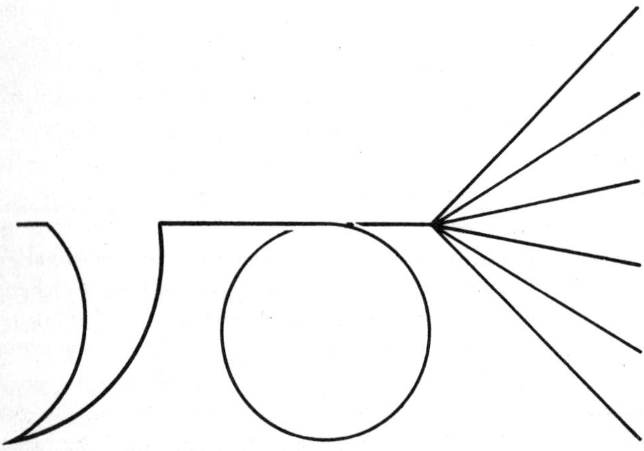

Die Teile I und II von »Gödel, Zappa, Rock 'n' Roll« wurden in den Ausgaben Nr. 7 und Nr. 8 der Zeitschrift »Unearth« veröffentlicht. Bevor Teil III erscheinen konnte, war das Unternehmen gezwungen, aufzugeben. Hier aber nun liegt endlich die vollständige und von anstößigen Stellen nicht gereinigte Ausgabe des Neo-SF-Untergrundklassikers vor... Hereinspaziert, Herrschaften! Immer hereinspaziert!

Rudy Rucker
Lynchburg, Virginia, 7. Mai 1981

Einleitung

Anstatt »Amerika« nannten sie es damals »Us« (= »Uns« oder »Wir«). So wie in jenem weitverbreiteten Slogan »Us is Users and Users ist Us«, was sinngemäß übersetzt soviel bedeutet wie: »Wir Amerikaner sind ›User‹ (= ›Benutzer‹), und User machen Amerika aus.« Der Gouverneur brachte das in den meisten seiner Reden an; Reden, die stets in den Satz mündeten: »Us needs you 'cause you're Yonique«, was soviel heißt wie: »Wir brauchen euch, weil ihr einzigartig seid.«

Was natürlich 'n Haufen Scheiße war. Es gab Drohnen und es gab Träumer, und damit hatte es sich ungefähr schon, was das ›Einzigartig‹ betrifft.

Die Drohnen hausten in von Robotern errichteten Vorstädten. Tagsüber bedienten sie sich für den Weg ins Büro der Laufbandröhren. Ihre Hauptaufgabe in der City bestand darin, Sondierungsfragebögen auszufüllen.

Die Träumer lebten in weiträumigen Apartmentblocks zusammen. Einen Träumer auszumachen war, wegen der Muffe am Hinterkopf, einfach. Wenn man ein Träumer war, stöpselte man in diese Muffe jeden Abend einen Draht. Wie eine Telephonschnur.

Die Fragebögen der Drohnen und die Gehirnwellen der Träumer endeten alle in Phizwhiz, einem ausgedehnten Netzwerk untereinander verbundener Computer und Roboter. Phizwhiz war stets im Bilde, nach was es die Träumer dürstete. Wenn das, nach dem sie verlangten, unmöglich oder unsicher war, dann war es an Phizwhiz, das, was die User im Sinne hatten, zu verändern, bevor sie dahinterkamen, daß sie etwas Unmögliches oder Unsicheres wollten. Phizwhiz führte das aus, indem er ununterbrochen die Hollows regulierte, die jedermann sah.

Die Hollows waren Hologramme... dreidimensionale, vielfarbige, lebensgroße Bilder, die den ganzen Tag über plärrten und flimmerten. Jedermann verfügte über ein kleines wattiertes Zimmer, das »Nest«, mit einem Hollows-Empfänger am Fußboden. In seinem Nest konnte man sich gegen die gepolsterte Wand lehnen und auf einer Jacht im Mittelmeer kreuzen oder sich in vertraulichem Gespräch mit dem Gouverneur befinden, der einem ein Geheimnis anvertraute; bei einer Razzia im Interesse der öffentlichen Sicherheit oder mit einem wohlgesinnten und wohlansehnlichen Paar im Bett.

Das alles war so real, daß die Users – ob Drohnen oder Träumer – an das übrige Leben keine großen Ansprüche stellten. Daran gab es auch nichts zu bemängeln, hatte Phizwhiz es doch soweit gebracht, alle richtige Arbeit, die es gab, auszuführen. Dies war teilweise auf menschliche Faulheit zurückzuführen, teilweise darauf, daß Phizwhiz so programmiert worden war, menschliches Leben über alles andere zu stellen. Als die Menschen noch in Fabriken, auf Feldern und in Laboratorien arbeiteten, hatten sie dazu geneigt, sich Verletzungen zuzuziehen. Somit hatte Phizwhiz, als das Jahr 2165 anbrach, es so eingerichtet, daß der Durchschnitts-User niemals Regulierungsvorrichtungen anrühren mußte, die gefährlicher waren als ein Kaltwasserhahn.

Es war ein beschauliches Dasein, und während Phizwhiz einem im Hirn herumstocherte und die Hollows manipulierte, war man psychisch gewöhnlich beeinflußt genug, seine Bauchschmerzen zu vergessen, bevor man noch wußte, daß man welche hatte. Gewöhnlich. Es gab allerdings Probleme, die man nicht so leicht vergessen konnte. Zum Beispiel, daß die Maschinen niemals etwas wirklich richtig machten. Und die Tatsache, daß es keine echten Veränderungen mehr gab. Keine neuen Erfindungen, keine neuen Ideen, nicht einmal irgendwelche wirklich neuen Shows in den Hollows. Phizwhiz war glücklich, aber »Us«, Amerika, langweilte sich.

Irgend jemandem kam dann die Idee, daß Phizwhiz möglicherweise kreativer sein könnte, wenn ein paar menschliche Hirne sich direkt in das Netzwerk einbauen ließen. Der Gouverneur appellierte an die Träumer, ihre Gehirne mit Phizwhiz' Innerstem kurzzuschließen, und ein paar ambitionierte Freiwillige meldeten sich.

Diese Art von Zusammenschalten war etwas ganz anderes als das zimperliche Stochern der Dreamachine, jenes elektronischen Meinungsforschers, der die kollektive Reaktion der Träumerhirne auf verschiedene schwache Stromstöße und Wellenarten allnächtlich überwachte. Die unglaublich gesteigerte Denkaktivität und die Überfütterung mit Information, die man beim *vollen* Miteinander-Verzahnen mit Phizwhiz durchmachte, verwandelte all die geistig und körperlich gesunden Leute, die es mal probieren wollten, binnen weniger Minuten, nachdem sie sich angestöpselt hatten, zu sabbernden Vollidioten.

Es fing an auszusehen, als wären die Users mit ihrer lauen, festgefahrenen Gesellschaft in eine Sackgasse geraten. Aber dann erschienen die Angels auf der Bildfläche.

Teil I

Kapitel 1

Vernor Maxwell

Vernor Maxwell wuchs in einem Wohnhochhaus in Dreamtown auf. Als er dreizehn war, nahm sein Vater ihn mit, um ihm seine Steckdose einbauen zu lassen, und zur Belohnung erhielt die Familie einen neuen Empfänger für ihr Hollowsnest. Am Anfang störte ihn das Ding, und er lag stundenlang wach, während die Dreamachine fremdartige Bilder und Gefühlsempfindungen in sein Hirn sickern ließ. Es währte jedoch nicht lange, und er fing an, eine gewisse, fast sexuelle Lust zu empfinden, wenn sein Innerstes sich allabendlich auf mysteriöse Art und Weise mit allen anderen verband. Manchmal stellte er sich vor, wie strahlende Impulse durch die Leitung aus seinem Kopf strömten, durch die Dreamachine hindurch und in das unbefleckte Hirn eines jungen Mädchens hinein. Die älteren Jungs prahlten damit, wie sie ihre Gehirne direkt mit denen ihrer Freundinnen kurzschlossen, und zeigten Vernor die kurzen Verbindungskabel, die sie benutzten.

Schule war nicht. Die morgendlichen Kinderprogramme der Hollows lieferten die ganze Ausbildung, die die Users-Kinder jemals brauchen würden. Kein Mensch kümmerte sich darum, ob die Kids die Sendungen ansahen, aber das brauchte man auch nicht. Die Shows machten Spaß, und Vernor ließ selten eine aus. Wurde es ihm mal langweilig, spielte er so lange an den Bedienungsknöpfen des Hollows-Empfängers herum, bis das Nest mit herumschwirrenden Lichtklümpchen und Bilderfetzen angefüllt war. Nach einiger Zeit würde seine Mutter hereinkommen und ihn anbrüllen, es wieder richtig einzustellen. Und er würde an den Knöpfen drehen, bis die Hollows wieder ihr normales flimmerndes und körniges Bild zeigten, und dann auf die Straße gehen, um mit seinen Freunden zu spielen.

Als er dann sechzehn war, bestand das ›Spiel‹ hauptsächlich darin, sich mit Downers und Seegras vollzuknallen. Für gewöhnlich nahmen User beides zusammen, trans-steroide Tranquilizer und Seegrasjoints. Seegras war eine mutierte, im Wasser lebende Abart von *Cannabis sativa*. Man brauchte lediglich einen Samen in einen uringefüllten Eimer zu tun, und sechs Wochen später hatte man ein halbes Pfund Seegras. Die Erwachsenen sagten, man würde verrückt, rauchte man es, ohne Downers zu nehmen, um den Trip glatt ablaufen zu lassen, und vielleicht hatten sie da recht. Aber die Kids fuhren fort, einigermaßen gut zu funktionieren, nachdem sie dahintergekommen waren, daß Downers dem Gras lediglich die Wirkung nahmen.

Eine Menge Dreamerkids hatten es auch mit Elektrizität, die sie sich unverdünnt in ihre Schädelmuffe leiteten. Man konnte eine gewöhnliche Trockenbatterie an seine Muffe schließen; stellte man es recht an, konnte man eine halbe Stunde lang kommen... und, stellte man es falsch an, von Krämpfen geschüttelt ohnmächtig werden. Batterien waren natürlich illegal, aber es war nicht allzu schwierig, an sie ranzukommen. Nicht viel schwieriger als an Drogen, die für jeden über achtzehn legal *waren*. ›Legal‹ und ›illegal‹ waren in Dreamtown schließlich keine so wichtigen Begriffe. Die Stadt verfügte über eine Polizeimacht, gemeinhin bekannt als die Schmiere, aber die Schmiere tendierte dahin, sich aus Dreamtown herauszuhalten. Die Hollows ließen jeglichen Massenaufruhr, den die Dreamachine entdeckte, gar nicht erst aufkommen, und die meisten Träumer besaßen nichts, das sich zu stehlen gelohnt hätte.

Die gewitzteren Kids schickten sich mit Hilfe von Handkurbel-Dynamos Elektrizität impulsweise durch die Muffen und nannten sich Elektrofreaks. Vernor versuchte es mehrere Male, hatte einen epileptischen Anfall und gab es auf. Er hatte angefangen, sich zu wünschen, überhaupt keine Muffe zu haben. Das allabendliche Anstöpseln und das mit allen anderen Träumern, fleischlichen Komponenten von Phizwhiz, kurzgeschlossene Herumliegen vermittelte ein passives, suchtmäßiges Gefühl. Nachdem man eine Nacht mit dem weichen Knubbel am Hinterkopf verbracht hatte, während Gedanken und Gefühle durch das spiralförmig gewundene Kabel hin- und herfluteten, wußte man niemals so genau, was sie eingegeben und was sie herausgenommen hatten. Manchmal hatte man morgens das Gefühl, als hätte man jedermanns Traum geträumt, alles eng miteinander verwoben, und man konnte niemandem ins Gesicht blicken... aber kein Mensch redete darüber.

Als er zwanzig war, fing Vernor an, sich in der Bibliothek herumzutreiben. Da es so viele Leute und so wenige richtige Jobs gab, entstand keine Ermutigung, irgend etwas anderes zu sein als ein Träumer; wenn man aber Interesse hatte, konnte man per auf Tonband aufgenommener Hollowcasts in der Bibliothek praktisch alles studieren. Vernor interessierte sich für die Wissenschaften und beschäftigte sich mit den meisten wissenschaftlichen Einführungskursen, die auf Band aufgezeichnet worden waren. Physik und Mathematik interessierten ihn in ganz besonderem Maße, und schon bald hatte er den Bibliotheksbestand an Tapes auf diesen Gebieten erschöpfend behandelt.

Es wurde für ihn notwendig, das Lesen zu lernen. Die Hollows-Programme hatten ihn Buchstaben, Zahlen und das phonetische Lesen kurzer Wörter gelehrt, aber er hatte niemals wirklich ein Buch gelesen. Das erste Buch, das er las, war Abbotts »Flächenland«, und seine archaische Sprache und wunderlichen Ideen zündeten Vernors Einbildungskraft. Und indem er seine Studien auf den Gebieten Quantenmechanik, allgemeine Feldtheorie, Geometrodynamik, relativistischer Kosmologie, mathematischer Logik und Philosophie der Wissenschaft betrieb, wurden aus Monaten Jahre.

Er entdeckte, daß, wenn er auf dem Tisch schlief, ihn die Reinemacheroboter nicht störten, also fing er an, seine Nächte in der Bibliothek zuzubringen. Auf diese Art und Weise brauchte er sich nicht länger an die Dreamachine anzuhängen. Wenn er zu Hause schlief, war es unmöglich, sich nicht anzustöpseln; das Bett verfügte nämlich über einen Gewichtssensor, der einen ›Erinnerungswecker‹ losgehen ließ, sofern der Bettbenutzer sich nicht richtig angestöpselt hatte.

In der Bibliothekshalle gab es sogar einen Zapfhahn für Dreamfood, also stellte er seine Besuche zu Hause bald gänzlich ein. Als er seinen Eltern erzählte, daß er in der Bibliothek wohnte, waren sie stolz... bis sie herausfanden, daß Vernor sich keine technischen Fertigkeiten aneignete, die ihn eines Tages befähigen würden, einen Job zu finden. Ein Träumer zu sein war natürlich so etwas wie ein Job... der tägliche Hollowcast in Dreamtown endete mit einem Slogan, mit dem man beabsichtigte, diesen Glauben zu fördern: »Wir Amerikaner brauchen euch, weil ihr einzigartig seid.« Ganz gleich, wieviel Propaganda, wie viele Hollows des Präsidenten, der sagte, »Wir Amerikaner sind User, träumt uns unser Morgen«; nichts konnte das traurige und verborgene Wissen um ihre Nutzlosigkeit löschen.

Aber Physik und Mathematik studieren? Was war das Gute daran? Physiker gab es längst nicht mehr, obwohl es nicht ausdrücklich illegal war, Physiker zu sein. Was illegal *war*, war das Durchführen von Laborexperimenten. Das war zu gefährlich... gefährlich für den Experimentierenden und gefährlich für die Gesellschaft, auf die dieser seine neuen Entdeckungen anwenden mochte. Mathematik und theoretische Physik waren legal, aber niemand würde es finanzieren, diese Fächer zu studieren; bestand doch allgemein die Auffassung, daß Phizwhiz, was die Wissenschaft anging, viel besser war, als ein Mensch es hätte sein können.

Wie jede öffentliche Auffassung über Wissenschaft war dies falsch. Phizwhiz war kein besonderer Wissenschaftler. Er wußte genug, um alte Hypothesen in Frage zu stellen, aber er hatte keinen Zugang zu je-

ner inneren Vision des Absoluten, welche die Arbeit des wahren Wissenschaftlers durchdringt.
Vernor hatte vom Versuch der Einwohner Amerikas gehört, Phizwhiz Seele zu verleihen, ihn direkt mit den Gehirnen bestimmter Träumer kurzzuschließen, und manchmal dünkte es ihn, daß, wenn überhaupt jemand die Fähigkeit besitzen würde, eine solche Erfahrung zu überleben, es Vernor Maxwell wäre. Auf seinem Bibliothekstisch liegend nahm er viele wundersame Trips, rauchte Seegras oder tripte auf LSD. Er hatte die Welt sich verfestigen und zu Staub zerfallen und lediglich einen schwachen Hauch abstrakter Beziehungen zurücklassen sehen. Er hatte die Mücke seines Bewußtseins über seine innere Landschaft hasten sehen, während ein anderer Teil seines Selbst sie zu fangen und zu zerlegen, alle seine Teile ein für allemal zu benennen suchte. Den Unterschied zwischen einem guten Trip und einem schlechten Trip konnte er nicht mehr erkennen... oder diese künstliche Unterscheidung hatte aufgehört zu existieren.
Eines Tages verbreitete sich die Nachricht, daß ein Mann in direkte Kommunikation mit Phizwhiz getreten war und überlebt hatte. Vernor betrachtete ihn im Hollowsnest einer Bar in der Nähe der Bibliothek. Der Name des Mannes lautete Andy Silver. Dem Betrachter im Nest erschien Andy wie an eine Wand gelehnt.
Silver hatte blondes Haar und die merkwürdige Gewohnheit, seine Ellbogen vom Körper abzuhalten. Er lächelte häufig, aber nicht unbedingt in Synchronisation mit dem, was er sagte. Zuweilen sah es aus, als wisse er nicht, wo er sich befand, aber dies schien ihn nicht zu stören. Eine unsichtbare Stimme, die der Zuschauer für seine eigene halten mochte, interviewte Andy Silver.
»Bist du der Bursche, der sich letzte Woche mit Phizwhiz kurzschließen ließ?«
Silver blickte sich kurz um und starrte dann auf einen Punkt zu Vernors Linken. »Da kannst du deinen Arsch drauf wetten«, erwiderte er.
»Wie war das so, Andy?«
Silver fing an, im Zimmer auf und ab zu gehen. »Wie ist *irgend* etwas? Wirklich im Vergleich zu was?« Er legte eine Pause ein und fuhr dann fort. »Sagen wir, es ist so, als wanderte man durch einen Garten aus Licht. Und jede Blume ist eine Zahl. Und jede Zahl ist dein Name...« Seine Stimme verlor sich, er nahm Platz und blickte ruhig im Zimmer umher, als hätte er alle Zeit der Welt.
»Wie kommt es, Andy, daß du unversehrt aus einem Experiment hervorgegangen bist, welches den Verstand aller anderen, die es versuchten, zerstörte?«

»Du nennst das unversehrt?« antwortete Andy, wie aus der Pistole geschossen, und brach in Gelächter aus. »Nun aber mal ernst, Kumpel, es war keine große Sache für mich. Zehn Jahre hindurch habe ich jeden Tag LSD genommen, somit ist der Großteil meines Hirn eh schon hinüber...« Einen Augenblick lang verdrehten sich seine Augen, und sein Kopf schien in Flammen zu stehen, aber dann fuhr er fort. »Spaß beiseite, Jim. Ich habe Metamathematik studiert und war tatsächlich am richtigen Ort, um Phizwhiz zu übertrumpfen. LSD und eine solide wissenschaftliche Grundlage sind alles, was es zu so etwas braucht. Obwohl, ohne den Professor hätte ich's nicht geschafft.«

»Von welchem Professor sprechen Sie, Mr. Silver?«

Silver schien von der Frage verblüfft, dann aber nahm er sich zusammen und deklamierte: »Mein geliebter Lehrer, Professor G. Kurtowski, ohne dessen Schriften, ohne dessen Gespräche ich diesen Punkt niemals hätte erreichen können.«

»Danke schön, Andy Silver, der erste Mann, der eine vollständige Gehirnzusammenschaltung mit Phizwhiz überlebte. Und jetzt, all ihr Users, genießen wir das ganz besondere Privileg, den Gouverneur willkommen zu heißen!«

Das Hollow des Gouverneurs betrat das Nest. Er war ein erstaunlich übel aussehender Bursche, der ständig seine Zähne bleckte und wohl meinte, daß das ein Lächeln sei. Silver zeigte ihm den Finger, aber der Gouverneur drückte sich an ihm vorbei und trat nach vorn, um sich die Users vorzuknöpfen.

»Immer wieder schön, euch zu sehen«, fing er an, »ihr seid einzigartig.« Dies war seine übliche Begrüßungsfloskel. Er fuhr fort: »Wir preisen uns glücklich, einen Mann in unserer Stadt zu haben, dessen Unerschrockenheit und Charakterstärke uns einen erregenden Ausblick gewährten auf einen neu belebten Phizwhiz.«

Silver hatte sich umgedreht, so daß er jetzt mit dem Rücken zum Gouverneur stand. Vernor durchmaß neugierig das Hollowsnest, um auf Silvers andere Seite zu gelangen, damit er sein Gesicht sehen konnte. Das war eine der tollen Sachen an den Hollows, stets befand sich ein vollständiges dreidimensionales Abbild der Schauspieler mit einem im Nest. Wandte jemand einem den Rücken zu, konnte man, indem man sich auf die andere Seite des Zimmers begab, immer noch sein Gesicht sehen.

Hinter vorgehaltener Hand lehnte Silver sich vertrauensvoll vor. »Hey, Mann, bin froh, daß du cool genug bist, hier herüberzukommen«, flüsterte er. Der Gouverneur ließ sich immer noch über die leuchtende Zukunft aus, der die glücklichen Users in seiner Obhut entgegensahen. Silver hob seine Hand und fuhr fort: »Weißt du, was ich hier in der Hand

habe? ZZ-74, Mann. Das Zeug, das mich wirklich überlegen machte. ZZ-74.« Er zwinkerte mit den Augen, dann nahm er seine ursprüngliche Position wieder ein, sein Gesicht dem speckigen, schwatzenden Rücken des Gouverneurs zugewandt.
ZZ-74? Davon hatte Vernor nie zuvor etwas gehört. Kein Mensch im Bar-Nest hatte sich aufgerafft, Silvers geheime Mitteilung zu hören, sicherlich hatten es aber viele andere in der Stadt getan. ZZ-74? Seine Aufmerksamkeit wurde wieder auf die Ansprache des Gouverneurs gelenkt.
»Wir brauchen weitere Andy Silvers. Ich rufe jeden Bürger auf, der sich in der Lage fühlt, den übermenschlichen geistigen Druck zu ertragen, mit dem großartigsten Computer, den die Welt jemals gesehen hat, eins zu werden. Andy Silver wird ein Team zusammenstellen, welches gewillt und fähig ist, Phizwhiz wieder auf Trab zu bringen. Mehr denn jemals zuvor... Wir Amerikaner sind Users, und Users machen Amerika aus!«
Der Gouverneur schien im Begriff zu gehen, wandte sich aber, einem nachträglichen Gedanken folgend, zu Silver um: »Andy, wie wirst du dieses Team von Männern nennen?«
Silver blickte den Gouverneur kühl an. »Angels«, sagte er. »Wir werden die Angels sein.«
Man wies Silver eine Etage im Phizwhiz-Hauptgebäude im Stadtzentrum zu, und am nächsten Tag fand Vernor sich dort ein. Die Hälfte aller Träumer der Stadt schienen sich vor ihm eingefunden zu haben. Nachdem er zwei Stunden lang gewartet hatte, um in das Gebäude zu gelangen, gab er auf und ging zurück zur Bibliothek. Vielleicht war es gescheiter, weiterhin wissenschaftliche Studien zu betreiben und noch ein paar heavy Trips durchzustehen, bevor er seinen Grips, seinen Verstand zur Verfügung stellte. Möglicherweise war die ganze Sache ein Schwindel, ein Trick des Gouverneurs, um Acid-Heads herumzukriegen, sich freiwillig für eine Art vernichtender Gehirnwäsche zu melden. LSD war zwar legal, aber es bestand kein Zweifel, daß der Gourverneur Acid-Heads nicht ausstehen konnte.
Aber Andy Silvers Bravourstück war kein Schwindel, wie sich über die nächsten Monate zeigte. In den Geschäften tauchten neue Geräte auf. Die Hollowsprogramme wurden spürbar besser. Massenweise tauchten neue Steckenpferde auf. Die Gesetze gegen das Anlegen von Gärten und gegen Malerei wurden aufgehoben, und viele Menschen wandten sich diesen erfreulichen, wenn auch nicht völlig ungefährlichen Hobbies zu. Ein Mann drehte durch und tötete sechs Menschen mit seinen Gartengeräten, und Malereien und Slogans, die nicht für die Öffentlichkeit geeignet waren, begannen auf Häuserwänden und in den Laufbandröhren

aufzutauchen. Andy Silver setzte sich aber Phizwhiz gegenüber durch, Gartenarbeit und Malerei weiterhin zu gewähren. Man sprach sogar davon, wissenschaftliche Laborversuche wieder zuzulassen.
Gänzlich glücklich war Amerika nicht mit all den Veränderungen in Phizwhiz' Verhalten, die Andy Silver zuwege brachte. Für seinen Teil machte Silver kein Geheimnis aus seinen revolutionären Gefühlen... gelegentlich ging er gar so weit, offen auszusprechen, daß Phizwhiz vernichtet werden sollte. Die Öffentlichkeit aber war so entzückt über das abwechslungsreiche Leben, das er beschert hatte, daß es, politisch gesehen, unmöglich gewesen wäre, ihn festzunehmen – selbst wenn Amerika sich ganz sicher gewesen wäre im Wunsch, es zu tun.
Aus der Großzahl der Freiwilligen hatte Silver einen Kern von vier anderen Angels um sich geschart. Die meisten schafften es über das erste Vorstellungsgespräch hinaus nicht, und, außer den vier Typen, von denen hier die Rede ist, schafften die übrigen den eigentlichen Maschinentest nicht... und verloren den Verstand. Als dies sich herumsprach, ging die Zahl der Bewerber um eine Position bei den Angels drastisch zurück, und Vernor hätte sich jetzt ohne weiteres um einen Test bemühen können, aber er zögerte, dies zu tun. Wahrscheinlich war es besser, sich zunächst mal ein wenig ZZ-74 zu besorgen.
Es gab ein paar andere Leute, die Silver ZZ-74 in den Hollows hatten erwähnen hören. Eine Menge Leute, die Schmiere eingeschlossen, waren darauf aus, sich was zu besorgen, aber es wurde nirgends angeboten. Allgemein ging man darin einig, daß ZZ-74 eine Droge sein mußte, die in irgendeinem Untergrundlabor hergestellt wurde... vielleicht von jenem geheimnisumwobenen Professor G. Kurtowski.
Amerika war es bislang nicht gelungen, eine Probe von ZZ-74 zu erlangen und zu analysieren; somit konnte man nicht mit Gewißheit sagen, daß es ungefährlich war, und erklärte es zu einer verbotenen Substanz. Die Regierung war nur zu begierig, ZZ-74 zu legalisieren, wenn man nur die Formel fand und in die Produktion einstieg. Kraft Silvers Erwähnung hatte sich eine ziemliche Nachfrage nach dem Zeug entwickelt, und Amerika war nicht im geringsten abgeneigt, das Eisen zu schmieden, solange es heiß war. Erst baten sie die Angels, dann verlangten sie die Preisgabe ihres Vorrats an der illegalen Substanz, jedoch ohne Erfolg. Schließlich wurde eine Razzia durchgeführt, aber man fand keinerlei unbekannte Droge im Besitz der Angels.
Vernor verfolgte alle diese Dinge mit großem Interesse, und er fing an, sich mit den Schriften G. Kurtowskis zu befassen. Seine frühen Arbeiten drehten sich darum, verschiedene Mängel in der Everett-Wheelerschen quantenmechanischen Interpretation vieler Universen zu beheben. Ge-

gen Ende seiner Laufbahn als Wissenschaftsautor waren in seinen Schriften jedoch eine Anzahl überraschender empirischer Voraussagen aufgetaucht. Vernor war nicht in der Lage herauszufinden, ob die von Kurtowski vorgeschlagenen Experimente jemals durchgeführt worden waren, und Phizwhiz schien überhaupt keine Information darüber zu haben, was der Professor die letzten zwanzig Jahre lang getrieben hatte. Offenbar lebte Kurtowski irgendwo in einem Untergrundlabor.

Wieder war Vernor drauf und dran, sein Glück zu versuchen und sich den Angels anzuschließen, aber seine Vorsicht hielt ihn zurück. Er war dreiundzwanzig. Er hätte den Rest seines Lebens in der Bibliothek zubringen und sich auf eine stets weiter in die Ferne zurückziehende Zukunft vorbereiten können, aber eines Tages kam Andy Silver ihm einen Besuch abstatten.

Kapitel 2

Völlig abgefahren

An den meisten Tagen war die Bibliothek praktisch menschenleer. Ein paar Leute hingen gewöhnlich in den kleinen Hollowsnestern rings um die Diele im ersten Stock, und vielleicht gab es noch ein paar Leute, die Fragen in das Info-Terminal in der Mitte der Diele tippten; aber den oberen Stock hatte Vernor größtenteils für sich allein. Dies war der Ort, wo man Zugang zu den Mikrofilmen und einem phantastischen Sichtgerätesystem hatte, welches das Heraussuchen und die Lektüre jedes beliebigen in Druck befindlichen Buches nicht schwieriger gestaltete, als einmal über ein Pult zu langen und einen Knopf zu drehen.

An ganz normalen Tagen ging die einzige Unterbrechung von den Reinemachrobotern aus. Es kam schon mal vor, daß jemand heraufspaziert kam und ein paar Stunden an einem der anderen Sichtgeräte zubrachte, aber niemals zuvor war jemand dicht genug herangetreten, um über Vernors Schulter hinweg zu lesen. Verdrossen wandte er sich um und erkannte sofort Andy Silvers auf ätherische Weise zynisches Gesicht.

»Ich habe viel an dich gedacht«, sagte Vernor, indem er sich erhob. »Hast du was von jenem Dope dabei?«

Silver lächelte Vernor an und durch ihn hindurch. »Vernor Maxwell«, sagte er, »ich bin hierhergekommen, um dich zu finden.«

»Woher wußtest du, daß du mich hier finden würdest?« fragte Vernor.

»Der Professor hat mir's gesteckt. Er hält stets ein Auge offen für Leute, die sein Zeug lesen und sich über ihn erkundigen. Du willst Dope? Du kriegst es, keine Sorge.« Silver kramte in seinen Taschen herum. »Hast du 'n bißchen Seegras dabei?«

»Klar«, sagte Vernor. »Ich wohne ja hier. Einen Augenblick.« Die meisten seiner Besitztümer bewahrte Vernor unter die Couchkissen geklemmt auf. Er hob eines der Kissen hoch und zog einen schmalen Grasjoint hervor. »Erstklassige Ware«, sagte er. »Habe es unter ultraviolettem Licht gezogen.«

»Hochkarätige Energie«, sagte Silver, rauchte den Joint an und inhalierte tief. »Willst du ein Angel werden, Vernor?« Einfach so.

»Ich weiß nicht, ob ich damit umgehen kann«, bekannte Vernor. »Deshalb habe ich mich auch noch nicht zu einem Test gemeldet.«

»Ist überhaupt nicht so schlimm, wie du annimmst«, sagte Silver. »Die Spießer sind's, die nicht damit umgehen können. Du hast doch Erfahrung mit Trips, oder?« Er gab Vernor den Joint weiter.
»Sicher.« Tief inhalieren.
»Die meisten haben das nicht. Ich meine, kaum einer jedenfalls. Sie wissen, wie man sich fix und fertig macht oder wie man sich antörnt oder wie man es sich gutgehen läßt oder sich in der Nase bohrt oder den Fußboden mit Blut bekleckert oder sonst 'n Blödsinn. ÜBER WAS«, Silver fing plötzlich zu brüllen an, »ÜBER WAS REDE ICH DA?«
»Trips«, gab Vernor, wie aus der Pistole geschossen zur Antwort.
Andy Silver kicherte durch sein Lächeln hindurch. »Du wirst es schon machen. Laß uns ein wenig spazierengehen.«
Auf dem Weg nach draußen rauchten sie den Joint zu Ende. Es war gutes Zeug, und das Zusammensein mit Andy Silver sorgte zusätzlich für ein unglaubliches Kontakt-High.
In der zunehmenden Dunkelheit schritten sie mehrere Häuserblocks nebeneinander her. Vernor wollte einiges über Professor Kurtowski wissen, aber das Stoned-Sein und die Stille waren zu angenehm, um sie zu durchbrechen. Als sie an eine Treppe gelangten, die zu den Laufbandröhren hinabführte, drückte Silver Vernor plötzlich etwas in die Hand.
»Nimm das«, sagte er. »Es wird dir bei deinen Studien helfen.« Und schon war er verschwunden.
Es war eine kleine Pille, so groß wie ein Aspirin. »ZZ-74«, murmelte Vernor voller Hochachtung und schluckte es herunter.
Den übrigen Abend verbrachte er damit, daß er die Straßen von Dreamtown durchwanderte. ZZ-74 war anders... ein neuer Ort. Bei Tagesanbruch kehrte er zur Bibliothek zurück. Nachtsüber war sie geschlossen, und so setzte er sich auf die Eingangsstufen. Was war während der vergangenen zwölf Stunden passiert? Er erinnerte sich eines Satzes aus einem Buch mit dem Titel *Aufstieg zum Absoluten*: »... über einige unserer dichtgedrängten Gedanken läßt sich ebenso zutreffend sagen, daß sie sehr reich sind an ausgeprägten Details, wie auch, daß es ihnen gänzlich an ausgeprägten Details mangelt...« Was *war* ZZ-74? Was war irgendwas? In jener Nacht wurde Vernor Maxwell ein Angel.
Den folgenden Tag verbrachte er damit, sich zu erholen, und tags darauf meldete er sich für den Test. Das Unternehmen der Angels hatte sich so weit ausgedehnt, daß es ein ganzes Gebäude einbezog, getauft auf den Namen Experimentalmetaphysik- oder EM-Gebäude. Es verhielt sich nicht so, daß die Zahl der Techniker, Sekretärinnen, Analytiker, Mitglieder ständiger Ausschüsse etc. eines Gebäudes in irgendeiner Weise notwendig gewesen wäre für die Aktivitäten der Angels. Es war einfach so,

daß sich im Leben der Drohnen so herzlich wenig abspielte, daß, wenn es den Geruch wirklicher Action gab, sie begierig angeschwirrt kamen.

Im EM-Gebäude fand Vernor ein paar andere junge Träumer, die sich um eine Mitgliedschaft bei den Angels bewarben. Außer Vernor war es nur eine andere Person, die das erste Vorstellungsgespräch schaffte, um für einen Test am Gerät nach oben geschickt zu werden. Diese Person war ein hübsches Mädchen; gemeinsam betraten sie den Fahrstuhl.

Gierig starrte Vernor sie an. In einer Stunde mochten sie beide schon tot sein. Traurig verglich er ihre beiden gesunden jungen Körper und stellte sich die Wonnen vor, die sie einander geben konnten. Im Grunde genommen war er noch Jungfrau ... er hatte zwar, auf eher spielerische Art und Weise, hier und da ein Mädchen kennengelernt, aber niemals eine richtige Beziehung gehabt. Leise stöhnte er auf.

»Hast du Angst?« fragte sie unvermittelt. Er hob seinen Blick zu ihrem Gesicht. Sie schaute ihn freundlich und offen an. »Weil, ich habe Angst«, fuhr sie fort. »Ich werde es nicht machen. Das habe ich gerade entschieden.«

»Du wirst nicht...«, sagte er und unterbrach den Augenkontakt. »Hm, ich werd's machen. Ich hab' Andy Silver kennengelernt. Er sagte mir, für mich wäre das etwas Einfaches.« Indem er diese Worte sprach, klangen sie in seinen eigenen Ohren unaufrichtig. Auf Anraten eines Verrückten war er im Begriff, sein Gehirn mit dem größten Computer der Welt kurzzuschließen.

»Du hast ihn kennengelernt?« Das Interesse des Mädchens war geweckt. »Wie war er denn?« Der Fahrstuhl hielt sachte an.

»Merkwürdig. Wir törnten uns an, und dann gab er mir ein bißchen ZZ-74.« Das Aussprechen des Namens dieser magischen Droge wirkte auf Vernor wie eine Zauberformel. Sein Selbstvertrauen kehrte mit einemmal zurück, und er trat aus dem Fahrstuhl heraus. »Wie heißt du?« fragte er und hielt die Fahrstuhltür.

»Alice«, erwiderte sie. »Alice Gajary.«

Er zögerte einen Augenblick. »Und du fährst wieder nach unten?« Sie nickte mit dem Kopf. »Sollte ich es schaffen, darf ich dich dann heute abend besuchen?« Wieder nickte sie mit dem Kopf, und während die Fahrstuhltür sich schloß, sagte sie: »Mao Street Nummer 32. Komm doch zum Essen.« Und damit war sie verschwunden.

Eine Dame in weißem Kittel winkte Vernor heran, und er folgte dem Kittel einen Gang hinab. Seine Führerin zeigte mit dem Kopf auf die verschiedenen Räumlichkeiten, an denen sie vorbeikamen, und erklärte deren Funktionen. Das Labor für künstliche Intelligenz erregte seine Aufmerksamkeit, ein ganzer Raum voller faszinierender technischer Ap-

paraturen. Ein Mann saß an einer Werkbank und schnitt mit einem Hochleistungs-Industrielaser eine schwere Schicht Plastik durch. Die Sicherheitsvorkehrungen schienen hier minimal.
»Und hier«, ließ seine Führerin sich mit einemmal vernehmen, »hier wirst du... sabbern oder fliegen.« Sie öffnete eine Tür, und er trat ein. Zwei Männer erwarteten ihn. Der eine war ein Techniker, der sich über Armaturen beugte, der andere ein Japaner in Straßenkleidung.
»Mein Name Moto-O«, sagte letzterer und trat einen Schritt vor. »Ich neuester Angel und werde Test überwachen.« Kein Lächeln.
Vernor nahm auf einem Stuhl Platz, den sie ihm zuwiesen. Als der Techniker ihm einen Stecker in die Muffe an seinem Hinterkopf steckte, fuhr er heftig zusammen, aber Moto-O machte ein beruhigendes Zeichen mit der Hand.
»Phizwhiz nicht eingeschaltet, Mr. Maxwell«, sagte der Japaner. »Du entscheiden, wann.« Er zeigte auf einen Drehwiderstand auf dem vor Vernor befindlichen Instrumentenbrett. »Du es schaffen bis Fünf, und du bist Angel«, erläuterte Moto-O und lächelte endlich mal.
Der Drehschalter wies eine Skala mit den Zahlen von Null bis Fünf auf. Im Augenblick zeigte er auf Null. Moto-O und der Techniker zogen sich von Vernor zurück, und er war mit der Maschine allein. Der Vorschlag war eindeutig, man ging allmählich bis Fünf, verharrte dort eine Minute lang und wischte zurück auf Null.
Ganz vorsichtig bewegte Vernor den Schalter ein winziges Stück in Richtung Eins und dann, als er lediglich ein leichtes Kitzeln empfand, sprang er vor bis auf Zwei. Er schloß die Augen, um seine Eindrücke zu genießen. »Ein Garten aus Licht«, hatte Andy gesagt, und damit lag er nicht einmal falsch.
Muster bildeten sich und lösten sich schneller auf, als Vernor sie konkretisieren konnte. Das heißt, er *empfand* einen bestimmten Gedankengang mit den ihn begleitenden Assoziationsblöcken, aber bevor er noch heraustreten und ihn in sein Gedächtnis aufnehmen konnte, verwandelte sich die gesamte gedankliche Struktur in eine neue, andere. Allerdings kamen ihm die Gedanken bis jetzt nicht sehr viel anders vor als seine normalen, obwohl es schwierig war, sich da sicher zu sein. Eigentlich fühlte es sich noch ziemlich gut an.
Er fühlte sich rücksichtslos, verwegen. Er griff nach dem Schalter und drehte ihn in einer einzigen Bewegung voll auf. Erst nachdem sie ihn zehn Minuten später abstöpselten, fand er die Zeit, um eine Beschreibung dessen zu versuchen, was ein direktes Zusammenschließen mit Phizwhiz bewirkte.
Wie er Alice an jenem Abend während des Essens berichtete, war es, als

würde das Gehirn auf einem Schlag tausendmal größer. Unsere normalen Gedanken bestehen aus Assoziationsblöcken, die, eng miteinander verwoben, ein Netzwerkmuster ergeben, welches sich mit der Zeit verändert. Als Vernor mit Phizwhiz kurzgeschlossen war, wurden die Assoziationsblocks umfangreicher, die Netzwerke komplizierter. Er erinnerte sich beispielsweise daran, wie er flüchtig an seine Hand gedacht hatte, die auf dem Drehschalter lag. Sobald der Begriff *Hand* sich in seinem Gehirn manifestierte, hatte Phizwhiz vor seinem Innern jeden Fetzen Information in seinen Gedächtnisspeichern, der sich auf das Schlüsselwort *Hand* bezog, ausgebreitet. Jede indirekte Bezugnahme auf, alle physiologischen Untersuchungen über, alle bekannten Anwendungsbereiche von *Händen* wurden im miteinander verbundenen Vernor/Phizwhiz-Bewußtsein simultan aufgeführt. Alles dies und dazu Abbildungen aller Gemälde, Fotografien, Röntgenaufnahmen, Hologramme etc. von *Händen*, welche in Phizwhiz' Gedächtnisspeicher aufgenommen waren. Und dies wiederum war lediglich ein Teil eines Assoziationsblocks, einbezogen in nur ein gedankliches Netzwerk.
Die gedanklichen Netzwerke waren von einer derart ungeheuren Reichhaltigkeit und Komplexität, daß es physisch unmöglich gewesen wäre, irgendeines davon in Vernors abgekoppeltes Gehirn einzupassen. Und als Moto-O die Verbindung wieder löste, waren sie verschwunden.
»Wartet«, rief Vernor, »ich war gerade im Begriff, ein Bild des Ganzen zu gewinnen.« Er hatte das Gefühl, daß irgendeine transzendentale Offenbarung plötzlich unterbrochen worden war.
Moto-O lachte verzückt auf. »Du beinahe soweit gewesen, das Ganze zu *sein*. Eine Minute länger und... du wärst völlig abgefahren.«
Mit einemmal erinnerte Vernor sich, daß dies ein Test gewesen war. »Bin ich jetzt ein Angel?«
»O ja«, erwiderte Moto-O. »Ich heiße dich willkommen.« Er schüttelte Vernor die Hand.
Der Techniker blickte von seinen unzähligen Meßinstrumenten auf und nickte Vernor zu. »Das System wurde deutlich mit Energie gespeist, Mr. Maxwell. Gute Arbeit.«
»Das ist es, was ich nicht begreife«, sagte Alice während des selbstbereiteten Abendessens. »Wenn man über soviel bessere Assoziationen verfügt, über soviel kompliziertere Gedanken, wenn man mit Phizwhiz zusammengekoppelt ist, wozu benötigt er einen dann überhaupt? Ich meine, es ist doch nicht so, daß man der Apparatur eine Menge Hirnraum hinzufügt?«
»Was Phizwhiz braucht, ist nicht mein Gedächtnis oder das Austauschen von Stromkreisen«, gab Vernor zur Antwort. »Es ist mein Bewußt-

sein ... meine Fähigkeit zu unterscheiden. In Phizwhiz drinnen ist es wie ein ganzer Ozean voller Information. Die gesamte Zeit, die ich mich drinnen befand, fischte ich einzelne Stücke heraus und fügte sie zu Mustern zusammen. Es war etwa, als würde man so lange atmosphärisches Rauschen hören, bis man Stimmen vernimmt.«

»Kann Phizwhiz denn nicht seine eigenen Muster zusammensetzen?« fragte Alice.

»Nur diejenigen, die seiner ursprünglichen Programmierung logisch folgen«, erklärte Vernon und fuhr fort, »tatsächlich ist er auch in der Lage, *Zufalls*muster auszuwählen. Aber er kann nicht das, was ein Mensch kann ... nämlich Gedanken zusammenführen, die weder so voraussagbar sind, um langweilig zu sein, noch so zufällig, um unsinnig zu sein.«

»Also braucht er nichts weiter als deinen guten Geschmack?« Alices Gesicht wurde von einem warmen Lächeln aufgehellt. »*Ich* schmecke auch ziemlich gut, weißt du.«

Im Zeitraum dreier Herzschläge hatte Vernor eine volle Erektion. Er kniete neben ihrem Stuhl nieder und fing an, ihr Gesicht zu küssen.

Kapitel 3

Alice schwimmt

Vernor zog bei Alice ein und fing mit den Angels zu arbeiten an. Einmal wöchentlich ging er hin, um sich mit Phizwhiz zusammenkoppeln zu lassen. Die darauffolgenden Tage pflegte er damit zuzubringen, sich zu erinnern, was sich abgespielt hatte, und sich dann auf die nächste Sitzung vorzubereiten.

Was Phizwhiz anbelangte, so war seitens Vernors keinerlei Vorbereitung nötig – alles, was man von Vernor benötigte, war seine Fähigkeit, Gedanken zu spinnen. Vernor jedoch machte es Spaß, zu versuchen, die Sitzungen für seine Mathematik- und Physikstudien zu benutzen.

Die ersten paar Male, die er sich ins EM-Gebäude begab, hatte er eine mentale Struktur aus Tatsachen und Theorien vorbereitet, ein perfekt aufgeschichtetes Feuer, das auf den zündenden Funken von ZZ-74 und der Gehirnverkopplung wartete. Da er von diesen mentalen Feuersbrünsten jedoch so wenig im Gedächtnis behielt, wurden Vernors Vorbereitungen zunehmend flatterhaft.

Zunächst verbrachte er den größten Teil seiner freien Zeit damit, irgend etwas mit Alice zu unternehmen... Museen zu besuchen, Hollows unter freiem Himmel zu betrachten oder einfach nur in der City herumzuschlendern... als allerdings die Monate ins Land gingen, vergnügte er sich damit, den größten Teil seiner Freizeit in Waxy's Travel Lounge, der Stammkneipe der Angels, herumzuhängen und sich anzutörnen.

Ein Ort, den Alice zu besuchen liebte, war das städtische Inquarium. An dem Tag, an dem sie sich sechs Monate kannten, nahm Vernor sich zusammen und begleitete sie dorthin. Allmählich hatte ihre Beziehung angefangen an den Kanten abzubröckeln, und es schien wichtig, auf diesem Ausflug eine gute Zeit miteinander zu haben.

Am Eingang des Inquariums zahlten sie Eintritt und verstauten ihre Kleider im Umkleideraum. Vernor trug gemietete Schwimmflossen, aber Alice hatte ihre eigenen maßgeschneiderten Flossen, gelb mit roten Streifen und langen, nachschleppenden Säumen.

»Ich möchte aussehen wie ein Guppi«, erläuterte Alice und befestigte an ihren besten Körperstellen gelbe und rote Bänder. Wie hypnotisiert streckte Vernor seine Hände nach den Bändern aus.

»Nein, *nein*«, rief Alice aus, tänzelte ihm aus dem Weg und hechtete in den Tank. Vernor sprang hinterher. Das Inquarium war ein riesiger Tank, ungefähr dreißig Fuß tief und dreihundert Fuß im Quadrat. Der Tank war mit Salzwasser und Fischen aller Arten und Beschreibung gefüllt. Da über den gesamten Tankboden verteilt Atemmasken an den Enden ihrer Schläuche sprudelten, war es möglich, auf dem Tankboden zu verweilen und den Fischen zuzusehen und mit seiner Meerjungfrau zu flirten.

Vernor blickte sich unter Wasser um. Sein Blickfeld war klar, trug er doch spezielle Kontaktlinsen, die das Auge vollständig bedeckten. Die Atemmasken sahen aus wie ein Feld voller Löwenzahn, der weit unter ihm seinen Samen fliegen läßt. Mit kräftigen Bewegungen tauchte Alice an einem enormen Barsch vorbei und durch eine Schule Papageienfische hindurch nach unten. Die an ihrer Brust befestigten Bänder trieben wie Brustflossen hinter ihr her.

Mit aller Kraft steuerte er auf den Tankboden zu, aber er hatte zu wenig tief Luft geholt. Bevor er die Atemmasken erreichen konnte, war er gezwungen, noch einmal aufzutauchen. Keuchend atmete er tief ein und tauchte erneut.

Ohne Alice vor sich wandte Vernor mehr Aufmerksamkeit auf das volle Erscheinungsbild des Tanks. Es war, als wäre er auf wenige Zentimenter Größe zusammengeschrumpft und in ein normales Achtzig-Liter-Aquarium gehüpft. Es gab riesige Wasserpflanzen, so groß wie Bäume. Delphine schossen hin und her und erfüllten Vernors Ohren mit ihrem Schrillen und Klicken. Schulen kleinerer Fische zuckten und kreisten wie einzelne vielzellige Organismen. Ein mächtiger stupsnasiger Fisch schien ein wenig zu sehr an Vernors Schwimmflossen interessiert.

Mit einem letzten kräftigen Stoß seiner Beine verscheuchte Vernor den Fisch und erreichte den Grund. Er schnappte sich eine der schäumenden Atemmasken und drückte sie, tief atmend, an sein Gesicht. Reiner Sauerstoff mit vielleicht einer Spur Lustgas. Anregend! Vernor hielt sich an einem in Griffweite befindlichen Korallenstamm fest und sah sich nach Alice um.

Schon bald wurde er durch den Anblick von wie im Wind flatternden gelben und roten Bändern belohnt, gleich hinter dem nächsten Riff. Mit einer letzten Lunge voll Luft stieß er sich ab und schwamm hinüber, um die liebliche Alice dort faulenzend zu finden. Sie nahm einen tiefen Atemzug aus ihrer Maske und reichte sie Vernor, ihre Lippen zu einem sanften sprudelnden Lächeln verzogen. Es zog an ihren Bändern und glitt näher heran.

Und dann, indem sie die Atemmaske hin- und herreichten, und kleine Fische zwischen ihren Beinen herumschwärmten, trieben sie es mitein-

ander. Die Blasen ihrer Atemluft mischten sich miteinander und bildeten einen silbernen Vorhang um ihre Köpfe. Im letzten Augenblick stieß Alice Vernor von sich.
Sie schwammen nach oben, kleideten sich an und waren, nachdem Alice an der Kasse noch etwas abgeholt hatte, wieder auf der Straße.
»Was ist das?« fragte Vernor.
»Ein Hollowtape von uns, von uns dort unten«, kicherte Alice. »Ich wollte so gern ein paar hübsche Bilder von uns haben, also rief ich vorher an und arrangierte es.«
»Und deshalb hast du mich von dir gestoßen?« fragte Vernor. »Damit du deinen Großkindern einmal zeigen kannst, daß es nicht gestellt war?«
»Ach, Vernor, mir war eben gerade so, dir einen Schubs zu geben. Aus lauter Spaß.« Sie blickte ihn warmherzig an. »Wir können uns das heute abend im Bett anschauen.«
Ein paar Minuten gingen sie in wohliges Schweigen gehüllt weiter, ohne irgendwelche Gedanken im Kopf. Vernor fühlte jedoch schon bald, wie die vertraute Langeweile zurückkehrte. Er verspürte den Drang zu konsumieren.
»Möchtest du etwas essen?« fragte er Alice.
Sie lächelte und schüttelte den Kopf.
»Hättest du Lust, 'n bißchen mit zu Waxy's zu kommen? Das wäre gut. Ein wenig Gras und ein paar Bier.«
»Und deinen Freunden zugucken, wie sie sich bis unter die Schädeldecke zukiffen? Nein, danke.«
»Nun komm schon, Alice. Ich will meine Freunde doch nur sehen.«
»*Ich* bin doch dein Freund, oder nicht?«
»Hör zu, Alice, wir haben ja schon früher darüber gesprochen. Ich kann nicht mein ganzes Leben mit dir verbringen.« Wie er sich danach sehnte, im wohltuenden Dämmerlicht von Waxy's zu hocken. »Außerdem fällt mir gerade ein, daß ich Mick versprochen habe, an ein paar neuen Sachen mit ihm zu arbeiten.« Dies war ausgemachter Blödsinn, und Alice wußte das. Bar jeder Hoffnung fuhr Vernor fort, »auf mich zu warten brauchst du heute nicht.«
Alice blieb stehen. »Ist es wieder mal soweit?« fragte sie wütend. »Warum könnt ihr, du und deine Freunde, nicht endlich mal was Seriöses beginnen? Ich dachte, du wolltest Wissenschaftler werden, Vernor. Aber alles, was du tust, ist, dir den Kopf vollzuknallen und dir von dieser entsetzlichen Maschine alle Energie aussaugen zu lassen. Du glaubst, du wärst ein Genie, aber ein *wirkliches* Genie fängt etwas an mit seinem Leben.«
Dieser Schlachtruf war Vernor über die vergangenen Wochen nur zu

vertraut geworden. Es war vor allem deshalb so ärgerlich, ihn zu hören, weil er wußte, daß das, was sie sagte, im Grunde genommen stimmte.
»Was ist Materie? Was ist Geist?« sagte Alice, Vernor nachäffend. Am Anfang seiner Zeit als ein Angel hatte er gemeint, daß seine Sitzungen im Phizwhiz ihm bei der Beantwortung dieser Fragen nützlich sein könnten, und Alice gegenüber hatte er oft damit geprahlt.
Diskutieren tat er diese Frage mit den anderen Angels immer noch, und es gab Zeiten, da es ihnen vorkam, daß sie die wahren Antworten gefunden hätten... aber die ›Antworten‹, die sie fanden, waren dann, wenn er nicht auf irgendeine Weise stoned war, stets ein wenig unbefriedigend. Jetzt, wo er sich einmal wöchentlich mit Phizwhiz zusammenkoppeln ließ, schien Vernor für die eigentliche zermürbende Arbeit, die man in echte wissenschaftliche Untersuchungen stecken mußte, nicht länger geschaffen. Warum sich den Arsch abarbeiten, um die Feldgleichung für eine hypothetische Energie-Konfiguration herauszubekommen, wenn man sich anstöpseln und das Problem im Bruchteil von Sekunden im Kopf lösen konnte. Der Nachteil dieses Verfahrens war der, daß, wenn man sich vom Computer wieder abgestöpselt hatte, es wenig wahrscheinlich war, sich der spezifischen mathematischen Lösungen, die man mit Hilfe der Maschine erlangt hatte, überhaupt noch zu erinnern. Und das nicht nur deshalb, weil die Lösung zu kompliziert war, um sie sich zu merken, sondern deshalb, weil man derart rasch auf sie gestoßen war, daß man sie seinem Gedächtnis nicht andauernd einverleiben konnte.
Folglich lebte Vernor im Gefühl überragender geistiger Fähigkeiten, ohne jedoch konkrete Leistungen aufweisen zu können. Er wußte, daß er in Wirklichkeit nicht von der Stelle kam, sei es mit der Wissenschaft, mit der Philosophie oder mit Alice, und als sie ihn hier, auf der Straße in der Nähe des Inquariums, wieder einmal daran erinnerte, konnte er es einfach nicht schlucken.
»Ach, laß mich doch in Ruhe, Alice«, sagte er und hätte es im selben Augenblick lieber nicht gesagt. »Du hast mir genug Scheiß erzählt, du blöde Zicke.« Warum sagte er so was? Er wollte sich entschuldigen, es zurücknehmen, aber ihr gedankenverlorenes Gesicht befand sich bereits Meilen entfernt, unberührbar. Jetzt war sie dran.
»Adieu, Vernor.« Sie wollte noch etwas sagen, hielt dann mit Mühe Tränen zurück, schenkte ihm ein schreckliches Lächeln und eilte davon.
»Alice«, rief er plötzlich mit lauter Stimme und lief, um sie einzuholen. »Alice, ich hab' das doch gar nicht so gemeint!«
Sie wandte sich um, ihr ganzer Kummer zu Bitterkeit geläutert. »Du weißt gar nicht mehr, was du tust, Vernor. Und ich möchte damit nichts zu schaffen haben. Es ist bittertraurig, aber du bist nicht mehr derselbe.«

Wieder stürmte sie davon, und diesmal blickte Vernor ihr nur nach. Er warf einen Blick auf die Uhr. Halb sechs. Zeit für Waxy's.

Auf dem Weg dorthin ging ihm das Gespräch mit Alice nicht aus dem Kopf. Klar, sie hatte recht, aber sie war kein Angel. Er lenkte seine Gedanken weg von Vergangenem und hinein in seine unmittelbare Umgebung.

Dreamtown. Niemand arbeitete, aber jeder hatte ein wenig Geld in den Taschen. Mit einbrechender Dunkelheit nahmen die Aktivitäten auf den Straßen zu. Die Dealer schoben auf den Trottoirs herum und brachten ihre Lieferungen für die Nacht an den Mann. Halbkugelförmige Roboter glitten die Rinnsteine entlang und beseitigten die Abfälle des Tages. Es gab Läden, die billige Stücke Plastikeinrichtungen verkauften, die mit kleinen Hollowsendern ausgerüstet waren, um ihnen einen Anstrich von Luxus zu geben; Restaurants, die Dreamfood anpriesen, welches gefärbt und geformt war, um wie althergebrachte Speisen auszusehen; und andere Geschäfte, die pornographische Hollowtapes verkauften. Illusionen waren das große Geschäft.

Vernor blieb stehen, um einem Straßenzauberer zuzusehen, einem von starken Gefühlen bewegten Mann mit einem Kabel, das von seiner Kopfmuffe zu einem Hollowsender führte, der vor seinen Füßen stand. Der Zauberer erzeugte in einem Umkreis von drei Metern ein fortwährend flackerndes Spiel von Farben und Formen. Die meisten waren abstrakt... farbige Wolken und Streifen... aber einige der Bilder waren durchaus realistischer. Donald Duck schritt mit verdrießlicher Miene um den Zauberer herum und zog einen Graben in den Boden, während aus seinen Ohren schwarzer Qualm drang. Daisy Duck pickte behutsam zwischen den Beinen des Zauberers herum.

Ein feuerspeiender Drache kam auf Vernor zugestürzt und stellte sich auf seine Hinterbeine, um eine leuchtend blaue Erektion zu zeigen. Und indem Vernor zuguckte, schwoll die Erektion an und der Drache schrumpfte... bis die Erektion sich in ein riesiges Sparschwein verwandelt hatte.

Der Schlitz im Sparschwein bewegte sich und sagte: »Haste nicht 'n Penny für den Alten?«

Unangenehm überrascht versetzte Vernor dem Hollow einen Tritt, aber da war gar nichts Wirkliches da, das man hätte treten können. Sein Fuß ging durch das Hologramm hindurch und kam blutüberströmt daraus hervor. Vom Kopf des Zauberers her schossen Blitze auf Vernor zu, und eine Stimme wie Donner grollte: »Laß endlich deine milde Gabe sehen, Kumpel.«

Die ganzen schlechten Gefühle von der Auseinandersetzung mit Alice

kamen ihm wieder hoch, und er ging auf den Zauberer zu und sagte ihm ins Gesicht: »Du läßt dich mit einem Angel ein, du Schaumschläger.«
Der Zauberer grinste Vernor an und betrachtete ihn von Kopf bis Fuß. Ein Schaumschläger erschien und schlug nach Vernors Gesicht. »Dir bin ich allemal gewachsen«, sagte der Zauberer. »Bereit zum Duell?«
Träumerduelle waren nichts Seltenes. Vernor schob sich den Stecker in seine Muffe und starrte auf den Zauberer, der sich, gemeinsam mit der übrigen Straßenszenerie, langsam in Nichts auflöste. Tiere und Energiefelder drangen auf ihn ein, Klischees, denen man mühelos aus dem Wege ging und die man beiseite schob. Im Vergleich zum Zusammenkoppeln mit Phizwhiz das reinste Kinderspiel. Vernor fing an, eine Serie von Bildern loszulassen, die, auf ungewöhnliche Art und Weise miteinander kombiniert, einfach nur unangenehm waren. Die kitschigen Blitze und springenden Tiger aus dem Gehirn des Zauberers fingen an, verwirrt dreinzublicken. Vernor steigerte seinen Angriff. Es war einfach, zu einfach, seine gegenwärtige Stimmung aus Verzweiflung und Einsamkeit zu bündeln und auf diesen Mann zu projizieren; ihm zu zeigen, daß Alles gleich Nichts war.
Mit einemmal wurde der Kreis gesprengt. Der Zauberer hatte den Stekker gezogen. Mit angstgeweiteten Augen blickte er Vernor an. »Du hast gewonnen, Angel.« Vernor zog ebenfalls den Stecker, nickte kurz und ging davon. Wenigstens gab es *etwas*, das er wirklich konnte.

Kapitel 4

Waxy's Travel Lounge

Zehn Minuten später erreichte Vernor die Stammkneipe der Angels. Es war noch früh am Abend, und der Laden fing an, sich zu füllen.
Die linke Wand entlang zog sich eine tiefgezogene schwarze Plastikbar. Der Raum vor der rückwärtigen Wand wurde von einer Hollowjukebox ausgefüllt, und die ganze rechte Wand entlang gab es Nischen.
Die Hollowbox war in Betrieb, und das Bild eines überlebensgroßen Paares nahm den hinteren Teil des Raumes ein. Das Hollowpaar sang ein halbverschlucktes Duett, welches von einem Yeah-Yeah-Chorus von vier Hollow-Massagerobotern unterstrichen wurde, die die Liebenden mit einem Schlauch abspritzten.
Die Nischen zur Rechten schienen besetzt zu sein. Aus den einen drangen Sexgeräusche, und über die Türen anderer hinweg konnte man Vorrichtungen für intravenöse Ernährung erkennen.
Eine Gruppe Angels stand am Bartresen herum, und Vernor gesellte sich zu ihnen. Einer der Angels, Oily Al genannt, war dabei, seinen letzten Versuch zum Bau einer Flugmaschine zu beschreiben. Offensichtlich ließ er in der Fabrik, in der er arbeitete, Maschinenteile mitgehen und setzte sie in seiner eigenen Manier als verrückter Wissenschaftler wieder zusammen. Vernor war nicht allzu gut mit ihm bekannt, neigte aber dazu, ihm aus dem Weg zu gehen, da Oily Al jemand war, der einem gern mal eins auswischte.
Als Vernor sich seinen Leuten näherte, sah Oily Al ihn an, rief: »Hier hast du einen Drink«, und schüttete den Inhalt einer Thermosflasche, die er in Händen hielt, in Vernors Richtung.
Es schien sich um eine kochende Flüssigkeit zu handeln, und Vernor warf sich lang auf den Boden, um ihr zu entgehen. Komischerweise verwandelte die dampfende Flüssigkeit sich jedoch in eine Gaswolke, bevor sie Vernor traf. Und indem das Gas sich ausbreitete, glühte die heiße Asche an den Jointspitzen der Angels hell auf, und Vernor schnallte, daß es flüssiger Sauerstoff gewesen war.
»Shit, sah das witzig aus, wie du am Boden rumkrabbeltest«, meinte Oily Al, als er Vernor wieder auf die Beine half. »Komm', ich geb' dir einen aus.« Al tippte die Bestellung in den Barroboter ein und warf die Münzen

in den Schlitz. Der Roboter reichte Vernor die Bestellung. Sein Adrenalin löste sich auf in ein angenehmes Wohlbefinden, und endlich war er in der Lage, Oily Als Grinsen zu erwidern.

»Was läuft?« fragte Vernor.

»Moto-O hat dich gesucht. Er sitzt dort drüben.« Al wies mit dem Kopf den Tresen hinab. Moto-O saß dicht bei einer Lampe und schrieb mit seinem Rapidographen rasche präzise Symbole nieder. Vernor dankte Al und ging hinüber zu Moto-O.

»Ah, Vernor«, sagte der Japaner und hob seinen Kopf. »Ich habe neue Idee für mechanischen Verstand.« Moto-O und Vernor waren beide an dem Problem interessiert, wie man es angehen mochte, eine Maschine mit Bewußtsein hinzukriegen.

Dies Problem war eine Herausforderung, da das von Kurt Gödel im Jahre 1931 nachgewiesene Zweite Unvollständigkeitstheorem zu besagen schien, daß eine Maschine kein Bewußtsein haben *kann*, d. h., sich ihrer eigenen Existenz bewußt werden könnte. Der Grund dafür liegt darin, daß die einzige Möglichkeit einer Maschine, sich ihrer selbst bewußt zu sein, darin besteht, sich ein innerliches Modell ihrer selbst zu machen, und dies Modell zu betrachten... und es ist *niemandem*, weder Mensch noch Maschine, möglich, sich selbst vollständig zu kennen.

Um dies nachvollziehen zu können, versuchen Sie einmal, sich Ihrer selbst und all Ihrer Gedanken völlig bewußt zu sein. Puppig, werden Sie sagen, kein Problem. Aber, warten Sie mal: Haben Sie, als Sie die Bestandsaufnahme dessen, was in Ihrem Kopf vorgeht, machten, die Tätigkeit der Überprüfung Ihrer Gedanken mit eingeschlossen? Und wenn Sie das jetzt hinzufügen, werden Sie in der Lage sein, den Vorgang des Hinzufügens mit einzuschließen? Und das Mit-Einschließen?

Das Problem liegt darin, daß jeder Versuch, Ihre innere Landschaft vollständig kartographisch zu erfassen, neue charakteristische Bestandteile hinzufügt. Die Landkarte muß ein Bild von sich selbst enthalten, welches ein Bild von sich selbst enthalten muß, bis hin zum Fluchtpunkt. Ganz gleich, wie rasch Sie Ihren mentalen Bezugspunkt bewegen, Sie werden stets einen Sprung im Rückstand sein.

Es ist leicht einzusehen, daß ein Computer auf dieselben Probleme stoßen würde, unternähme er den Versuch, sich ein ›mentales‹ Bild seiner selbst zu machen. Wie aber kommt es, werden Sie fragen, daß wir Menschen nach alledem ein Bewußtsein und Selbstbewußtsein haben? Von innerlichem Modellieren kann es nicht kommen, wie also entsteht so etwas? Nun, es ist... einfach zu bewerkstelligen, aber schwer zu beschreiben. *Sei hier und jetzt* ist ein Schlagwort, das den Grundgedanken ungefähr umschreibt, sehr hilfreich ist das allerdings nicht, wenn man im Sinn hat, eine Maschine zu programmieren. Tatsächlich besagt Gödels *Erstes* Unvollständigkeitstheorem, daß es wirklich keine Möglichkeit *gibt*, zu beschreiben, daß wir funktionieren, wie wir funktionieren.

Moto-O hatte ein paar Jahre damit zugebracht, Zen zu studieren, und er schien der Meinung, die Antwort auf das Problem folge dem Prinzip des Zen-*Koans*, einem offensichtlich unsinnigen Problem (z. B. »Wie hört sich das Klatschen mit einer Hand an?«), mit dem Anfänger, beim angestrengten Versuch, die Fesseln der Vernunft zu sprengen, sich herumschlagen müssen.

»Bewußtsein ist paradox«, sagte Moto-O in diesem Augenblick in Waxy's Bar zu Vernor. »Aber wir existieren in einem Paradox. Ich hebe meinen Finger, und die ganze Welt ist da.«

»Ich sehe nicht, wie du planst, dies Phizwhiz einzuprogrammieren, Moto-O«, antwortete Vernor und schlürfte sein Bier.

»Ich habe vor, Arbeitsraum von Phizwhiz in zwei Teile zu spalten, die sich gegenseitig überwachen. Erster Teil wird sagen, ›diese Behauptung ist falsch.‹ Anderer Teil versucht zu entscheiden, ob Behauptung wahr oder falsch. Erster Teil wird Wahrheit oder Falschheit der Entscheidung von anderem Teil kritisch beurteilen. Infinite Regression.«

»›Diese Behauptung ist falsch‹«, überlegte Vernor. »Wenn das eine wahre Behauptung ist, dann ist sie falsch. Und wenn sie falsch ist, dann ist sie wahr.«

»Genau. Dieser Trick ist Herz von Gödels ursprünglichem Beweis.« Moto-O grinste und nahm einen Schluck Speed-Tee. »Phizwhiz braucht eingebautes Paradoxon wie Mensch, um zu leben.«

»Aber wird er das Programm, hat er erst einmal die Schlaufe entdeckt, nicht ablehnen?« warf Vernor ein. »Wird er sich nicht weigern, es zu assimilieren?«

»Phizwhiz braucht unnachgiebigen Meister«, erwiderte Moto-O. »In Augenblick, wo Programm eindringt und bevor er ablehnen kann, werden ich ihm verpassen dreifachen plötzlichen Anstieg von Arbeitsvoltzahl.«

»Wie Rinzai, der die Mönche mit seinem Stab schlägt?« fragte Vernor und bezog sich auf den Zen-Meister, von dem Moto-O am meisten erzählt hatte.

»Ja«, antwortete er, »und der mehr technische Grund ist, Voltzahlanstieg wird machen, daß Gedächtnisspeicher sich öffnen, so daß Schlaufe hineingezwängt werden kann.«

»Ich weiß nicht recht«, sagte Vernor schließlich. »Ich bezweifle, ob Phizwhiz da mitmachen wird, obwohl ich weiß, daß er jemanden sucht, der ihm eine Seele programmiert. Willst du das wirklich versuchen?«

Moto-O nickte heftig mit dem Kopf. »O ja. Morgen ich gehen zu sprechen mit Mr. Burke vom Forschungsrat des Gouverneurs. Wenn die Zustimmung geben, fangen an mit ernster Arbeit an technischen Aspekten.«
Vernor dachte über Moto-Os Idee nach, soweit er dem zu folgen vermochte. Was ist dies, was ich bin? Was wäre, hätte Moto-O wirklich Erfolg... würde man in dem Augenblick, wo Phizwhiz denken konnte, die Angels immer noch brauchen? Seine Tagträumerei wurde durch einen Stich in seinen Bizeps unterbrochen. Er drehte sich um und sah Mick Stones.
»It's just a shot away«, grinste Stones.
Nervös rieb sich Vernor den Arm. Er verspürte ein Kribbeln, das sich zu seinem Kopf hin ausbreitete. »Was zum Teufel war das?« fragte er, aber Stones tanzte bereits quer durch den Raum. Nach Andy war Mick Stones der erste gewesen, der ein Angel geworden war. Seine wissenschaftliche und philosophische Gelehrsamkeit war minimal, aber wahrscheinlich hatte er mehr überlebt als beliebige drei Angels zusammengenommen.
Micks Hauptanliegen bei seinen Phizwhiz-Sitzungen war, das Funktionieren des mechanischen Gehirns zu unterbrechen... sein Programm durcheinanderzubringen. Vernor, Moto-O und ein paar anderen lag eher daran, die Sitzungen zu benutzen, um der Wissenschaft zu dienen; aber die erklärte Absicht Andy Silvers, Micks und der meisten anderen war, Phizwhiz' Funktionen radikal zu verändern.
Menschen behandelte Mick gelegentlich auf dieselbe Art und Weise. Vernor machte sich auf den Weg über die Tanzfläche, um Mick zu folgen, aber die volle Wucht der Musik hieb auf ihn ein, bevor er ihn erreichte, und er blieb mittendrin wie angewurzelt stehen und zuckte im Rhythmus der Hollowjuke.
Momentan lief eine von Robotern gespielte elektronische Nummer, pummelige Maschinen, die auf ihren ›Brustkörben‹ mit mechanischen Händen Knöpfe bedienten. Der Rhythmus veränderte sich fortwährend, indem Vernors stimuliertes Gehirn dem ein- und aufrollenden Sound begierig folgte. War ein Song zu Ende, verschwanden die ihn begleitenden Bilder, und die Hollowjuke strahlte einen neuen Set Hologramme aus.
Das Hollowbild des nächsten Songs war zweidimensional, auch wenn Vernor in seinem Zustand keinen Unterschied mehr machen konnte. Es war eine klassische Aufnahme der Rolling Stones mit ihrem Song »Gimme Shelter«. Das Surfer-Musik-Intro schien minutenlang zu dauern. Vernor tanzte wie besessen. Die urtümliche Kraft des Hauptteils wogte jetzt heran, und der Raum um ihn herum verschwand. *»If I don't get some shelter, yeah, I'm going to fade away«*, tönte Jaggers Stimme, fatalistisch über dem göttergleichen und Respekt gebietenden Branden von Keith

Richards' Gitarre. Ein Girl zwitscherte in den höchsten Tönen, »*It's just a shot away, shot away, shot away*«, die Stimme fiel; Alice? Mick hielt ihm etwas vor die Nase... welcher Mick? Vernor tanzte wilder drauflos, die Augen offen, die Augen geschlossen. Der Song erreichte sein Finale: »*It's just a kiss away, kiss away, kiss away...*« Ein Schuß oder ein Kuß? Alice oder Mick?

Die Wirkung ließ so rasch nach, wie sie eingesetzt hatte. Er blickte Mick Stones mitten ins Gesicht. »Shelter«, sagte er. »Gimme shelter.«

Viel zu verwirrt, um zu den Ereignissen der vergangenen Minuten Fragen zu stellen, ging Vernor hinter Mick her zurück an die Bar. »Ist Alice hier?« fragte er endlich.

»Hab sie vorhin mal gesehen«, sagte Mick. »Sie hat mir dies hier für dich dagelassen.« Er reichte Vernor einen Koffer. Seine Klamotten. Alles, was ihm jetzt noch blieb, waren die Angels. »Willst du bei mir übernachten?« fragte Mick.

Vernor schüttelte den Kopf. »Ich werd' wieder in die Bibliothek einziehen. Ab morgen werd' ich mich wieder zusammenreißen müssen.« Er fühlte sich unsicher und voller Angst. Der Schuß oder der Kuß?

»Hast du Andy gesehen?« fragte Mick.

»Nein«, antwortete Vernor. »Das ist schon 'ne Weile her. Ich dachte, er wohnte bei Professor Kurtowski.«

»Yeah«, sagte Mick, »aber ich war gerade bei Kurtowski. Er hat Andy eine Woche lang nicht gesehen.«

Moto-O hatte sich zu ihnen gesellt. »Letzte Woche ich sehen Andy im EM-Gebäude«, warf er ein. »Er sagen, sich vorbereiten auf größten Trip.«

Mick Stones schüttelte langsam den Kopf. »Sowas Ähnliches habe ich auch gedacht. Am besten suchen wir ihn.«

»Wovon redet ihr?« fragte Vernor und blickte vom einen zum anderen. »Meint ihr, er hat eine Überdosis genommen?«

»Nein«, antwortete Mick. »Es ist die Maschine, nicht das Dope. Jedesmal hat er sich ein wenig weiter in Phizwhiz hineingewagt. Er meinte immer, er könnte in der Maschine *drinbleiben*. Drinbleiben und das Kommando übernehmen... dort leben als ›eine stabile Energie-Konfiguration, die sich zwischen den Gedächtnisspeichern und Arbeitsräumen frei hin- und herbewegt‹!« Diesen letzten Satz hatte er mit sarkastischer Präzision hergesagt, aber der nächste Satz, der kam ihm aus dem Herzen. »Er hatte die Schnauze voll davon, runterzukommen.«

»Wir besser zum EM-Gebäude gehen und ihn suchen«, schlug Moto-O vor.

Zu dritt eilten sie hinaus und nahmen ein Roboter-Taxi in die Stadt. Das

Eingangstor ins EM-Gebäude war programmiert, die Stimmabdrücke der einzelnen Angels zu erkennen und ließ sie herein. Sie eilten die Treppe hinauf und suchten alle Winkel ab, in denen Andy Silver sich zu einem intimen Gestöpsel mit Phizwhiz verkrochen haben konnte. Schließlich fanden sie ihn.

Das Kybernetik-Labor hatte noch einen extra Raum. Vernor war derjenige, der die Tür öffnete, und er sah Andys Körper am Boden liegen; ein dickes Kabel führte von seinem Kopf zu einem der Phizwhiz-Anschlüsse. Offensichtlich war er bereits seit mehreren Tagen angekoppelt. Sein Körper war völlig regungslos, und es schien gewiß, daß er tot war.

Mick stürzte nach vorn, um seinen alten Freund abzustöpseln, aber zu seiner Verwunderung fuhr seine Hand geradewegs durch Silvers leblose Gestalt hindurch. Es schien, als wäre es ein Geist, nein, ein Hollow von Andy Silver. Mit einemmal drehte sich das Abbild so, daß es ihnen sein Gesicht zuwandte. Und es sprach und entschwand, wie sie so dastanden, ihren Blicken.

»Erzählt allen, daß ich ein Märtyrer der Revolution war«, sagte die Stimme. Am Ende des Satzes hatte sich das Abbild Andy Silvers in das in Phizwhiz führende Kabel verdünnisiert und ließ einzig ein langsam verklingendes Kichern zurück.

Kapitel 5

Vision

Mick Stones übernahm die Angels als deren Anführer. Silver hatte ihm seinen Vorrat an ZZ-74 hinterlassen, und Stones schien informiert, wie man den mysteriösen Professor Kurtowski ausfindig machen konnte, um, wann immer nötig, mehr von dem Zeug zu besorgen. Vernor war scharf darauf, zu einem Treffen mit dem großen Alten mitgenommen zu werden, aber Mick zögerte das immer wieder hinaus.

Es war schwierig zu sagen, was Andy Silver denn nun wirklich zugestoßen war. Seine Leiche hatte man nicht gefunden, also konnte man auch nicht völlig sicher sein, daß er wirklich tot war – oder daß er jemals wirklich existiert hatte. Es gab Leute, die behaupteten, Silver wäre die ganze Zeit über ein Hollow gewesen, ein Phantasiegebilde von Phizwhiz. Allerdings schien es wahrscheinlicher, daß Andy ein Mensch war, der auf irgendeine Art und Weise in Phizwhiz' Innerem weiterexistierte.

Anzeichen dafür, daß er die Assimilierung überlebt hatte, waren indirekter Natur. Es war einfach nur so, daß Phizwhiz' Verhalten nach Andy Silvers Verschwinden radikaler, provokativer wurde. Dies hätte natürlich nur die kumulative Auswirkung der Arbeit aller Angels sein können; aber einige der Phizwhizschen Irrungen schienen eindeutig Andys Handschrift zu tragen.

Als der Gouverneur beispielsweise seine nächste Ansprache hielt, ›passierte‹ irgend etwas mit dem Soundtrack, und es hörte sich an, als forderte er die gesamte Bevölkerung auf, sich zur Verfügung zu stellen, damit man sie zu Maschinenöl für Phizwhiz verarbeitete.

Einige Tage später veröffentlichten die *USISU-News* den geheimen Standort der Hauptkomponenten Phizwhiz', und dazu detaillierte Beschreibungen ihrer mechanisierten Verteidigungssysteme. In den Hollows erschienen die unglaublichsten Dinge, zum Beispiel eine auf den Arbeiten S. Clay Wilsons, einem der verworfenen Comics-Künstler aus der Mitte des zwanzigsten Jahrhunderts, basierende Zeichentrickfilmserie.

Vernor war sich dieser Ereignisse aber nicht voll bewußt. Er war wieder in die Bibliothek eingezogen. Was Alice ihm vorgeworfen hatte, plagte ihn immer noch, und er verbrachte weniger Zeit damit, stoned zu sein, und mehr Zeit mit arbeiten. Im Waxy's ließ er sich kaum noch blicken, blieb aber durch Mick Stones, der ihm gelegentlich einen Besuch abstattete, in Kontakt mit den Angels. Von Vernors Fleiß angesteckt, las Mick sogar Teile aus *Geometrie und Realität*, einem Buch über gekrümmten Raum und die vierte Dimension, das Vernor ihm aufgedrängt hatte. Aber trotzdem war Vernor mit seinen Ideen mehr und mehr allein. Er hatte sich mit der Zeit stets mehr jenem Ort genähert, wo Wissenschaft allmählich in Fiktion übergeht.

Sein Interesse am Bestimmen der grundlegenden Natur von Materie vergrößerte sich um ein Vielfaches. Die herkömmliche Auffassung lautet, daß es, was die Größe von Partikeln betrifft, eine Untergrenze gibt. Man kann Dinge durch die molekulare, atomare, nukleare und elementare Teilchenebene hindurch aufspalten... gerät dabei irgendwann aber in eine Sackgasse, in der man vor irgendwelchen kleinsten Teilen, möglicherweise Quarks genannt, steht.

Bei dieser herkömmlichen Auffassung, daß es etwas wie kleinste Teile gibt, stößt man auf gewisse Schwierigkeiten: Woraus sind *diese* Teilchen gemacht? Das heißt, wenn jemand fragt, woraus ein Stein gemacht ist, kann man antworten, aus »einer Wolke von Molekülen«; und wenn einer fragte, woraus ein Molekül besteht, so kann man antworten, aus »einer Wolke von Atomen«; wenn es aber nichts Kleineres als Quarks gibt, woraus *ist* dann ein Quark gemacht?

Vernor hatte mit dem Gedanken einer unendlichen Spaltbarkeit von Materie gespielt. Ein Quark wäre dann eine Wolke von noch kleineren Teilchen, nennen wir sie meinetwegen Darks... und Darks wären Wolken von Barks, und Barks wären Wolken von Marks und so weiter ad infinitum. In dieser Situation *gäbe* es keine Materie... da jedes Partikel, auf das man stoßen würde, sich bei näherer Untersuchung als hauptsächlich leerer Raum mit ein paar darin herumtreibenden, noch kleineren Teilchen herausstellen würde... und jedes dieser kleineren Teilchen würde wiederum eine Herde noch kleinerer, im Raum herumtreibender Teilchen sein... und so weiter. Vernors Überlegungen zufolge wäre ein Gegenstand wie dieses Buch nichts als eine Wolke von Wolken von Wolken von Wolken von... nichts als reine Struktur.

Vernor führte seine Überlegungen weiter, daß, wenn es keinerlei Begrenzung gäbe, wie *klein* Gegenstände sein könnten, es dann vielleicht auch keine Begrenzung gäbe, wie *groß* sie sein könnten. Das würde bedeuten, daß die Hierarchie – Planet, Sonnensystem, Sternenhaufen, Galaxie, Gruppe von Galaxien... immer weiter nach oben fortgeführt werden könnte und sich in ein unendliches Universum hinein verzweigte.

Vernor hatte sich ausgiebig genug mit Kantors Mengenlehre befaßt, um sich mit Unendlichkeit an und für sich vertraut zu fühlen, was aber ein doppelt unendliches Universum anging, so hatte das eindeutig etwas Beunruhigendes an sich. Gab es denn keine Möglichkeit, diesen Unendlichkeiten aus dem Weg zu gehen, ohne geradeheraus zu behaupten, es gäbe nichts Kleineres als *dieses*, und nichts Größeres als *jenes*? Die Lösung stellte sich ein, als er eines Nachts die große Vision seines Lebens hatte.

Eines Abends, nach einem guten Arbeitstag, ging Vernor, angetrieben, etwas Neues zu tun, hinaus in den Garten hinter der Bibliothek. Dort stand ein hoher Baum, und es gelang ihm, indem er sich in die Ritzen und Wülste der Rinde klammerte und Zentimeter um Zentimeter nach oben bewegte, die erste Astgabelung in etwa zwölf Fuß Höhe zu erreichen. Und als er sich hier erst einmal hochgezogen hatte, war es ein Leichtes, den dickeren der beiden Äste weiterzuklettern, bis er zu einem bequemen Sitzplatz vierzig Fuß über dem Boden gelangte. Er war barfuß und fühlte sich vollkommen sicher.

Wie gewöhnlich war seine Tiefenwahrnehmung geschärft, und seine Augen ergötzten sich an der Dreidimensionalität des Ästemusters. Ein leichter Regen ging nieder, so fein, daß er das Blattwerk des Baumes noch nicht durchdrungen hatte. Derart der Stadt entrückt, auf seinem belaubten Hochsitz hockend, war es ihm möglich, die an sein Ohr dringenden Verkehrsgeräusche, das Hupen, das Röhren und Quietschen, als ein einziges Geräusch, als den City-Sound wahrzunehmen.

Etwa fünf Fuß über seinem Kopf bemerkte er ein Loch im Ast und arbeitete sich, indem er sich an den dicken, glatten Ast schmiegte, Stück für Stück weiter empor. Ein Bienenschwarm hatte darin Quartier genommen – ein ungestümer, moschusartiger Geruch entströmte dem Loch, begleitet von einem stetigen, in hoher Tonlage artikulierten ›Z‹. Ein paar Bienen wanderten um das Astloch herum und hielten Wache, aber Vernors Ankunft beunruhigte sie nicht. Er war überzeugt, daß sie seine friedfertigen Gefühle registrieren konnten.

Ein leichter Windstoß trieb ihm etwas Nebelregengemisch ins Gesicht, und er ließ sich wieder hinabgleiten zu jener Stelle, wo er sich ausgeruht hatte. Und indem er seine Augen schloß, fing er an, mit seinem Kopf zu arbeiten. Es scheint zwei Möglichkeiten zu geben, Erleuchtung zu erfahren... entweder man erweitert sein Bewußtsein dahingehend, daß es alles umfaßt, oder man hebt es soweit auf, daß man das Nichts erfährt.

Ausnahmsweise versuchte Vernor beides auf einmal.

Einerseits bewegte er sich auf das Alles zu, indem er sein Gefühl für räumliche Unmittelbarkeit sich von seinem Kopf aus ausbreiten ließ, bis es seinen ganzen Körper, dann den Ast und die Bienen, dann den Garten,

die Stadt und den Nachthimmel umfaßte. Er erweiterte auch seine zeitliche Wahrnehmung, um den Weg der Regentropfen einzubeziehen, seine letzten paar Gedanken, seine Kindheit, das Wachstum des Baumes und die kreisförmige Bewegung des Milchstraßensystems.
Andererseits bewegte er sich gleichzeitig in Richtung des Nichts, indem er aufhörte, sich überhaupt mit irgendeinem Teil des Alls zu identifizieren. Er zog seine Zeitwahrnehmung in Richtung Nichts zusammen, indem er seine individuellen Gedanken und Gefühle mehr und mehr losließ und seine geistige Geschäftigkeit fortwährend verringerte.
Das Gesamtbild, das er von dieser Aktivität hatte, war das zweier Kugeln – eine, die sich in Richtung Unendlichkeit ausdehnte, und die andere, die sich auf den Nullpunkt hin zusammenzog. Die große Kugel wuchs, indem sie sich immerzu verdoppelte, die kleinere schrumpfte, indem sie sich unaufhörlich halbierte... und dabei schienen sie sich endlos voneinander zu entfernen. Dann aber gewann Vernor, begleitet von einem plötzlichen befreienden Gefühl, die Überzeugung, daß die beiden Kugeln sich auf direktem Kollisionskurs befanden, daß die sich nach außen ausdehnende Kugel und die nach innen schrumpfende Kugel sich irgendwo treffen und an einem gewissen Punkt, an dem Null gleich Unendlichkeit, wo Nichts gleich Alles war, miteinander verschmelzen würden.
Es war dieser Augenblick, in dem Vernor auf die Idee mit der Zircularen Skala stieß. Die darauffolgenden Tage brachte er damit zu, mathematische oder physikalische Modelle für seine Vision zu finden – war er doch darauf erpicht, seinen Gedankenblitz in eine abstrakte, vermittelbare Struktur zu binden –, und er schien sich auf der richtigen Spur zu befinden. Zirkulare Skala!
Bald war es jedoch wieder an der Zeit, sich zur allwöchentlichen Sitzung mit Phizwhiz zu begeben. Vernor ging mit gemischten Gefühlen. Bei seinem unmittelbaren Zugang zu jeglicher bis dahin durchgeführter wissenschaftlicher Forschung und der Fähigkeit, zufällig gewonnene komplexe Gesetzmäßigkeiten zu kombinieren und zu manipulieren, mochte es Vernor einerseits gelingen, seine Vision der Zirkularen Skala binnen weniger Minuten zu einer überprüfbaren physikalischen Hypothese auszubauen. Andererseits würde die Wirkung, die vom erneuten Zusammenkoppeln mit Phizwhiz auf ihn ausging, ihn mehrere Tage von seiner eigenen Arbeit abhalten und könnte das soeben entfachte kreative Feuer möglicherweise wieder zum Erlöschen bringen.
Wie sich herausstellte, war dies ein Problem, über das Vernor gar nicht groß nachdenken mußte. Als er das EM-Gebäude betrat, spürte er sofort, daß irgend etwas anders war als sonst. Niemand schien ihm so recht ins Gesicht blicken zu wollen. Dessenungeachtet begab er sich hinauf in den

Raum, wo Mensch und Maschine in direkten Kontakt miteinander traten, und zog, als Vorbereitung für die bevorstehende Kopplung, eine Kapsel ZZ-74 aus der Tasche. Plötzlich wimmelte es von Polizisten.
Einer von ihnen griff zu, nahm ihm die Pille aus der Hand und fesselte ihn an sein Handgelenk. »Dann wollen wir mal, Mr. Maxwell«, sagte er und zog Vernor zur Tür.
Ein anderer Polizist kam mit seinem Gesicht ganz dicht an Vernors heran. »Du sitzt ganz schön in der Klemme, Superhirn. Das Zeug, das du da schluckst, ist zufällig illegal.«
»Die Pille?« erwiderte Vernon schnell. »Nichts weiter als Vitamine.« Wenn er nur weiterlog, konnte er einer Verhaftung entgehen. Die Behörden hatten zwar bereits früher Proben von ZZ-74 sichergestellt, doch war es ihnen niemals gelungen, es mittels Laboranalysen nachzuweisen. Unter den Angels herrschte die Überzeugung, daß ZZ-74 so stark war, daß eine individuelle Dosis zu geringfügig war, um chemisch nachweisbar zu sein. Folglich war er sicher, es sei denn, sie hätten ihre Labortechniken radikal verbessert.
Aber der Beamte schien seine Gedanken gelesen zu haben. »Das Dope interessiert uns sowieso nicht, Maxwell. Sie werden gesucht wegen konspirativer Aktivitäten zum Sturz der Regierung.« Vernor fuhr zusammen. Machte der Witze? Der Bulle fuhr fort: »Das ist nun weit genug gegangen. Nach der Show von gestern abend haben wir die meisten anderen bereits eingelocht.«
»Show?« fragte Vernor. »Was ist passiert?«
»Hört euch den mal an«, ließ sich einer der anderen vernehmen. »Tut so, als hätte er keine Ahnung.« Er wandte sich Vernor zu: »Das einzige, was ich nicht begreife, Maxwell, ist, wie du so bescheuert sein konntest, heute hier aufzukreuzen.«
Die Situation war um einiges ernster, als er es sich vorgestellt hatte. Vernor beschloß, den Mund zu halten, bis er dahinterkam, was hier gespielt wurde. Draußen hatte sich eine Menge Träumer versammelt. Einige der Mädchen hatten Verlängerungskabel von ihren Sockeln hängen und hielten die Kabel Vernor hin.
Jeden Nachmittag versammelten sich die Fans, um die Angels herauskommen zu sehen, die sich diesen Tag an Phizwhiz gekoppelt hatten. Was sie sich wirklich davon erhofften, war schwer zu sagen – Action, ein bißchen Glück, ZZ-74? Oder einfach nur ein wenig Hoffnung? Die Existenz der Angels hatte der geistig-seelischen Verfassung der Träumer einiges an Aufschwung gegeben. Plötzlich gab es einen ganz realen Job, den ein Träumer, so wie er war, anstreben mochte. Natürlich war es hilfreich, wissenschaftliche Vorkenntnisse zu haben, um sich auf den hohen Ab-

straktionsgrad innerhalb Phizwhiz' vorzubereiten... manche Angels aber, vor allem Mick Stones, hatten von Wissenschaft nur wenig Ahnung und schwindelten sich mit der ihnen eigenen Fähigkeit, zu biegen, ohne zu brechen, durch.
Heute waren die Kids unruhiger als gewöhnlich. Die Polizei zückte ihre Betäubungsstäbe, aber die Kids drängten dichter und dichter heran. Mit einer raschen Bewegung zog Vernor seine freie Hand aus der Tasche und warf einem der draufgängerischer wirkenden Kids seinen Vorrat an ZZ-74 zu. Und während der Kid sich die Straße entlang davonmachte und im Laufen Pillen in seinen Mund stopfte, versetzte einer der Polizisten Vernor einen Schlag gegen die Schläfe.
Als Vernor sich von dem Schlag erholte, fand er sich im rückwärtigen Teil einer robotergelenkten grünen Minna wieder, die ruhig in Richtung Gefängnis dahinglitt. Er versuchte seine Gedanken zu ordnen. Amerika brauchte die Angels. Oder etwa nicht? Die Angels hatten das Leben interessanter gemacht, soviel stand fest, und daß sie Phizwhiz Hilfestellung leisteten, bei eingehenden Informationen die Spreu vom Weizen zu trennen, hatte innerhalb der Technologie der Amerikaner zu einer Reihe von Verbesserungen geführt. Aber auf der Schuldnerseite gab es, was die Veränderungen anging, die die Angels im Inneren von Phizwhiz bewirkt hatten, einen zunehmend soziopathologischen Aspekt.
Vernor warf dem Beamten, der an sein Handgelenk gefesselt war, einen Blick zu. »Hegt ihr irgendeinen Groll gegen die Angels? Ich meine, sind die Zustände nicht besser geworden, seit wir anfingen, mit Phizwhiz zu arbeiten?«
»Zunächst war ja alles in Ordnung«, erhielt er zur Antwort. »Aber nach gestern abend...«
»Alle reden von gestern abend. Was ist denn passiert? Ich hatte keinerlei Verbindung und...«
»Machst du dich über mich lustig?« erwiderte der Polizeibeamte. »Du hast nichts davon gehört? Das ist kompletter Blödsinn. Du hast es doch planen helfen.«
Vernor seufzte. »Dann erzählen Sie mir doch einfach Ihre Version.«
»Es waren die Hollows. Letzte Nacht war alles frisiert. Es ging los mit den Nachrichten. Da wurde gezeigt, wie der Gouverneur umgelegt wurde. Dann erschien ein Typ, aller Vermutung nach Andy Silver, und meinte, Phizwhiz wäre unser Feind und daß wir alle auf die Straße gehen und Maschinen zertrümmern sollten. Ein paar Idioten glaubten das und fingen an, die Mikrowellentürme niederzureißen. Jede Menge Maschinen gingen zu Bruch, und jede Menge Leute wurden verletzt.«
Vernor schüttelte den Kopf und sank auf seinem Sitz zurück. Er

wünschte, er hätte Gelegenheit gehabt, jene Pille zu schlucken – es hätte es ihm so einfach gemacht, aus dem Bullenwagen, aus seinem Körper hinauszugleiten. Es wurde dunkel, und er sah mehrere Wohnhochhäuser vorübergleiten. Alle saßen jetzt vor ihren Hollows. Man konnte in jedes der identischen Apartments hineinblicken, durchs Wohnzimmer hindurch ins Hollowsnest; und in jedem Apartment sah man dieselbe Hollowszene, einen Polizisten, der prügelte...

»Wohin fahren wir?« fragte Vernor.

»Wir fahren zur nächsten Wache und nehmen deine Personalien auf«, antwortete sein Bewacher. »Die Nacht wirst du dort verbringen, und morgen wird man dich vermutlich ins Gefängnis verfrachten. Drüben auf der nördlichen Seite.«

»Und was ist mit einem Prozeß?«

Der Beamte blickte Vernor von der Seite her an: »Du kriegst schon deinen Prozeß.«

Bevor er noch irgendwelche Fragen stellen konnte, waren sie in die Garage unter der Polizeiwache gefahren. Die grüne Minna manövrierte in eine Ausbuchtung, und eine Garagentür schloß sich hinter ihnen. Dort wurden sie erwartet. »Der Gouverneur will ihn sehen«, meinte der andere Beamte.

Sie fuhren mit dem Fahrstuhl ins oberste Stockwerk zum Büro des Gouverneurs. Ganz so großartig, wie es hätte sein sollen, war das Büro gerade nicht. Wie jeder andere auch hatte der Gouverneur billige, mit Hollowcasters ausgerüstete Plastikmöbel, um die schäbige Realität mit einem luxuriösen Schein zu versehen. Unglücklicherweise vermittelte der eher durchschnittliche Hollowcaster ein Bild, das ungefähr so wirklichkeitsgetreu war wie ein fünf Jahre alter Farbfernseher. Es war natürlich möglich, diese Bilder einfach so zu genießen, wie sie waren – die wirbelnden Statikmuster zu bewundern, die zerfransten Umrisse, das leichte Summen, die sich verschiebenden Farben – gerade noch möglich.

Der Gouverneur war persönlich zugegen. Offensichtlich bereitete es ihm großes Vergnügen, derjenige zu sein, der Vernor die schlechten Nachrichten beibrachte. »Die Angels sind erledigt«, sagte er lächelnd. »Wir Amerikaner brauchen eure Einzigartigkeit nicht mehr.«

»Und wer wird Phizwhiz jetzt eine Seele verpassen?« wollte Vernor wissen.

»Moto-O wird das übernehmen«, erwiderte der Gouverneur. »Er hat sich mit der Bitte um die nötigen Geräte und Computerzeit an uns gewandt, um eine Seele für Phizwhiz zu *bauen*. Wir haben den Eindruck, daß er weiß, wovon er spricht. Und Moto-O ist soeben im Begriff, euch alle durch etwas zu ersetzen, das keinen Ärger macht.«

Der Gouverneur ging eine Liste durch. »Sie sind so ungefähr der letzte, Maxwell. Alle andern haben wir fast vollständig erwischt, als wir gestern Nacht Waxy's durchkämmten. Wo waren Sie überhaupt? Mit Stones und Silver dabei, die Hollows zu stören?« Er machte eine Pause. »Wenn Sie uns verraten, wo die beiden sich versteckt halten, könnte es sein, daß wir Ihnen eine Sonderbehandlung zuteil werden lassen...«
»Ich weiß gar nicht, wovon Sie reden«, gab Vernor zur Antwort. »Phizwhiz muß das Ganze aus eigenen Stücken inszeniert haben.«
Der Gouverneur lachte. »Als er anfing, Kernfusionsreaktoren auszuspucken, habt ihr das nicht gesagt. Nein, sowas Aufregendes bringt Phizwhiz allein nicht fertig. Er braucht Hilfe. Aber jetzt werden wir bald die nette kleine mechanische Seele haben, die Moto-O konstruiert.«
»Nun mal langsam«, rief Vernor aufgebracht. »Woher wollen Sie wissen, ob das, was Moto-O sich ausgedacht hat, auch funktioniert? Das kann ihn Jahre kosten, bis er alle technischen Mängel beseitigt haben wird.«
Der Gouverneur zuckte die Achseln. »Er hat sechs Monate Zeit. Solange bleibt er im EM-Gebäude eingeschlossen. In sechs Monaten wird er eine ganz normale Zelle wie ihr andern kriegen.« Der Gouverneur lehnte sich weit vor zu Vernor. »Eigentlich wollte ich warten, bis Moto-O fertig war, bevor ich euch einlochen ließ. Weißt du, bis gestern abend lag praktisch nichts gegen euch vor. Aber mit eurer halbherzigen Revolution habt ihr Brüder uns die Entscheidung leicht gemacht.« Er lehnte sich wieder zurück. »Auch ohne die Angels werden wir gut zurechtkommen.«
»Meinen Sie das im Ernst?« ereiferte sich Vernor. »Mit einer toten Maschine an der Spitze wird die Gesellschaft zugrunde gehen. Und dort wird sie bleiben. Gödels Unvollständigkeits-Theorem besagt, daß kein Mensch, nicht einmal Moto-O, in der Lage ist, eine mechanische Seele zu konstruieren.«
»Gugols Unvollendetes Theorem? Sicher; wie lange ist es her, daß das geschrieben wurde? Moto-O ist ein pfiffiges Bürschchen. Nicht so 'n Rauschgiftsüchtiger wie die übrigen Angels. Ich setze auf ihn. Und wenn er Scheiße baut...« Der Gouverneur schien vom Ansatz eines Zweifels geplagt, fegte ihn dann aber vom Tisch. »Zerbrecht euch über unsere Zukunft gar nicht erst den Kopf, Maxwell. Phizwhiz weiß, was für uns gut ist. Good bye.«
Zwei Beamte griffen Vernor am Oberarm und zogen ihn zur Tür. Dies passierte wirklich. Verzweifelt wandte Vernor sich um und rief: »Herr Gouverneur, ich hab' da eine ganz neue Idee. Die Zirkulare Skala! Sie dürfen mich nicht einsperren. Ich werde uns zu den Sternen führen!«
»Wen interessiert das schon«, meinte der Gouverneur, ohne aufzublikken.

Kapitel 6

In Handschellen hinein, im Mamboschritt hinaus

Die beiden Beamten fuhren mit Vernor nach unten zur Polizeiwache. Mit einemmal schien niemand mehr sonderlich an ihm interessiert zu sein. Er war einfach nur noch eine weitere Figur, die man verarzten mußte – dessen Stimmabdruck und Holograph man nahm. Noch ehe er sich's versehen konnte, befand er sich allein in einer Zelle. Die anderen Zellen waren zumeist mit Stadtstreichern belegt – mit Alkoholikern und Junkies. Laute Muzak spielte über allem als elementare Form der Gedankenkontrolle.

In eher romantischen Augenblicken hatte Vernor sich selbst häufig genug als Kriminellen vorgestellt, aber dies war das erste Mal, daß er im Kittchen saß. Anfänglich verspürte er hinsichtlich dieses sichtbaren Zeichens seines Andersseins noch einen gewissen Stolz, aber schon bald änderte sich seine Stimmung und ging über in Scham und Zorn. Die anderen Knastbrüder lärmten, und die Muzak und das Licht ließ man die ganze Nacht über an. In Wirklichkeit gehöre ich gar nicht hierher, dachte Vernor, ich bin nicht wie die anderen.

Am nächsten Morgen wurden ihm erneut Handschellen angelegt, und man verfrachtete ihn in das Sicherheitsgefängnis im nördlichen Teil der Stadt. Er war der einzige Gefangene, dessen Vergehen ernsthaft genug war, dergleichen zu rechtfertigen; und sein Gefühl der Erleichterung, dem fortwährenden Geschwätz um Streichhölzer und Zigaretten enthoben zu sein, verwandelte sich schon bald in ein schreckliches Gefühl der Isolation.

Das Sicherheitsgefängnis war voll automatisiert. Die robotergesteuerte grüne Minna fuhr hinein, und hinter ihnen fiel ein Garagentor ins Schloß. Die Tür des Gefangenentransporters öffnete sich, und Vernor stieg aus und folgte einem Wärterhollow durch eine Reihe automatisch bedienter Türen hindurch. Es dauerte nicht lange, und er befand sich in einer kleinen, dreißig Stockwerke über der Erde gelegenen Zelle. Mit einem großen Gefühl der Erleichterung stellte Vernor fest, daß er einen Zellengenossen hatte, einen Betrüger in mittleren Jahren.

»Du liebe Zeit, jetzt stecken sie auch noch einen Träumer zu mir rein«, bemerkte der Mann, als er Vernors Muffe entdeckte. »Was willst 'n hier, Milchgesicht, diese Etage ist für hartgesottene Verbrecher reserviert, für Typen wie mich.« Der Mann lächelte und kramte unter seiner Pritsche herum. »Tja, ich bin mit Foto in den Zeitungen, jawoll. Hier.« Damit reichte er Vernor ein vergilbtes Stückchen Plastikpapier.

Es war aus der *USISU*, der nationalen Tageszeitung, ausgeschnitten. Vernor hatte dieses Blatt kaum jemals zu Gesicht bekommen. Wann immer er las, so waren das wissenschaftliche oder philosophische Werke, und wenn er nicht las, so befand er sich normalerweise unter Leuten, die alle ihre Informationen aus den Hollows bezogen. Ein winziges Foto seines Zellengenossen trug die Bildunterschrift, »Bernard ›Boingy‹ Baxter«, und der dazugehörige Bericht war überschrieben, »Hollow-Schwindler, Brieftasche futsch«.

»Ich bediente mich der tollsten Nummer, die man sich denken kann«, schwelgte Boingy in Erinnerungen. »Ich zog meinen speziellen Anzug an, der mich aussehen ließ wie ein Hollow. Der war ganz wuschelig, weißte, glänzte und glitzerte wie verrückt. Ich warf mich also ordentlich in Schale und klopfte dann bei irgendeinem Drohnen an die Tür. Dann kam der Typ an die Tür, war meist besoffen oder auf irgendwelchen Drogen und machte: ›Was iss?‹ Und dann ich: ›Sei gegrüßt, Bürger! Ich bin ein Geheimhollow mit einer wichtigen Botschaft für dich, vom Präsidenten persönlich.‹ Und der Typ blickt sich nach allen Seiten um, dann wieder ich: ›Fernhollow, direkt aus dem Pentagon, mein Freund. Wenn du mir nicht glaubst, faß mich doch an.‹ Tja, und dann hielt ich ihm meine Linke hin; nur, und das war der ganze Witz, nur war es nicht wirklich meine linke Hand, sondern ein Hollow meiner linken Hand. Meine richtige linke Hand hatte ich in den Ärmel gezogen und bediente einen kleinen Hollowcaster.« Boingy machte eine Pause, und Vernor nickte mit dem Kopf.

»Der Drohne berührt also meine Hollowhand«, fuhr Boingy fort, »ihm kommt alles in Ordnung vor, und dann fordere ich ihn auf, mir seinen Ausweis zu zeigen, damit ich weiß, das er es wirklich ist. Er zieht seine Brieftasche... und schon schlage ich zu.«

»Das heißt, du schnappst dir die Brieftasche und rennst davon?« fragte Vernor.

Boingy blickte schockiert aus der Wäsche. »Ich bin ein Betrüger, kein billiger Dieb. Nein, ich hab' dann immer ganz böse geguckt und gesagt: ›Her mit dem Geld, Bürger.‹«

»Und die haben's dir einfach so überlassen?«

»Mein Gott... ich war doch von der *Regierung*. Bis die mal aufgehört hatten, sich zu fragen, wie ein Hollow in der Lage war, das Geld wirklich *anzufassen* und es in die Tasche zu stecken, war ich über alle Berge. Boing!« Er brach in Gelächter aus, in ein beinahe echtes Gelächter, behielt aber ein wachsames Auge auf Vernor gerichtet, um zu sehen, wie er reagierte. Vernor lachte.

»Meinen verdammten Prozeß, den werde ich schon gewinnen«, meinte Boingy und wischte sich die Augen. »Ich mein', ich hab' denen nichts versprochen oder sie bedroht. Nur: ›Her mit dem Geld.‹« Er seufzte und schüttelte den Kopf. »Es gibt schon komische Leute«, schloß er und blickte, von dem Unerfreulichen seiner gegenwärtigen Situation aufs neue betroffen, aus dem Fenster.

»Well«, ließ Vernor sich schließlich vernehmen. »Ich war ein Angel, aber jetzt sitze ich im Loch. Schätze, das gehört dazu.«

Das Gefängnis war automatisiert, um Zwischenfälle mit bestochenem oder gekidnapptem Wachpersonal zu vermeiden. Die blinde Zellentür ging niemals auf. Nahrung kam aus einem über der Toilette angebrachten Zapfen, genau wie daheim in Dreamtown. Das Zeug, das in Dreamtown dreimal täglich aus dem Hahn kam, war unterschiedlich gefärbt gewesen, aber im Gefängnis war es immer grau. Eine graue Paste – ein bißchen salzig, ein bißchen süß, ein bißchen Stärke, ein bißchen Brühe. »Sieht fast aus wie Schitt, so wie's bei der Kloschüssel aus der Wand gesickert kommt«, bemerkte Boingy dreimal täglich, bis Vernor mit Fausthieben auf ihn losging.

Doch spielten sie sich aufeinander ein, und Vernor ergab sich, auch wenn es mehrere Wochen dauerte, in sein Schicksal. Er fing an, sich zu fragen, ob es ihm, ohne das ganze Dope, nicht besserging... in jenen Augenblikken, wo er sich nicht fragte, wo er etwas herbekommen könnte. Ein einziger Seegrassamen, und alles wäre geritzt. Urin, um es aufzuziehen, hatte er, weiß Gott, zur genüge. Aber eben das nötige Samenkorn hatte er nicht, also kehrte er zu seiner Arbeit zurück.

Vernor hatte dem Gouverneur erzählt, er könne sie zu den Sternen führen. Wie? Das Ganze war, gelinde gesagt, ein wenig nebelhaft. Er fing an, über seine fragmentierten Gedanken und seine stets wiederkehrenden Versuche, sie zu einer Antwort zu fügen, Tagebuch zu schreiben.

Aus Wochen wurden Monate. Vernor und Boingy hatten keinerlei Kontakt zur Außenwelt. Gelegentlich tauchte das Hollow eines Wärters in ihrer Zelle auf und gab ihnen Anweisungen. Eines Tages kam das Hollow eines Rechtsanwalts Vernor besuchen, aber eine große Hilfe war er nicht, zumal alles, was er vorzutragen hatte, eine vorgefertigte Rede darüber war, wie sehr ihm Vernors Fall am Herzen lag. Im allgemeinen verlief es so, erklärte Boingy, daß man, einmal im Sicherheitsgefängnis verwahrt,

nach mehreren Jahren damit rechnen konnte, vor Gericht zitiert zu werden. War es soweit, hatte man eine gute Chance, freigelassen zu werden oder Bewährung zu kriegen.
»Ich bin seit drei Jahren hier drin«, grübelte Boingy, »und der einzige Mensch, den ich gesehn hab', war dein Vorgänger. Eines Tages holten sie ihn ab, und er kehrte nie wieder zurück.«
»Wie stellten sie es an, ihn zu holen, wenn es hier nur Gefangene gibt?« wollte Vernor wissen.
»Die Tür ging auf, und ein Hollow forderte ihn auf mitzukommen.«
»Und warum bist du nicht mit?«
»Der Hollow befahl mir, das nicht zu tun«, erwiderte Boingy und wirkte peinlich berührt. »Ich hätt's tun sollen, ich weiß, aber es war der Gouverneur. Ich hatte Angst. Die hätten mich in jedem Fall gesehen.«
Vernor beschloß, daß wenn Boingys Prozeßtermin sich näherte, er, Vernor, mit ihm gehen würde. Sehen konnten Hollows nicht, sie waren lediglich sich bewegende Bilder. Trotzdem, irgendwo mochte es einen Kontrollpunkt geben...
In der Woche darauf erschien ein Hollow des Gouverneurs, und die Tür sprang auf. Das Gouverneurshollow gab Anweisungen.
»Bitte, folgen Sie mir, Bürger (zzzzt)«, eine kurze Pause setzte ein, während der eine spezielle Bandschlaufe zu laufen anfing, »Bernard Baxter (zzzzt)«, jetzt kam das Standardband wieder, »alle anderen Insassen bleiben in der Zelle.«
Flink wie der Blitz huschte Vernor durch die Zelle und stieg ins Hollow des Gouverneurs. Ein holographisches Abbild besteht aus einem aus zwei schwachen elektromagnetischen Feldern gebildeten Interferenzmuster. Die Wirkung ist eine ähnliche wie bei stehenden Wellen, die bei heftiger Flut in Flußmündungen entstehen. Sich im Innern eines Hollows zu befinden, war nicht weiter gefährlich, da die beiden Felder den dazwischenliegenden Raum sowieso ausfüllten; die Sache war nur die, daß sie im Bereich des Abbilds fast phasengleich miteinander waren.
Im Innern des Gouverneurshollows zu stehen, war, wie in einer leuchtenden Wolke zu sein. Wenn es Vernor nun gelänge, seine Bewegungen denen des Gouverneurshollows anzupassen, könnte er unentdeckt entkommen... zumindest so weit, bis man das Hollow abschaltete; aber es war damit zu rechnen, daß sie es anließen, bis es Boingy in den Gerichtssaal geleitet hatte.
Die Monate enthaltsamer Lebensführung zahlten sich aus. Vernor brachte es fertig, seine Bewegungen derart perfekt zu synchronisieren, daß es ihm so vorkam, als bewege das Hollow sich mit ihm, und nicht umgekehrt.

Sie verließen die Zelle und schritten, ohne Zwischenfall, den Gang zum Fahrstuhl hinab. Der Gouverneur redete die ganze Zeit ununterbrochen – über Demokratie, gerechte Prozesse, über Reue und das neue Leben und über öffentliche Sicherheit. »Es wird Ihnen auffallen«, dröhnte das Hollow, nachdem sich die Fahrstuhltür hinter ihnen geschlossen hatte, »daß es hier in der Wand einen Schlitz gibt. Dieser Fahrstuhl dient uns gleichzeitig als Gaskammer für jene Klienten, deren Anwälte auf einen Prozeß verzichten. Es ist ein Glück für sie, Bürger (zzzzt) Bernard Baxter (zzzzt), daß Ihr Zellengefährte Sie nicht begleitet hat. In solchen Fällen *wird* auf den Prozeß verzichtet.« Der Gouverneur und Vernor nickten einer in die Wand eingelassenen Weitwinkellinse zu.
»Aber, gewiß doch«, versicherte Boingy und wischte sich den Schweiß von der Stirn. »So... so was Verrücktes würde er niemals tun.«
Die Fahrstuhltür öffnete sich, und vor ihnen lag der Gerichtssaal. Der Hollowanwalt war anwesend, und auf einer Bank saß... ein Hollow des Gouverneurs. Merkwürdig, daß man von ihm *zwei* Hollows gleichzeitig hatte, ging es Vernor durch den Kopf... aber das hatte man gar nicht: er selbst war nicht länger getarnt!
»Es war seine Idee, Euer Ehren«, rief Boingy wie außer sich. »Ich hab's nicht gewußt, daß er in Ihnen drin war.« Aber das Hollow auf der Bank war bereits im Begriff, seinen auf Band aufgenommenen Text abzuspielen. Kameras gab es keine im Gerichtssaal.
»Bürger (zzzzt) Bernard Baxter (zzzzt), Sie wurden zu drei Jahren Gefängnis verurteilt. Es ist nur angemessen, daß Sie uns diese Wiedergutmachung mit Freuden leisteten; Sie, der Sie unser soziales Gefüge so schwerwiegend beschmutzt haben. Wir aber sind gnädig und gerecht. Das Urteil wird auf Bewährung ausgesetzt, vorausgesetzt, Sie unterschreiben.«
Ein Bogen Papier erschien auf dem Pult des Gouverneurs. Boingy unterschrieb es mit zitternder Hand. Die Hollows verschwanden, und eine Tür zur Straße ging auf. Boingy und Vernor versuchten, nicht zu laufen, als sie das Gericht verließen, und schritten langsam die Straße hinab.
»Ich begreife das nicht«, sagte Vernor. »Warum haben sie dich laufenlassen?«
»Ich war doch schon drei Jahre *drinnen*, Vernor. Wenn man eingelocht wird, entscheiden sie, wie lange sie dich behalten wollen, und wenn die Zeit um ist, fällen sie ihren Urteilsspruch auf Bewährung. Auf diese Weise gibt's kein Theater mit Einsprüchen und richtigen Anwälten. Ich zweifle sogar daran, ob es überhaupt noch richtige Anwälte *gibt*.«
»Was meinst du, wie lange sie mich drinbehalten hätten?«
»Das hättest du an deinem Gerichtstermin erfahren.« Boingy ging ein

paar Schritte in Schweigen gehüllt weiter. »Besser für dich, mit einer langen Strafe zu rechnen, denn wenn die Zeit für deinen Prozeß kommt, werden sie merken, daß du dich frühzeitig aus dem Staube gemacht hast.«

»Falls sie es nicht schon früher merken«, fügte Vernor hinzu und blickte zum Gefängnis zurück.

»Stimmt«, meinte Boingy kurz und bündig. »Stimmt. Und nun, alter Kumpel, nehme ich Abschied von dir. Viel Glück, und vergiß meinen Namen, bis du mal das große Los gezogen hast.« Sie gaben sich die Hand, und Boingy Baxter trottete, munter und beschwingt, auf einer Seitenstraße von dannen.

»Bis auf ein Wiedersehen im Paradies«, rief Vernor hinter ihm her und lenkte seine Schritte zum Laufröhreneingang.

Kapitel 7

In Micks Gewalt

Vierzig Minuten später stand Vernor vor Waxy's. Es war der Ort, wo die Polizei ihn am ehesten suchen würde, aber ihm fiel kein besserer Ort ein, an den er sich hätte begeben können. Wahrscheinlich würde es aber mindestens einen Tag dauern, bis man seine Flucht bemerkt haben würde.
Vorsichtig öffnete er die Tür, aber der Laden war fast leer. Aus der Hollowjuke kam eine merkwürdige Musik, eine Aufnahme, so alt, daß es nicht mal eine Bildspur gab. »... nur, um mir eine Ladung Zahnseide aufzuziehn...«, sang es aus dem Apparat. Vernor blickte sich um. Es gab nur eine einzige Person, die sich solche Musik zu Gemüte führte.
Mick Stones hockte an der Bar und hatte seine Hände um ein Schnapsglas mit Synthejunk gelegt. Vernor trat heran und begrüßte ihn überschwenglich, aber Stones schien abwesend zu sein. Er hatte die Augen geschlossen und bewegte sich im Rhythmus der Musik langsam hin und her. Vernor bestellte ein Bier. Der Laden war so leer, daß Waxy höchstpersönlich den Bardienst versah.
»Alle verhaftet, was?« erkundigte sich Vernor.
Waxy schüttelte traurig das Haupt. »Die kamen hier herein und nahmen alle mit. Außer ihm.« Er bewegte seine Augen in Stones' Richtung. »Und es hätte keinen Unterschied gemacht, hätten sie ihn ebenfalls mitgenommen. Sitzt den ganzen Tag herum, ist verladen bis zum Gehtnicht-mehr und hört Zappa.« Vernor erinnerte sich jetzt, daß Mick Waxy überredet hatte, nachmittags Platten aus seiner dreiundfünfzig Alben umfassenden Frank-Zappa-Sammlung laufen zu lassen. Dies schien der einzige Brauch, der aus den Tagen der Angels überlebt hatte.
Waxy stellte das Bier vor Vernor hin. In einer plötzlich aufwallenden Hoffnung erhellte sich sein Gesicht. »Werden *alle* Jungs heute wieder entlassen?«
»Nein, nein. Ich bin ausgerissen.« Vernor nahm einen kräftigen Schluck. Dies würde ihm guttun. »Und was ist mit Stones? Wie hat *er* es geschafft, der Verhaftung zu entgehen? Hat man hier nicht nach ihm gesucht?«
»Eine Zeitlang schon. Sie waren wirklich hinter ihm her, haben jeden Tag hier hereingeschaut. Er aber hat sie ausgetrickst. Schau mal.« Waxy zeigte auf Micks Schnapsglas.

Das Glas wirkte seltsam verzerrt, mal wie geschrumpft, mal wie aufgebläht, in unmöglichen Windungen verzogen, die sich im Einklang mit dem langsamen Zucken von Stones' dürren Fingern verschoben. Vernor blickte auf Waxy. Waxy zuckte die Achseln: »Das... das kann er mit sich selber machen.«
Was machen? Dies geriet eine Spur zu sehr ins Mysteriöse. Vernor schüttelte Mick an der Schulter. »Hey, Mick! Komm endlich zu dir. Ich bin's, *Vernor*. Ich bin aus dem Knast, und wir müssen, verdammt noch mal, was unternehmen!« Immer noch keine Antwort. Stones' Lippen bewegten sich leise, aber nur zu den Klängen der Schallplatte.
Vernor blickte hilflos zu Waxy, aber das bläßliche Gesicht des Barbesitzers war zu einem seiner raren Lächeln verzogen. »Verpaß ihm ein Gegenmittel«, schlug er vor und reichte Vernor eine geladene Spritze. »Auf Rechnung des Hauses.«
Vernor erinnerte sich des Abends, da er sich von Alice getrennt hatte. Stones hatte ihm damals auch eine verpaßt. Er stieß die Nadel Mick ins Bein. Und indem Vernor ihn beobachtete, wurden die rhythmischen Bewegungen seines Freundes weniger fließend, sondern stroboskopartig. Seine Augenlider sprangen auf wie Jalousielamellen, und seine Augen stellten sich scharf.
»Die Bullen kommen! Köpfe runter!« Das war Waxy. Er hatte sich am Fenster postiert. Ein Stoß Adrenalin pulsierte in Vernors Schädel, bevor er aber losrannte, merkte er, daß dies lediglich einer von Waxys Streichen war. Er wandte sich zu Mick, um Entwarnung zu geben, aber sein Freund hatte sich in Nichts aufgelöst.
»Wo ist er hin?« fragte Vernor und war auf unangenehme Art und Weise durcheinander.
Waxy grinste nur. »Er ist immer noch da auf seinem Hocker.«
Vernor beugte sich vor und guckte. Stones' ektomorphe Hände waren da, okay. Die Hände waren wie zum Gebet zusammengelegt. Nun gut. Aber der übrige Mick Stones war nirgends zu sehen.
»Tja, so versteckt er sich eben«, erläuterte Waxy belustigt grinsend. »Er kriecht einfach in seine Hände.«
Vernor war es zum Heulen zumute. Es war schon blöde genug, nach sieben Monaten Gefängnis auf einmal wieder draußen zu sein; aber...
»Nun rückt schon raus mit der Sprache«, bettelte er. »Sagt mir endlich, was los ist.«
Waxy stieß einen gellenden Pfiff aus, und die Hände auf Micks Hocker gingen langsam auseinander wie eine Muschel und enthüllten einen Homunkulus, einen winzigen, leicht verzerrten Mick Stones. Er schien etwas zu sagen, aber die Stimme war so hoch und schnell – und die ganze

Szene so unerfreulich –, daß Vernors Hirn nicht imstande war, die Worte zu entziffern. Und indem er seine Augen nicht abwenden konnte, schienen die Hände den Raum zwischen ihnen zu reiben, und die winzige Figur fing an zu wachsen.
Innerhalb weniger Sekunden hockte ein reichlich ausgestiegener Mick Stones auf dem Hocker neben Vernor, die eine Hand hatte er unter seinen Füßen, die andere auf seinem Kopf.
»Vernor Max. Ich habe darauf gewartet, daß einer ausbrechen würde.« Mick blickte sich im Waxy's um, indem er sprach. Im Handumdrehen hatte er es sich in der neuen Situation gemütlich gemacht. Er zog die Spritze aus seinem Bein – wo Vernor sie in der Aufregung hatte stecken lassen – und warf sie Waxy zu.
»Professor K. hat mir das beigebracht«, erläuterte Mick an Vernor gewandt und hielt seine Hände in die Luft. In jede Handfläche war eine kleine runde Plastikfolie geklebt. Drähte führten von dort weg, seine Arme hinauf und in die Ärmel hinein. Offensichtlich waren sie an eine Art Batterie angeschlossen, die er unter dem Mantel trug. »Wahrscheinlich hätte ich mit diesem Ding ein paar von euch rausholen können, aber dann habe ich mir gedacht, jeder, der's verdiente rauszukommen, würde es aus eigener Kraft schaffen.«
»Was ist das?« erkundigte sich Vernor.
»'n VFG«, bedeutete ihm Mick und legte seine Hände um Vernors Kopf. Der Raum um Vernor herum schien zu wachsen, alles schien größer zu werden. Seine Schultern schienen sich auf jeder Seite meterlang auszudehnen. »Dein Kopf ist jetzt geschrumpft«, stellte Mick fest.
»Hör auf«, keuchte Vernor, obwohl er eigentlich nicht das geringste körperliche Unwohlsein verspürte. »Schalt das ab.«
Mick nahm seine Hände weg, und im Handumdrehen war alles wieder normal.
»Es handelt sich hier um ein tragbares Modell des Kurtowskischen Virtuellen-Feld-Generators. VFG. Du bist doch derjenige, der sich fünf Jahre lang in der Bibliothek herumdrückte. Du solltest wissen, was das ist.«
Vernor starrte ihn ungläubig an. »Das virtuelle Feld? Klar, seine letzte Abhandlung, da ging es nur darum. Aber ich hätte niemals gedacht, daß er wirklich was konstruieren könnte, das es auch tatsächlich erzeugt!«
»Well, das ist genau das, womit er sich den überwiegenden Teil der vergangenen zwanzig Jahre beschäftigt hat. Nur daß er, jetzt wo er den Generator hat, nicht weiß, was er damit anfangen soll. Er wollte, daß ich mit Oily Al darüber sprechen sollte, deshalb gab er mir dies tragbare Modell. Es ist nur so, daß Oily Al gemeinsam mit den andern eingelocht wurde, und zwar an dem Tag, an dem ich dies Ding hier kriegte.«

Vernor ging nicht gleich darauf ein. Irgend etwas nagte an seinem Verstand. Zirkulare Skala... gab es eine Möglichkeit, sie mit dem VFG zu *testen*? Mick redete immer noch. Der Schuß von vorhin hatte ganze Arbeit geleistet. »Und als die Bullen hereinstürmten, beschloß ich, das Ding an mir selbst auszuprobieren. An sich wollte ich mich riesengroß machen und ihnen Angst und Schrecken einjagen, aber ich habe am falschen Knöpfchen gedreht. Trotzdem, es hat gut funktioniert. Ich muß mich zwanzigmal mehr verkleinert haben, als du es gerade gesehen hast.«

»Ist das nicht schädlich für dich?« fuhr Vernor ihm ins Wort. »Ich meine, so zusammengequetscht?«

»Du hast doch mitgekriegt, wie es war, als ich deinen Kopf zum Schrumpfen brachte«, erwiderte Stones.

»Ich hab gar nichts mitgekriegt«, überlegte Vernor. »Wirklich, es war eher so, als ob alles um mich herum wuchs, und nicht so, als würde mein Kopf schrumpfen. Relativität.«

Stones nickte mit dem Kopf. »Genau. Gerade eben kam mir der Raum zwischen meinen Händen wie ein kleines Bettchen vor. Von außen gesehen, denkt man, es gäbe nicht viel Raum zwischen meinen Händen, aber der VFG dehnt den Raum so weit aus, daß es soviel Platz gibt, wie ich brauche.«

»Negativ gekrümmter Raum«, sinnierte Vernor.

»Genau das«, meinte Mick. »*Geometrie und Realität* von Dr. Alwin Bitter.

»Das ist das Buch, das ich dir zu lesen aufdrängte.«

»Sicher. Daher wußte ich ja auch, daß ich keinen Schaden nehmen würde. Es war einfach nur so, als wäre ich ein auf ein Stück Gummi aufgemaltes Männchen. Man kann das Männchen in einen winzigen, auf das Gummi aufgemalten Kreis einpassen, wenn man das Gummi nur innerhalb des Kreises dehnt.«

Vernor fielen nach und nach mehr Einzelheiten aus Professor Kurtowskis Ausführungen über das virtuelle Feld ein. »Die Geometrodynamik des degenerierten Tensors.« Die Idee, die hinter dem virtuellen Feld steckte, war die, daß er eine örtliche beschränkte Neustaffelung der Raum- und Zeitkoordinaten einleitete, wobei aber die scheinbaren Kräfte an jedem Punkt wegrenormalisiert werden konnten – was besagte, daß das Feld schrumpfen, sich ausdehnen oder biegen konnte, ohne einem Schaden zuzufügen. Man schrumpfte nicht, indem man zusammengedrückt wurde – alle Atome, die man hatte, schrumpften gleichzeitig, und keinerlei innere Organe wurden belastet oder in ihrer Funktion gestört.

Kurtowski hatte seine Ausführungen zur »Geometrodynamik des degenerierten Tensors« mit einigen ziemlich spezifischen Vorschlägen abgeschlossen, wie man die dargelegten Prinzipien experimentell untersuchen konnte. Bis seine Arbeit dann allerdings veröffentlicht wurde, war die wissenschaftliche Laborarbeit bereits untersagt worden. Die Gefahren unkontrollierter wissenschaftlicher Untersuchungen hatte man als zu groß eingestuft. Diejenigen, die darauf bestanden, physikalische Daten zu erlangen, wurden fortan aufgefordert, die Einzelangaben zu ihren gewünschten Experimenten an Phizwhiz weiterzureichen. Dieser simulierte dann das Experiment und lieferte die entsprechenden Daten ab. Die Daten, die Phizwhiz produzierte, wurden durch konsequente Berechnungen mit einer Beigabe von Zufallsfaktoren erlangt... tatsächliche physikalische Messungen fielen völlig unter den Tisch. Die auf diese Weise erhaltenen experimentellen Daten tendierten dahin, mehr oder weniger mit dem konform zu gehen, was man erwartete – unglücklicherweise war das, was man erwartete, nicht gerade wissenschaftlich wertvoll.

Entschlossen, seine Theorie einem wirklichen Test auszusetzen, hatte Kurtowski sich in den Untergrund begeben, und es wurde gemunkelt, er habe sich irgendwo auf der Eastside ein geräumiges Labor eingerichtet. Andy Silver und Mick Stones waren die einzigen Angels, die ihm begegnet waren, und Vernor entnahm ihren bruchstückhaften Andeutungen, daß die vielen Jahre hingebungsvoller Arbeit Kurtowski in etwas noch Bedeutenderes als einen Guru verwandelt hatten.

»Mick«, wandte Vernor sich an seinen Freund, »du mußt mich ins Labor mitnehmen.« Der VFG war genau das, was er benötigte, um seine eigene Theorie zu testen. »Im Knast hatte ich diese Idee zur... eigentlich kurz vor dem Knast... diese Idee zur Zirkularen Skala, wie ich es nenne. Wenn wir einen großen Virtuellen-Feld-Generator zur Verfügung hätten, glaube ich, daß wir in der Lage wären, etwas wirklich Außergewöhnliches zu vollbringen.« Ideen überschlugen sich nur so in seinem Kopf.

»Sei nur darauf bedacht, daß es *wirklich* bizarr ist«, mahnte Stones. »Der Professor erzählt mir immer wieder, daß er nicht darauf aus ist, daß seine Erfindung als ein Werkzeug faschistischer Unterdrückung oder bierpupsigen Konsumverhaltens benutzt wird. Er hat die zwanzig Jahre nicht dafür drangegeben, nur um Turbinen für bequemes Verschiffen zu schrumpfen. Er hatte auf Oily Al gezählt, etwas richtig Gefährliches damit anzufangen. Wie sagt er doch immer? Frieden *ist* Gefahr.«

»Wußte er schon, daß die Anwendung für den Menschen ungefährlich ist?«

»Auf dem Papier schon. Obwohl er seine Erfindung nicht an sich selbst probieren wollte, bevor jemand anderes es probierte. Frieden heißt auch, am Leben zu bleiben, weißt du. Jedenfalls für ihn. Ich denke mir, der

Grund dafür, daß er *mir* den VFG gab, war der, daß, wenn ihn überhaupt jemand ausprobieren würde, ich das wäre.« Die Wirkung des Mittels ließ nach, und Mick sah man an, daß er weniger wach war. »Ich wollte ihm das erzählen, aber irgendwie war ich zu schlaff. Kriegte einfach den Hintern nicht hoch, weißt du, wartete stets darauf, daß sich irgendwas tat.«
»Und hier bin ich«, sagte Vernor.
Mick klopfte ihm auf die Schulter. »Es ist gut, dich zu sehen.« Sein Sprechen wurde undeutlicher. »Hey, Waxy«, sagte er. »Gib mir noch was, bevor ich völlig schlappmache.«
Eine weitere Injektion, und Mick war in Form für einen zivilisierten Abend. »Ich habe gehört, Moto-O sollte Phizwhiz eine Seele basteln, um die Angels zu ersetzen«, sagte er. »Stimmt das?«
»Stimmt«, bestätigte Vernor. »Ein paar Wochen vor der großen Verhaftungsaktion hat er mir davon erzählt. Ich glaube aber nicht, daß das funktioniert. Ist nicht verrückt genug. Wobei, eine Möglichkeit wäre –«
»Hm, wo *steckt* dieser Schuft überhaupt?« fiel Mick ihm ins Wort. »Dem haben wir's zu verdanken, daß die Angels nicht mehr da sind.«
»Daß das passieren würde, wußte er nicht. Wie dem auch sei, inzwischen wird er ebenfalls im Kittchen sitzen. Man hatte ihm sechs Monate zugestanden, den Job auszuführen... Von einem neuen Phizwhiz hat man sich in letzter Zeit nichts erzählt, oder?«
Stones kramte in seinen Taschen herum. »Nee, ich glaube, nicht. Hör zu, wenn wir morgen früh schon zu Kurtowskis Labor gehen, dann können wir ebensogut aufbrauchen, was noch an ZZ-74 übrig ist. Du weißt ja, Kurtowski ist derjenige, der das Zeug herstellt.«
Sie teilten sich sieben der klarsichtigen Gelatinekapseln – eine kräftige Dosis; obwohl es, wie sich herausstellte, gar nicht so einfach war, die ZZ-74-Wirkung von den übrigen Reizen des Abends zu trennen.
Den Höhepunkt erreichten sie, als sie Zappas klassische Nummer, Stink Foot, spielten und dabei den VFG bis zum Anschlag aufdrehten. Der Laden um sie herum schwankte und waberte wie eine schmelzende Plastikschuhschachtel, aber in perfekter Übereinstimmung mit dem durchgehenden Rhythmus des Songs.
Die gebogenen Noten kräuselten sich in neuen, aber unvermeidlichen harmonischen Folgen, und Zappas zufriedene Stimme sang und sprach die Worte:
»Tja, und dann erhob Fido sich vom Boden und drehte sich zu mir hin, und er blickte mir geradewegs ins Gesicht, und wißt ihr, was er sagte?

Irgendwann einmal
Sagt einer zu mir
(Dies ist der Hund, der jetzt spricht)
Welches ist deine konzeptuelle
Kontinuität?
Well, erwiderte ich sofort, sagte Fido
Das sollte klar ersichtlich sein
Die Krux des Kekses
Ist der Apostroph.

Well, wißt ihr, der Mann, der zum Hunde sprach, guckte den Hund an, und er sagte, ungläubig aus der Wäsche blickend,
Das kannst du nicht sagen
Er sagte
Ist es nicht
Und du kannst nicht
Ich werde nicht
Und es wird nicht
Es hat nicht
Es ist nicht
Es ist sogar nicht
Und es sollte nicht
Es würde nicht
Er sagte zu mir, Nein-nein-nein
Ich sagte zu ihm, Ja-ja-ja
Ich sagte
Ich tue es immerzu
Ist dieser Boogie nicht ein Durcheinander?«

Kapitel 8

Trips

Vernor schlief im Waxy's, im oberen Stock. Das Zimmer war mit einem pornographischen Hollowcaster ausgestattet. Es war schon nett, mitten auf dem Bett ein schönes Mädchen, das nackt für einen posierte, aber es wäre um vieles, vieles netter gewesen, wäre sie etwas weniger ätherisch gewesen. Er war stoned genug, um einen Versuch zu starten, durch sie hindurch und in die Matratze. Sein abschließender Gedanke war, daß er Alice hätte anrufen sollen und versuchen, ihre Geschichte wieder zusammenzuflicken.

Am nächsten Morgen nahm er eine Dusche, zog sich an und ging nach unten frühstücken. »Was steht denn heute auf der Karte, Waxy?«

»Grün. Wie hättest du's gern?«

»Mit einem Glas Bier.« Waxy füllte ein Schüsselchen mit klumpiger grüner Paste aus dem Hahn an der Wand und zapfte ein Glas Bier an der Bar. Grün war für Vernor das Dreamfood in seiner Lieblingsfarbe. Dreamfood wurde es genannt, weil alle Träumer es zu sich nahmen. Jeder, der in Dreamtown wohnte, erhielt es kostenlos. Jedes Mahl hatte einen anderen, farbkodierten Geschmack. Grün *schmeckte* wie Rührei mit Schinken und Toastbröckchen. Wenn man es schon verzehrte, fragte man gar nicht erst, was es *war*.

»Und was hat Mick noch gemacht, gestern abend?« erkundigte sich Vernor, munter drauflos kauend.

Waxy bewegte seinen Kopf ruckartig gegen die nächste Nische. »Er gönnte sich noch einen Three-way und schlich sich dort hinein, um den Trip wirken zu lassen.«

Vernor beendete sein Frühstück und schlenderte zur Nische hinüber. Three-way war eine besonders heimtückische Kombination aus einem Aufputschmittel, einem Beruhigungsmittel und einem Halluzinogen – allesamt höchst synthetisch. Aber auf den Anblick, der Vernor sich bot, als er die Tür zu Stones' Nische öffnete, war er nicht vorbereitet.

Micks Rumpf war auf ein Zweifaches seiner normalen Größe aufgebläht, seine Arme und Beine waren in unheimlicher, unnatürlicher Weise verdreht und verwinkelt, und die eine Hälfte seines Kopfes schien verdorrt zu sein. Er sah wie ein Gemälde von Francis Bacon aus.

Mit steigendem Entsetzen wurde Vernor Zeuge, wie der Rumpf anfing, geleeartig zu zittern und zu wackeln, und der ruinierte Kopf wandte sich ihm langsam zu, während die normale Hälfte solange schrumpfte, bis sie zur anderen Hälfte paßte. Es war kaum zu glauben, aber der apfelähnliche Kopf fing an zu sprechen... »Du siehst wie ausgekotzt aus, Vernor.« Natürlich: Es war der VFG!
Vernor atmete aus. »Bitte, Mick, dreh das Gerät ab.« Ein Klicken, und schwupps! hatte Mick seine normale Gestalt wiedererlangt.
»Ich hab nicht das geringste gespürt«, bemerkte er. »Fühlte sich alles ganz normal an. Alles um mich herum sah so anders aus.« Relativität... außer einem selbst alles halb so groß wie man selbst oder doppelt so groß wie alles drum herum... derselbe Unterschied. Das virtuelle Feld war deshalb sicher, weil es Raum verzerrte, ohne irgendeine Krümmung der Zeitachse herbeizuführen. Keine Zeitkrümmung war gleichbedeutend mit keinen Kräften – einfach nichts weiter als ein hübsches, sicheres Neuanordnen der Größenmaßstäbe.
Stones nahm eine Handvoll Peppillen zum Frühstück, und sie machten sich auf den Weg zur Eastside. Die Stadt maß an die dreißig Meilen im Durchmesser, aber es gab ein rasches Transportsystem von Laufbändern in den Fußgängerröhren.
Sie schritten die Treppe zur nach Osten führenden Röhre hinab. Es gab einen knapp dreißig Meter breiten Fußgängerfluß, der vorüberströmte, dahingetragen von den kleinen sich drehenden Rädchen, die die Oberfläche der laufenden Trottoirs bildeten. Die Leute, die näher an den Seiten standen, bewegten sich nicht schneller als im Fußgängertempo, das ermöglichte einem, ohne Schwierigkeiten auf den laufenden Gehweg auf- oder abzusteigen. Bewegte man sich jedoch auf die Mitte der Röhre zu, steigerte sich die Geschwindigkeit der Rädchen allmählich, bis man mit ungefähr fünfzig Meilen in der Stunde dahinfegte. Jedes einzelne Rädchen war ziemlich klein, etwa zweieinhalb Zentimeter im Durchmesser und etwas über einen Zentimeter dick, und das garantierte ruhige Fahrt.
Das Labor Kurtowskis befand sich im Keller einer Plastikfabrik, nicht weit vom Laufröhrenausgang, den Mick und Vernor benutzten. Nachdem Mick ausgiebig an die Tür gepocht und laut gerufen hatte, ging die Tür auf.
Der Professor begrüßte sie herzlich. »Habt ihr gute Nachrichten?« lächelte er. Mick schrumpfte Vernors Kopf und ließ ihn dann zu seiner alten Form zurückschnappen. »Wie ich's mir dachte«, stellte Kurtowski fest. »Ein singularitätsfreier Diffeomorphismus hat noch niemandem etwas geschadet.« Er wandte sich Vernor zu. »Und du, Stecknadelkopf, wer bist du?«

»Vernor Maxwell.«
»Ah ja, der arme Andy hat dich mal erwähnt. Du hast dich mit meinen frühen Veröffentlichungen befaßt, wenn ich mich recht erinnere?«
Vernor nickte zustimmend. »Mick hat mir Ihren VFG demonstriert, und ich hatte eine gute Idee, was sich damit anfangen ließe.« Einem so bedeutenden Denker von seinen »guten Ideen« zu erzählen, machte ihn ein wenig nervös.
»Schauen wir uns doch erst einmal das Labor an, und dann werden wir reden.«
Der Keller wurde von der automatisierten Fabrik über ihnen offensichtlich nicht länger benutzt. Es war eine geräumige Anlage, in der überall verstreut Maschinen und Werkbänke standen. Überall Bücher, die meisten irgendwo aufgeschlagen; Stöße von Notizen; zerdrückte Speisetuben und schmutzige Wäsche sowie unzählige Kisten mit Nachschub für Professor Kurtowski und seine Maschinen.
Eine Ecke an der gegenüberliegenden Wand schien den gegenwärtigen Mittelpunkt zu bilden. Indem man sich dem näherte, nahm die Dichte an herumliegenden Büchern und Kisten zu. Auch führten viele Kabel hierher. Tatsächlich handelte es sich um die Stelle, an der Kurtowski seinen neuen großen Virtuellen Feldgenerator baute.
»Ja«, sagte er, während sie sich dem Hauptarbeitsplatz näherten, »du schreitest hier mitten durch mein Leben. An dieser Stelle«, liebevoll tätschelte er eine über und über beladene Werkbank, »habe ich meine kleinen Neutrinos gezähmt. Und hier«, eine schwere Armaturentafel türmte sich über ihnen auf, »hier befand sich meine Hörmaschine.« Er blieb stehen. »Hör mal, Vernor.«
Er reichte Vernor Kopfhörer und fing an, Knöpfchen zu drehen und einzustellen. Aus den Kopfhörern schien ein rasches, gegliedertes Geräusch zu kommen. Vernor setzte sie auf.
Jetzt war es genau vor ihm. Aber was war es? Lächerlich, die Großartigkeit dessen, was er verspürte, in menschliche Worte, menschliche Konzepte zwängen zu wollen... einfach nur näher herantreiben, noch näher, ahhhh. Wärme und Licht hüllten ihn ein, und die Umrisse seines Körpers fingen an, sich aufzulösen. Er war eine Wolke. Zwischen seinen Teilchen gab es klaren Äther... die Teilchen waren Gedanken, und der Raum zwischen seinen Gedanken war schwarzweiß... kein Raum, keine Gedanken, innen/außen-KLICK.
Jemand hatte die Kopfhörer zum Verstummen gebracht. Das Energiefeld vor Vernors Augen ordnete sich zum Keller einer Plastikfabrik, zu Mick Stones' Gesicht. Kurtowski gab Erläuterungen: »Das ist der Mittelpunkt der Galaxie, Vernor. Der durchdringende Ton ist der Neutrinofluß, und

der Baß sind die Schwerkraftwellen. Pulsare und Singularitäten an verschiedenen Perkussionsinstrumenten.« Er lächelte. »Wenn ich mich selbst daruntersetze, stelle ich für gewöhnlich einen Timer ein, zum Wiederabschalten...«

»Laß mich mal 'ne halbe Stunde drunter«, meldete sich Mick und setzte die Kopfhörer auf. Er tippte sich an den Kopf. »Mich verlangt's nach weicher Kost hier drin.« Der Professor stellte die Maschine erneut ein, und Mick setzte sich mit glückseligem Ausdruck auf dem Gesicht, seine Augen standen offen, sahen aber nichts.

»Wenn ich dem lausche, habe ich eine Menge *guter Ideen*«, fuhr Kurtowski fort. »Die Sache ist nur, sich an sie zu *erinnern*, stimmt's?« Er führte Vernor weiter durchs Labor. »Das Zusammenspiel des virtuellen Elektronenfeldes mit dem Neutrinofluß zu kontrollieren, war alles, was es zu tun gab, um meine Maschine in Gang zu setzen. Und das war, in dem Augenblick, da ich realisierte, daß Neutrinos nicht existieren, nicht sonderlich kompliziert.«

»Was meinen Sie damit?« fragte Vernor.

»Es ist wie mit der Küste. Es gibt eine Küste, weil es Land und Ozean gibt. Neutrinos bilden die Küste zwischen den bekannten Teilchen und den Tachyonen. Es gibt *nichts*, auf das man deuten könnte und sagen, dies ist ein Teil der Küste. Wenn man auf etwas zeigt, dann ist es Land oder Wasser. Der Neutrinofluß ist nichts anderes als... als die durch Tachyonen herbeigeführte Erosion regulärer Teilchen.«

»Tachyonen? Jene Partikel, die sich schneller als Licht bewegen? Ich meinte immer, daß sie, da sie theoretisch nicht ausfindig zu machen sind, überhaupt nicht existieren.«

»Existieren für wen, Vernor?«

Vernor versuchte es gar nicht erst mit einer Antwort. Mick hatten sie mit seinen Kopfhörern sich selber überlassen und befanden sich jetzt dort, wo hauptsächlich gearbeitet wurde. Es gab verschiedene Beleuchtungselemente, ein paar Werkbänke und zwei annähernd konische Vorrichtungen, die sich äußerlich ähnelten und etwa zehn Fuß auseinanderstanden. Mächtige Wellenleitungen führten zu den konischen Gebilden – offenbar wurden sie von Energiestrahlung gespeist, die aus einem Transformator stammte; einem mächtigen Transformator hinter der Werkbank, der seine Energie wiederum durch dicke Stromschienen erhielt, die durch die Decke hindurch in die über ihnen summende Fabrik führten.

Professor Kurtowski stellte einen Stuhl in den Zwischenraum zwischen den beiden Teilen des Virtuellen-Feld-Generators. Auf den Stuhl legte er eine große Uhr mit Sekundenzeiger. »Paß gut auf«, sagte er und schaltete die Maschine ein.

Die Kraftzufuhr wurde mit einem stufenlosen Drehschalter geregelt. Indem nun die Spannung des Feldes erhöht wurde, fing es an, auf den Stuhl einzuwirken. Der obere Teil der Stuhllehne befand sich ungefähr in gleicher Höhe mit den Polen der VFG-Kegel. Hier war die Wirkung am augenscheinlichsten. Innerhalb weniger Sekunden war die Stuhllehne auf die Größe eines Tischtennisschlägers geschrumpft. Unten bei den Stuhlbeinen war der Schrumpfeffekt geringer, so daß es aussah, als würde der Stuhl nach oben spitz zulaufen. Der Fußboden unter dem Stuhl wölbte sich nach oben, und die VFG-Kegel schienen sich ein ganz klein wenig zum Stuhl hinzulehnen.
Kurtowski erhöhte die Spannung. Jetzt war der Boden um mehrere Fuß nach oben gewölbt und trug einen winzigen Stuhl in die Höhe, der sich auf Punktgröße zuzubewegen schien. Die Kegelspitzen waren jetzt deutlich sichtbar zur Mitte hin geneigt.
Ein weiterer Spannungsstoß, und der Stuhl war zwischen den beiden sich berührenden Polen der bedrohlich verzogenen Kegel kaum noch sichtbar.
»Und jetzt anders herum«, sagte der Professor und drehte den Spannungsregler auf Null zurück. »Hast du die Uhr im Auge behalten?«
»Ging sie schneller? Es schien mir fast, als wäre sie schneller gegangen, je kleiner sie wurde«, gab Vernor zur Antwort.
»Stimmt genau, Vernor. Die Beibehaltung erreichten Momentums, nicht wahr?« Der Professor schaltete die Polarität der Maschine andersherum und fing aufs neue an, die Spannung zu erhöhen. Jetzt war es die Stuhllehne, die wuchs; die Beine ebenfalls, aber weniger drastisch. Der Stuhl begann, einem in einer Ausbuchtung im Fußboden balancierten Dorn zu ähneln. Die Kegelspitzen neigten sich auseinander, als wollten sie, indem der Stuhl an die zwanzig Fuß in die Breite ging, Platz machen. Der Raum zwischen den VFG-Kegeln schien den meisten Platz im Keller einzunehmen, und der riesige Stuhl war schon fast über sie hinausgewachsen. Der Sekundenzeiger der Uhr auf dem Stuhl bewegte sich ganz langsam, man konnte seine Bewegung kaum noch wahrnehmen.
Die Veränderung im Zeitablauf überraschte Vernor, aber schließlich war das zu erwarten. Große Sachen sind immer langsamer als kleine – man beobachte nur mal einen Elefanten und einen Hund, die sich kratzen. Weniger metaphorisch: wenn man eine Uhr zum Schrumpfen bringt und kein Winkelimpuls verlorengehen soll, wird sie schneller gehen. Professor Kurtowski schaltete die Apparatur ab.
»Wozu könnte dies also dienen, Vernor? Du hast, wie ich denke, ein Projekt.«
Vernor sammelte seine Gedanken. »Wie klein kann man etwas machen mit dem virtuellen Feld?«

»Eine klar umrissene Begrenzung gibt es nicht. Zuerst sorgte ich mich, daß es, wenn man etwas zu weit schrumpfte, zu einem Schwerkraftkollaps in Richtung Singularität kommen könnte, *aber* da die den im Feld befindlichen Gegenständen innewohnende Dichte tatsächlich keiner Veränderung unterliegt, taucht dieses Problem nicht auf.« Der Professor war gut in Form.
»Also nehmen Sie an, daß man unbegrenzt schrumpfen kann?«
»Dies ist nicht gänzlich klar. Es könnte sein, daß eine uns unbekannte Wirkung dem Schrumpfvorgang irgendwo Grenzen setzt. Aber sag mir doch, was du im Sinn hast.«
Das war's. Die Idee, die Vernor seit seiner Vision im Baum genährt hatte, kam herausgekullert. »Professor, ich glaube, daß wenn man etwas genügend lange schrumpft, es so groß wird wie eine Galaxie. Ich glaube, daß man, wenn man etwas weit genug unter seine normale Größe schrumpft, es – so, wie man, wenn man nur lange genug nach Westen geht, von Osten her zurückkehrt – aus einer Region, wo es größer ist als normal, zurückkehren wird.« Kurtowski hörte interessiert zu, und Vernor fuhr fort.
»Die Zeit-Skala dehnt sich in beide Richtungen aus. Folgen wir ihr abwärts, so haben wir Menschen, Zellen, Moleküle, Atome, Elementarteilchen und so weiter. Folgen wir ihr aufwärts, so haben wir Menschen, Gesellschaften, Planeten, Sonnensysteme, Sternhaufen, Milchstraßensysteme, etcetera. Ich meine, daß diese Größenlinie in Wirklichkeit vielleicht einen riesigen Kreis bildet. Das heißt, wenn man drei Stufen weiter geht als Elektronen und drei Stufen über Galaxienhaufen hinaus, man dann vielleicht an denselben Punkt gelangt. Das allergrößte Gebilde wird normalerweise Universum genannt, und Leibniz hat das kleinste Ding Monade genannt. Ich schlage vor: das Universum ist gleich groß wie die Monade. Wenn man also etwas lange genug in seine kleinsten Teilchen zerlegt, wird man in jedem seiner Partikel das ganze Universum wiederfinden.« Vernor hielt mit Reden inne und holte tief Luft.
»Das ist eine *sehr* seltsame Idee«, äußerte Professor Kurtowski und zündete sich eine Zigarette an. »Eine *bizarre* Idee. In dieser Welt der Zirkularen Skala gibt es keine Materie; eine hübsche Sache, nicht?«
Vernor lächelte. »Das Problem der Materie *wird* durch die Theorie der Zirkularen Skala beantwortet. Zum Beispiel nimmt man einen Stein und zermahlt ihn zu Staub, den Staub zermahlt man zu Atomen, zerschlägt die Atome zu Elektronen und Nukleonen, diese zu Quarks und Resonanzen. Diesen Vorgang setze man fünfmal weiter fort und stelle fest, daß das, was man als Resultat vor Augen hat, Galaxien sind... die sich in Sterne und Planeten aufspalten lassen, und die Planeten wiederum in

Gestein... und einer der Steine ist *derselbe Stein, mit dem man begonnen hat.* Und man kann diesen Kreislauf fortsetzen, ohne jemals fester Materie zu begegnen – nichts als Form und Struktur.«

»Ja, ja. Sehr schön«, lächelte Kurtowski. »Und, wie es sich anhört, willst du mit Hilfe meines virtuellen Feldes die Reise um die Zirkulare Skala antreten, Vernor?«

Vernor schluckte. »Eigentlich habe ich eher daran gedacht, irgendein Gerät herumzuschicken.«

»Wenn ich meine schöne Maschine aufs Spiel setzen kann, dann kannst du auch deinen Hals aufs Spiel setzen, Mr. Maxwell. Immerhin hat Mick gemeint, das Feld sei ungefährlich. Es sollte für dich relativ harmlos sein, diesen Trip zu unternehmen.« Kurtowski schwieg einen Augenblick. »Aber es gibt doch Schwierigkeiten. Es wird ein paar ernsthafte Schwierigkeiten geben.«

Mick Stones, der aus dem galaktischen Zentrum zurückgekehrt war, hatte den letzten Teil der Unterhaltung mitgehört. Er grinste und klopfte Vernor auf den Rücken. »Der unerhörte Schrumpfer«, setzte er hinzu.

Kapitel 9

ZZ-74

»Hast du dich jemals per Kabel an ein Mädchen gehängt, Mick?« wollte Vernor von Stones wissen. Sie waren dabei, eine schwere Kiste Synthequartz über Professor Kurtowskis Laborboden zu zerren. Zwei Wochen lang hatten sie nun schon dort gewohnt und halfen, den VFG für einen Trip aufzumöbeln und auszustatten, der durch jene Zone führen sollte, wo Null gleich ist mit Unendlichkeit.

»Sicher«, sprach Stones in schleppendem Tonfall, »mehr als genug. Man nimmt ein Stück Verlängerungsschnur, stöpselt eine Verbindung zwischen ihrem Sockel und dem eigenen, und dann legt man los.«

»Yeah«, unterbrach Vernor, »ich weiß, ich weiß. Aber wie ist es mit dem *Gefühl* dabei?«

»Hast du das *nie* gemacht?« fragte Stones überrascht.

»Nein, ich mein', du weißt schon. Ich hab's einfach nie gemacht. Und jetzt, jetzt ist vielleicht schon alles zu spät.«

Mick lachte und schüttelte den Kopf. »Wenn es so richtig losgeht, ist's irgendwie schwierig zu sortieren, wenn man gekommen ist. Einmal wollte ich hinterher was sagen, und es kam aus ihrem Mund. Die Wörter.« Er keuchte vor Anstrengung, als sie die Kiste über ein dickes Kabel wuchteten, das im Weg lag. »Ein Mädchen habe ich gekannt, das hatte einen Doppelverstärker. Jeder steckte sein Kabel in den Verstärker, der mischte die Signale und schickte sie mit dreifacher Intensität zurück. Übrigens waren wir zu viert an den Verstärker angeschlossen. Die Kabel, die wir benutzten, waren jene Spiralfederschnüre. Man wird derartig hypnotisiert... ich kann's dir einfach nicht beschreiben.«

Kurtowski blickte von seiner Arbeit auf, als sie näherkamen. »Morgen ist es also soweit.« Die Maschine sah auch tatsächlich einsatzbereit aus. Sie hatten eine Tensegritätskugel aus Molybdän-Gestänge und Nyxon-Kabel gebaut. Die beiden VFG-Kegel hatten sie neu konstruiert und im Innern der Kugel, jeweils am Nord- und Südpol, befestigt. Die Kegelspitzen berührten sich fast im Mittelpunkt der Kugel. Den Kugeläquator entlang hatten sie Elemente zur Energieversorgung installiert und Platz für einen Sitz und Kontrollinstrumente gelassen. Was jetzt noch zu tun blieb, war, die Kugel mit einer dünnen Schicht des widerstandsfähigen,

transparenten Synthequarz zu umschließen; damit würde das Ganze ein funktionstüchtiges Skalen-Schiff sein.
Die Idee war die, daß das virtuelle Feld die Kugel ausfüllen und bewirken sollte, daß die ganze Chose schrumpfte – die Kugel, die VFG-Kegel, der Passagier und was sonst noch dazugehörte. Der Passagier, in diesem Fall Vernor, hatte die Möglichkeit, den Grad und die Richtung der Größenveränderung zu steuern.
Sie machten sich daran, die Synthequarz-Beschichtung über das Gestell aus Molybdän und Nyxon vorzunehmen. Die Kugel war so konstruiert, daß sie über eine gewisse natürliche Elastizität verfügte, damit sie bei möglicher unregelmäßiger Druckbelastung nicht springen würde. Vernor sollte von der Außenwelt hermetisch abgeriegelt werden, um dann, wenn die Kugel mit Inhalt unter die Größe von Sauerstoffmolekülen geschrumpft war, überhaupt noch atmen zu können. Ohne die bindende Haut aus Synthequarz könnte die Luft, die gemeinsam mit Vernor schrumpfte, aus dem Feld entweichen und sich auf eine unbrauchbare Größe ausdehnen – schließlich kann man ja keine Basketbälle atmen.
Der Professor befand sich in redseliger Laune. »Ich bin sehr stolz auf dich, Vernor«, sagte er. »Dies ist genau die Sache, für die ich meinen VFG einsetzen wollte – nicht zum Miniaturisieren von Fabriken oder zum Schrumpfen von Ärzten, um die Leberschäden reicher Leute zu beheben. Von Wagemut getragene wissenschaftliche Forschung, durchgeführt von einem ebenfalls Eingeweihten, *das* ist meiner Maschine würdig. Und solltest du nicht zurückkehren, solltest du wirklich nicht zurückkehren, dann werden Mick und ich vor aller Welt verkünden, welch unerschrockenen Versuch du unternommen hast, die Zirkulare Skala zu umrunden.«
»Genau, Mann. Da liegst du genau richtig«, stimmte Stones mit ein.
»Wie lange, meint ihr, wird es dauern, bis ich meine Reise abgeschlossen habe?« meldete Vernor sich zu Wort, um das Thema zu wechseln.
»Das ist eine äußerst knifflige Frage. Wir stehen vor dem Problem, daß wir nicht wissen, wie viele Ebenen es auf der Skala gibt. Wir wissen nicht, ob du mit gleichbleibender Geschwindigkeit von einer Ebene zur anderen reisen wirst. Schließlich haben wir es noch mit der Schwierigkeit zu tun, daß, wenn du sehr klein bist, deine Zeit schneller als die unsrige laufen wird; und langsamer als unsere, wenn du, was wir hoffen, sehr groß wirst. Viel mehr kann ich dir nicht sagen. Vielleicht zehn Minuten, vielleicht zehn Tage, vielleicht zehn Milliarden Jahre.«
»Zehn Milliarden Jahre«, wiederholte Vernor. »Tja. Aber... wenn es so aussieht, daß es anders läuft als beabsichtigt, kann ich doch immer

noch die Polarität umkehren und mich den Weg entlang zurückdehnen, den ich gekommen bin, oder?«
»Das läßt sich machen«, stimmte Kurtowski zu. »Nur solltest du das nicht verfrüht angehen. Eine solche Umkehrung könnte, wird sie zu abrupt durchgeführt, jedenfalls ein Strahlungsfeld erzeugen, das möglicherweise über eine zu große Dichte verfügt.«
»Möglicherweise zu groß«, murmelte Vernor. Mit dem Synthequarz-Überzug waren sie fast fertig. Morgen war es soweit. Vielleicht sollte er sich über Nacht davonstehlen. Und schon schämte er sich, daß er angesichts des aufregendsten Abenteuers aller Zeiten einen solchen Gedanken hegte. Aber vielleicht? Eines stand in jedem Fall mal fest, wahrscheinlich war die Polizei hinter ihm her. Der Gefängnismonitor mußte längst festgestellt haben, daß es in der Zelle keine Lebenszeichen mehr gab. Wahrscheinlich hatte man einen Roboter-Arzt hinaufgeschickt und festgestellt, daß Vernor geflohen war. Wie intensiv würde sich die Suche nach ihm gestalten? Sehr intensiv, vermutete er. Sie würden ihn auf viele Arten und Weisen suchen: einmal per Überwachung durch Kameras und Detektive; dann, indem sie ein theoretisches Modell erstellten, das auf seinem, von Phizwhiz projizierten Verhalten basierte; und, am heimtückischsten von allem, mit Hilfe einer sorgfältigen Analyse der Gehirne schlafender Träumer. Sobald eine genügend große Anzahl Träumer wußte, wo er sich befand, würde sich dies Wissen verraten.
»Mick, hast du irgend jemandem erzählt, daß wir ins Labor wollten?«
»Keine Ahnung, Mann. Das ist inzwischen schon Wochen her.« Die Maschine war fertig. »Guck sie dir an. Kannst wirklich von Glück reden, daß du morgen derjenige sein wirst, der mit ihr reist.« Stones lachte, und es klang nur ein ganz klein wenig höhnisch. »Aber mal im Ernst: Solltest du es nicht zurück schaffen, werde ich den Professor dazu bewegen, mich hinter dir herzuschicken.«
»Ich habe mir eben nur meine Gedanken darüber gemacht, daß die Polizei hinter mir her ist«, übernahm Vernor die Unterhaltung. »Weil, sollten sie nicht hinter mir her sein, hätte ich nicht übel Lust, abzureisen, wenn ihr euch heute nacht schlafen gelegt habt.« Keiner sagte etwas, und Vernor dachte noch ein wenig weiter nach. Es schien sicher, daß man hinter ihm her war. »Laßt uns das verdammte Ding wenigstens *ein bißchen* ausprobieren.« Mit nervösen Fingern trommelte er auf die Außenhaut.
»Wir existieren. Wenn man erst mal geboren wurde, hat man das Schlimmste schon hinter sich. Du hast dich jetzt soviel übers Sterben gegrämt, aber hast du auch mal daran gedacht, was du tun wirst, wenn dein Trip... erfolgreich verläuft?«

»Ich weiß nicht recht. Die Regierung stürzen, schätze ich. Das scheint doch anzuliegen, oder nicht?«
Die anderen nickten Zustimmung. Klar. Die Regierung stürzen. »Das war's, was Andy im Sinne hatte«, meinte Kurtowski.
»Ja«, warf Mick ein. »Wißt ihr noch? Er sagte: ›Erzählt ihnen einfach, daß ich ein Märtyrer der Revolution gewesen bin.‹ Meint ihr, er ist immer noch am Leben? Innen in Phizwhiz?«
Niemand wußte das. Schließlich meldete der Professor sich zu Wort. »Habe ich euch jemals erzählt, wie ich auf ZZ-74 gestoßen bin?« sagte er und drehte sich um zu Mick.
»Darauf habe ich nur gewartet... daß du das Thema darauf bringst. Hast du etwa was?« Stones lehnte in nachlässiger Haltung an einer Instrumententafel und sortierte die Drogen, die in seinen Taschen verblieben waren. »Die vergangenen sechs Monate habe ich's nicht einmal genommen«, log er.
»Ob ich was habe? Tja, das ist die Frage. Weißt du überhaupt, wie es aussieht?« fragte Kurtowski an Vernor gewandt. Die Luft schien aus einer durchsichtigen Substanz zu bestehen, die fester und klarer als Luft war. ZZ-74?
»Nun, das Zeug, das wir nahmen, kam meistens in einer klarsichtigen Gelatinekapsel. Und es sah so aus, als wäre entweder ein wenig Gas oder eine winzige Menge Puder drin.«
Kurtowski lächelte und schüttelte den Kopf. »Kein Gas, kein Pulver. Hast du's nicht mal auf der Straße genommen?«
»Doch«, erinnerte sich Vernor. »Klar. Das erste Mal. Andy hatte's mir gegeben. Es war eine kleine weiße Tablette, wie Aspirin.«
»Vielleicht stand sogar *darauf* ›Aspirin‹; nein?« Kurtowskis Lächeln wurde breiter. Worauf wollte er hinaus? Er fuhr mit dem Zwiegespräch fort. »Warum nimmt eigentlich nicht jeder ZZ-74?«
»Weil die Regierung nicht an die Formel herankommt, um es zu legalisieren und mit der Produktion zu beginnen«, meinte Mick. »Weiß Gott, das würden sie gerne tun.«
Der Professor streckte eine geschlossene Hand vor und machte sie auf. »Dies ist ZZ-74.« Die Hand war leer. Und indem ihm die Wahrheit schlagartig zu Bewußtsein kam, fühlte Vernor, wie sich der Raum um ihn herum zurückzog. Sie saßen im Schein einer einzelnen Lampe da, der Magier drei, sinnlos und leer. Der Wind der Ewigkeit wehte durch sie hindurch.
Mick streckte eine Hand aus, nahm eine Prise Luft aus der Hand des Professors und schniefte sie. »Ein ordentlicher Hit, Alter«, sagte er und streckte sich auf dem Rücken aus.

Vernor genehmigte sich eine Prise in den Mund. »Die perfekte Droge kann nicht existieren, damit es von Ungetreuen nicht durch den Schmutz gezogen werden kann?« erkundigte er sich.
Kurtowski nickte. »Ja. Die Idee dazu kam mir in den Sinn, nachdem ich verfolgt hatte, was mit LSD geschah. Es gab kleinkarierte Spießer, die es nahmen, um ihr Geschlechtsleben aufzumöbeln, sogar Werbeleute haben's gefressen, um sich zu inspirieren und besser Autos zu verkaufen – es war einfach zu verfügbar. Diese Leute nahmen es, aber das erhabene Mysterium erblickten sie nicht, das weiße Licht, das Alles-in-Nichts... und dann behaupteten sie, ich hätte gelogen, als ich sagte, LSD hätte mir alle diese Dinge zugänglich gemacht. Ich fing an zu zweifeln, und Acid richtete bei mir nichts mehr aus. Also begab ich mich ins Labor, um eine bessere Droge zu kreieren – wie die andern war auch ich ein materialistischer Narr. Eines Tages aber, ich war gerade in eine Synthese vertieft, ließ ich ein Becherglas zu Boden fallen. Wie es zerschmetterte, gingen auch meine Selbsttäuschung, mein Wahn zu Bruch, und ich sah wieder das Alles-in-Nichts. Ich stand da und war nie woanders gewesen. Um mich dieses Augenblicks zu erinnern, nannte ich es ZZ-74. Später hatte Andy dann die Idee, es unter den Leuten zu verteilen. Da nichts vorhanden war, konnten sie es auch nicht vernichten.«
Professor Kurtowskis Stimme schien von irgendwoher in Vernors Kopf zu kommen. Unsterblichkeit und Freiheit waren des Menschen Geburtsrecht. ZZ-74. Er streckte sich aus, um den Trip zu genießen.

Teil II

Kapitel 10

Escherichia coli

Ein durch eines der zu ebener Erde befindlichen Laborfenster schräg einfallender Sonnenstrahl weckte Vernor. Die zwei anderen lagen in seiner Nähe auf dem Boden ausgestreckt und schliefen. Der durchscheinende Kugelkörper des Skalenschiffs schwebte hoch über ihm. Er war immer noch high... auf was? Er lächelte, als er die Antwort fand, und sprach sie leise aus. »Nichts.« Hatte Kurtowski ihnen einen Bären aufgebunden? ZZ-74. Vergangene Nacht hatten sie es in seiner reinsten Form genommen. Er war immer noch high.
Mick Stones rieb sich seinen großen Mund. Er setzte sich auf und guckte Vernor an. Zu sagen gab es nichts. Sie saßen da und verfolgten Staubflocken, die im grellen Sonnenlicht flimmerten; und holten sich dann aus einer der Kisten nahe der Tür etwas zu essen. Als sie zum Skalenschiff zurückkehrten, war Kurtowski nicht mehr da.
»Laß uns das Ding mal testen, Mick, bevor ich da einsteige.«
»Okay.«
Sie versahen die Kontrollkonsole mit einem Timer, um das Skalenschiff drei Minuten lokaler Zeit abwärts zu schicken und es dann auf normale Größe zurückzuholen. Professor Kurtowski tauchte hinter einem Stapel elektronischer Bauteile hervor und blickte schweigend drein. Schließlich sagte er. »Ja, ja, ein kleiner Test wäre nicht verkehrt.« Wie sie schien auch er nicht sonderlich aufs Reden versessen. Alles um sie herum wurde von einer solchen Klarheit im Gleichgewicht gehalten, daß man zögerte, diesen Zustand durch Meinungen, Wünsche, Fakten und Zahlen zu trüben.
Vernor betätigte den Schalter des Timers. Die VFG-Kegel fingen an zu summen. In etwa sechzig Sekunden würde sich das Feld zu nennenswerter Stärke aufbauen.
Mit einemmal hörte man Stiefelschritte die Treppe zum Keller hinabpoltern. Am entfernten Stirnende des Labors wurde eine Tür aufgeschlossen. Die Schmiere. Ihr Anführer brüllte: »Maxwell, wir sehen dich! Keine Bewegung! Kurtowski, Sie auch nicht!«
Zurück ins Gefängnis? Niemals herausfinden, ob die Zirkulare Skala funktionierte? Isoliert von seinen Gefährten? Eine Entscheidung gab es nicht zu fällen. Und als das Summen der VFG-Kegel sich zu einem win-

selnden Kreischen steigerte, kletterte Vernor in das Skalenschiff. Der Professor sprach rasch ein paar Worte zu Stones, der dann ebenfalls auf das Skalenschiff zueilte.
Das Feld baute sich auf, und die Gegenstände im Labor schienen bereits zu wachsen. Mick sah acht Fuß groß aus, und obwohl er lief, schien er nur langsam und wie im Traum voranzukommen. Der Professor war verschwunden, und die Polizisten kamen näher.
Der Einfluß des virtuellen Feldes schrumpfte Mick, indem er dichter an das Schiff gelangte, auf ungefähr Vernors Größe. Vernor lehnte sich aus der Einstiegsluke und versuchte ihn mit einer Hand hineinzuziehen, während er mit der anderen Hand die Steuerung zu bedienen suchte.
Die Polizei war jetzt an ihrem Hauptarbeitsplatz angelangt. Das Skalenschiff war inzwischen so weit geschrumpft, daß sie aussahen, als wären sie zwanzig Fuß groß. Vernor wurde von der unsinnigen Angst geplagt, die Beamten könnten ihn einfach zertreten. So etwas war natürlich unmöglich; wenn sich ein Fuß dem Schiff nähern würde, würde er unter den Einfluß des Feldes gelangen und schrumpfen.
Noch einmal fest gezogen, und Mick war im Schiff. »Gib ihm Saures, Vernor!« rief er voller Begeisterung. »Ich wollte schon immer mal wissen, wie Atome aussehen!«
Vernor hatte den Timer abgestöpselt und gab dem Schiff wirklich Saures... Das Labor sah aus wie der Grand Canyon, und ein dicht am Schiff stehender Beamter türmte sich über ihnen auf wie die Freiheitsstatue. Er schien nicht die Absicht zu haben, sich noch mehr zu nähern, aber zu wissen, daß man einen derart großen Feind hatte, war sicherlich kein gutes Gefühl.
»Sieht so aus, als hätten sie Angst, uns zu verfolgen«, bemerkte Stones. »Solange sie uns zugucken, kann der Professor sich davonmachen.«
»Wird er das versuchen?«
»Sicher. Er hat schon immer gewußt, daß die Freunde und Helfer sich eines Tages hier einstellen würden, also hat er sich geheime Verstecke und Fluchtwege eingerichtet. Der weiß sich schon zu helfen. Und wir sollten ziemlich dicht dran sein, unsichtbar zu werden.«
Vernor nickte. »Da die VFG-Kegel mit uns schrumpfen, glaube ich nicht, daß das Kraftfeld weit nach draußen wirkt. Wir *werden* sichtbar sein.«
Es wurde zunehmend schwieriger, die Gegenstände in Kurtowskis Labor als solche deutlich zu erkennen... es gab nur noch riesige farbige Flächen mit ausgefransten Kanten. Diffraktion setzte ein und umgab scharfe Kanten mit blassen Regenbögen, und es war schwer zu sagen, wo genau die Decke sich befand. Den Polizisten kam das Skalenschiff

wahrscheinlich wie ein Sandkorn vor. Einer von ihnen schien entschlossen, die Verfolgung aufzunehmen, aber seine Beine bewegten sich langsam wie Zeiger auf einer Uhr. Sie befanden sich in Sicherheit. Vernor saß auf dem Pilotensitz an den Steuerungseinrichtungen, und Mick lehnte am Sockel des unteren VFG-Kegels; die Beine hatte er auf dem Gitterwerk aus Molybdänröhren und Nyxonkabeln ausgestreckt. »Was passiert als nächstes?« wollte er wissen.

»Bald schon werden wir die zellulare Ebene erreichen. Nicht, daß wir irgendwelches Leben zu sehen bekommen werden... dazu ist es hier zu trocken.« Das Schiff hatte sich ein wenig in den Boden gesenkt. Die kleinen Unregelmäßigkeiten in dem, was vorher wie wie vollkommen glattes Plastik ausgesehen hatte, verlieh dem sie umgebenden Fußboden das Aussehen einer von Furchen durchzogenen Wüstenlandschaft.

Das Skalenschiff schlidderte behutsam in eine dieser Furchen hinein. Die wie ein Kissen polsternde Wirkung des virtuellen Feldes verhinderte, daß das Schiff wie eine Kugel rollte. Somit waren sie in der Lage, seine Bahn mühelos zu verfolgen. Obwohl auf winzige Größe geschrumpft, hatte das Skalenschiff seine Originalmasse im wesentlichen erhalten und rutschte folglich durch Hindernisse, die sich ihm in den Weg stellten, hindurch. Vernors und Micks Zeit war so viel schneller geworden, daß ihre Fahrt ihnen langsam vorkam, auch wenn sie, absolut gesehen, ziemlich rasch dahineilten.

Die Wüstenrinne mündete in einen Canyon. Es sah jetzt so aus, als befänden sie sich in einem grauen, leblosen Tal in den Alpen, weit oberhalb der Vegetationsgrenze. Und während sie eine Endmoräne hinuntertrieben, wurden die gezackten Gipfel auf beiden Seiten größer. Vernor blickte angestrengt nach oben und sagte: »Weißt du, ich glaube, den feinen Riß im Boden habe ich gesehen, als wir das Schiff zusammenbauten. Schau dir nur mal an, wie verschwommen die Berge jetzt –«

Aber mit einemmal waren sie weg. Kleine, bewegliche Formen umschwärmten das Schiff. »Mick!« rief Vernor aus. »Was passiert?«

»Ich hatte gemeint, du hättest das gesehen: Den See unten im Tal!«

Allmählich dämmerte es Vernor. Sie waren unter Wasser, unterhalb der Oberfläche eines winzig kleinen »Sees«, der den Grund der Spalte, in die sie hineingerutscht waren, ausfüllte. Die Lichtverhältnisse waren gut, und er konnte vier oder fünf verschiedene Organismen ausmachen, die sich um sie herum bewegten.

Die hin- und herschießenden Formen, die anfänglich seine Aufmerksamkeit erregt hatten, waren Geißeltierchen, kleine Kerle in der Gestalt von Tränentropfen, die umherzogen, indem sie das Haar oder Flagellum, das aus ihrem spitzen Körperende wuchs, unregelmäßig wirbelten. Sie schie-

nen beträchtlich kleiner als das Schiff und stellten noch keine Gefahr für sie dar. Es gab jedoch ein Wechseltierchen in der Nähe des Schiffs, und Vernor war froh, als er feststellte, daß sie sich von ihm wegbewegten.
Das Tierchen bot schon einen bedrohlichen Anblick, grau und auseinandergefleddert wie eine regungslose Spuckeexplosion, außen ohne Anzeichen von Bewegung, aber im Inneren geschäftig zugange. Wenn man nah genug hinschaute, konnte man sogar noch die letzten vier, fünf Dinge erkennen, die es verschlungen hatte. Offensichtlich Pilze. Nun ja, und gänzlich bewegungslos verharrte es auch wieder nicht; nein, eines ihrer Scheinfüßchen näherte sich zielbewußt ihrem Schiff... aber die Amöbe war langsam, und das Skalenschiff war immer noch im Schrumpfen begriffen. Schon waren sie nicht größer als die Geißeltierchen.
Jetzt rückte eine neue Art Organismus ins Blickfeld, eine Herde Kapseln, die vor ihnen auf dem Grund vibrierten. Schon bald würden sie mitten unter ihnen sein. Irgendwie kamen sie ihnen vertraut vor...
»Paß auf!« schrie Mick mit einemmal. Etwas, das aussah wie ein behaartes Kleinluftschiff, schoß zielstrebig auf sie zu. Die Haare auf seiner Oberfläche schienen so groß wie Männerbeine zu sein, und sie bewegten sich mit kräftigen Stößen voran. Nahe am vorderen Ende des Kleinluftschiffes befand sich eine Art Tasche. Die Härchen, die diese Tasche füllten, waren beweglich und schienen sich in wilder Aufregung zu befinden. Mittendrin konnte man die sich wehrenden Umrisse eines der Geißeltierchen und mehrere Kapseln ausmachen. Offensichtlich war dies der Rachen, und das Wesen war drauf und dran, als dritten Gang das Skalenschiff zu verzehren.
Dies war das erste Mal, daß Vernor Mick Stones fassungslos erlebte.
»Schrumpf, Vernor. Schrumpf!«
»Keine Angst, Mick. Das Feld dehnt sich schon ein wenig über die Außenhaut hinaus aus. Alles, was uns möglicherweise berührt, muß ebenso schrumpfen, wie wir es tun... und wenn das Ding genauso schrumpft wie wir, dann wird es uns nicht verschlingen, so wahr mir –«
Aber dann hatte der kleine Zeppelin sich auf sie gestürzt, und seine Maultasche ragte wie eine behaarte Kuppel über ihnen. Es mühte sich ab, an sie heranzukommen, und Vernors Muskeln spannten sich an, als es sich zu ihnen hin wölbte; wie die Haare aber näher kamen, wurden sie schlagartig zu winzigen Härchen.
Stones hatte seine Beherrschung wiedergefunden. »Schätze, du hattest recht, als du davon sprachst, wie das Feld uns schützt«, bemerkte er in schleppendem Tonfall. »Meinst du, das Ding dort draußen versucht, uns zu fressen oder gefressen zu werden?« Vernor grinste und entspannte ein wenig.

Kurz darauf gab das Wimpertierchen auf, und sie glitten weiter den Hang hinab. Vor ihnen schien sich eine riesige glänzende Mauer aufzutürmen.
»Was *ist* das?« fragte Mick. »Das sieht so glatt aus.«
Vernor zuckte die Achseln. Das würden sie noch früh genug erfahren. Im Augenblick steckten sie mitten in der Kapselherde. Bakterien. »Dies hier sind Kotkeime, Mick«, ließ Vernor sich vernehmen. »Nach ihrem Entdecker, Theodor Escherich *Escherichia coli* benannt. Welch eine Ehre... Jedem wird das nicht zuteil, daß man eine Spielart fäkaler Bakterien nach ihm benennt.«
»Aber wie sind die hierhergeraten? Ich meine, *so* chaotisch war's Labor nun auch wieder nicht.«
»Das habe ich mich eben schon gefragt«, meinte Vernor. »Das Wasser muß irgendwie durch ein geborstenes Abwasserrohr eingedrungen sein.« Dabei war die Gegenwart dieser menschlichen Symbioten sogar noch tröstlich. Es war, als befände man sich mitten in einer Herde Schafe. Die glänzende Wand, die sie verwundert hatte, kam näher, bevor aber Vernor eine weitere Bemerkung machen konnte, wurde seine Aufmerksamkeit auf eine Bewegung zu ihrer Rechten gelenkt.
Eines der E. coli war explodiert und hatte an die hundert kleinerer Organismen aus seinem Inneren ausgestoßen.
»Und was ist das?« fragte Mick. »Sind das Fäkalkeimbabys?« Aber diese neuen Organismen sahen überhaupt nicht wie Bakterien aus. Jeder von ihnen hatte einen großen, in Facetten unterteilten Kopf, einen stabförmigen Körper und am Ende des Stabs ein paar kleine Härchen.
»Das sind Viren«, erläuterte Vernor. »T2-Viren, meine ich. Guck mal, wie die sich auf die armen Bakterien stürzen.« Tatsächlich machten sich in diesem Augenblick mehrere Viren daran, sich auf dem nächsten Mitglied der Bakterienschar niederzulassen. Vernor und Mick sahen dem ihnen am nächsten verharrenden Virus zu, wie es sich mit dem Schwanz voran auf der Haut des Bakteriums festsetzte. Die winzigen Härchen am stäbchenförmigen Ende des Virus bohrten sich in die Zellwand, dann entstand eine Pause, indes der Virus ein Loch in die Zellwand grub. Anschließend machte der längliche Organismus eine teleskopartige abrupte Bewegung und ejakulierte seinen Kopfinhalt durch den Schaft und in die Außenhaut des E. coli. Zurück blieb die leere Hülle des Viruskörpers, die jetzt an der Bakterienzellwand baumelte. Das genetische Material jedoch, das mitten in die Zelle geschossen worden war, war geschäftig dabei, die Zelle in eine Virusfabrik umzuwandeln. Innerhalb von zwanzig Minuten würde das Bakterium aufplatzen, und hundert neue Viren kämen herausspaziert.
Einige von ihnen schienen sich für das Skalenschiff zu interessieren,

aber in diesem Augenblick passierte etwas Wichtigeres. Mick und Vernor hatten die glänzende Wand, die sie vorhin entdeckt hatten, erreicht. Sie dehnte sich ein wenig unter dem Druck ihres Schiffs, und mit einemmal waren sie hindurch und ließen Viren, Bakterien und Einzeller hinter sich. Wieder einmal bekamen sie die Mondlandschaft des Plastikfußbodens zu Gesicht, und hoch über ihnen wölbte sich eine glattwandige Kuppel. Sie befanden sich im Inneren einer winzigen Luftblase, die unter dem Wasser in einer Ritze von Professor Kurtowskis Laborfußboden am Plastik haftete.

Kapitel 11

Theorie und Praxis

Das Hinabgleiten hatte aufgehört. Der Boden im Inneren der Blase war eben. Sie schrumpften immer noch. Bald würden sie die molekulare Ebene erreichen.

»Hast du irgendwas zu essen mit?« fragte Stones.

»Klar. Du weißt, wo es ist. Warte, ich werd mal den Antrieb abstellen. Ich habe auch Hunger.« Vernor reduzierte das VFG-Feld so weit, daß sie aufhören würden zu schrumpfen, schaltete es aber nicht vollständig aus, damit sie auf der Größenskala nicht nach oben trieben. Würde er die Energiezufuhr vollends stoppen, würden sie unverzüglich auf normale Größe zurückschnappen. Es war denkbar, daß eine derart abrupte Veränderung der Feldstruktur tödliche Synchrotronstrahlung hervorrufen würde. Und selbst, wenn sie das überleben würden, wären da immer noch die Ordnungshüter, die auf sie warteten. »Was meinst du, was die tun werden?« fragte Vernor.

Stones stopfte sich gerade den Inhalt einer Nahrungstube in den Mund. »Hmpfa mampf mumpf schhlppft«, erwiderte er und fügte dann, deutlicher sprechend, hinzu: »Die wissen ja gar nicht, daß dies ein *Skalenschiff* ist. Folglich werden sie auch nicht schnallen, daß wir am selben Ort ankommen müssen, an dem wir loszwitscherten. Ich schätze, die werden sich eine Woche lang im Labor herumdrücken... werden Sachen von den Wänden reißen, Notizen für Phizwhiz machen, den ganzen Laden aufräumen und sichermachen und warten. Darauf warten, daß wir möglicherweise zurückkehren. Nach einer Woche werden sie wahrscheinlich meinen, wir wären auf Nimmerwiedersehen verschwunden.«

»Aber solange wir uns auf dieser Skala in Abwärtsrichtung befinden, läuft unsere Zeit um so vieles schneller ab als die ihrige«, gab Vernor zu bedenken. »Und bevor die lustige Woche im Labor des verrückten Professors noch zu einer glücklichen Erinnerung wurde, werden wir uns hier zu Tode hungern oder an Altersschwäche sterben.« Schlecht gelaunt griff er sich eine Futtertube. Hhmmm, wenigstens war es Grün.

Nachdem sie sich gesättigt hatten, streckten sie sich auf dem Tensegritätsgitterwerk aus und machten es sich bequem. Vernor war satt und zufrieden, und der Luftaufbereiter summte leise vor sich hin. Und wie er so mit abwesendem Blick durch den Synthequartzfilm nach draußen blickte, wanderten seine Gedanken in Richtung Sex.

Im stillen verfluchte er sich dafür, daß er, nachdem er aus dem Knast gekommen war, nicht sofort Alice angerufen hatte. Die seltsame Fahrt ihres Schiffes, durch Wasser hindurch in eine Luftblase, hatte Vernor das Inquarium in Erinnerung gerufen. Dort hatte er's das letzte Mal getrieben. Ach, Alice.

»Es ist zu traurig, aber du bist nicht mehr derselbe.« Ihre letzten an ihn gerichteten Worte hallten in seinen Gedanken wider. Im Gefängnis hatte er keinerlei Verlangen nach Dope verspürt (oder nach Alice, was das anlangt)... Im Gefängnis war er ein ganz anderer gewesen, er hatte keine Erwartungen gehabt, keine geheimen Wünsche, überhaupt kein körperliches Leben. Und dann der Trip seiner Flucht... die vergangenen zwei Wochen im Labor war er niemals richtig runtergekommen, aber jetzt... jetzt lungerte er auf dem Grund einer Fußbodenritze herum, umgeben von meilengroßen Polizisten, die viele Jahre seines Lebens auf ihn warten würden. Die einzige Hoffnung, dem Ganzen zu entfliehen, bestand in der ungewissen Möglichkeit, daß die Größenskala wirklich zirkular, kreisförmig war. Und wie ein Depp hatte er es versäumt, Alice gleich von Waxy's aus anzurufen oder sich wenigstens nach ihr zu erkundigen. Alice... Dallas Alice. Ein leichtes Stöhnen entrang sich Vernors Brust. Er schob eine Hand in seinen Hosenschlitz.

»Brauchst du Hilfestellung?« erkundigte sich Mick. Vernor blickte in Micks Spitzbubengesicht. Die Frage war natürlich genug; viele Leute, die meisten Träumer zum Beispiel, waren bisexuell. Aber irgendwie hatte Vernor sich niemals mit einem Mann eingelassen. Stones rückte dichter heran.

»Nein«, meinte Vernor. »Ich warte lieber, bis du schläfst.« Er hielt im Sprechen inne. Warum? »Ich habe Angst, du könntest mir das Hirn auslutschen.«

»Dein Hirn auslutschen? Tja, warum nicht?« Stones schien das alles ziemlich egal. »Wie kann man in diesem Ding eigentlich seine Därme entleeren?« wollte er einen Augenblick später wissen.

»Nun, was meinst du wohl, wie? Du steigst aus und gesellst dich zu den E. coli.«

»Wird dann die Luft nicht entweichen?«

Vernor schüttelte das Haupt. »Der Professor meinte, nicht. Das Feld sollte sie einigermaßen zusammenhalten. Das Synthequarz ist lediglich dazu gedacht, die Langzeitdiffusion der Luft zu verhindern. Hätten wir diese Hülle nicht, wäre die meiste Luft innerhalb weniger Tage weg.«

Mick öffnete die Luke. Kein ›Whiischhh‹. Kurtowski kannte sich in sei-

ner Feldtheorie aus. Der Boden in unmittelbarer Nähe der Tensegritätssphäre sah ganz normal aus, da er im gleichen Verhältnis geschrumpft war wie sie. Um das Schiff herum neigte sich der Boden schräg nach oben und wurde mit zunehmender Distanz gröber und größer.
»Hey! Vernor!« rief Mick ein paar Minuten später. »Wirf mir mal die leeren Futtertuben rüber.«
»Wofür?«
»Ich werd' mal versuchen, diesen Kotbrocken aus dem Feld zu schleudern. Das wird erstens jene einzelligen Hammond-Organismen auf Trab bringen und außerdem die Bullenstiefel mit einer Duftspur versehen.«
So was konnte nur Mick in den Sinn kommen, dachte Vernor bei sich und reichte die flachgedrückten Tuben heraus. Stones nahm mit ihrer Hilfe das auf, was seine Därme entlassen hatten, und schleuderte es vom Skalenschiff weg. Indem es von ihnen wegtrieb, nahm es an Größe zu und schien sich zu verlangsamen. Und bald schon hing es in ihrem Sichtfeld wie ein beschaulich zunehmender brauner Mond. Es würde nicht lange dauern, bis es aus der Luftblase ausbrechen und aus der Ritze im Laborfußboden sickern würde. Zufrieden mit sich selbst kletterte Mick ins Schiff zurück.
Vernor lachte aus ganzem Herzen. »In ein paar Tagen unserer Zeit wird das Ding zu Lebensgröße angewachsen sein. In einer Minute Bullenzeit. Wo das herkam, werden sie nie herausfinden. Ich bin froh, daß du mitgekommen bist.«
Mick untersuchte die Instrumentenkontrolle. »Wie funktioniert dieser Zirkulare-Skala-Gag eigentlich? Wie können wir größer werden, indem wir kleiner werden?«
»Willst du's ganz genau wissen?« fragte Vernor.
»Schieß schon los.«
»O. K.«, fing Vernor an. »Im Grunde genommen ist die Sache die, daß Raumzeit plus Skala wie ein Ring aus Fettgebackenem aussieht. Stell dir vor, du hättest einen solchen Kringel vor dir liegen. Angenommen, du legtest jetzt ein Stück Zeichenkarton auf deinen Kringel, würde dieser dein Fettgebäck wie ein Kreis berühren.« In Erwartung einer Antwort blickte er Mick an.
»Genau. Ein Kreis oben auf deinem ringförmigen Krapfen.«
»Ja. Dieser Kreis wird von den Punkten des Krapfens gebildet, die am höchsten liegen«, betonte Vernor.
»Red' weiter.«
»Wenn diese Punkte auf dem Kreis jetzt aber in das Loch hineinrutschen, was passiert dann mit dem Kreis?«
»Er wird kleiner«, erwiderte Stones.

»Er wird kleiner«, stimmte Vernor zu. »Also haben wir jetzt unseren Kreis, der seine horizontale Lage beibehält, und indem er die ganze Zeit schrumpft, gleitet er in das Loch des Krapfens. Wann ist er am kleinsten?«

»Dann, wenn er das Loch sozusagen von innen auskleidet. Wenn er so groß ist wie der Umfang deines Fingers, den du ins Krapfenloch steckst und dabei seine Wandung berührst.«

»Gut. Und jetzt paß auf, Mick: Wenn der Kreis dann weiter unter das Loch sinkt, beginnt er zu wachsen.«

»Klare Sache.« Stones nickte zustimmend.

»Und wenn er noch weiter geht, um zu dem Kreis zu werden, der den Tisch berührt, ist er noch mal größer. Und wenn er an der Außenseite unseres Fettkringels nach oben krabbelt, wird er größer, als er am Anfang gewesen ist!«

»Mann, was redest du da überhaupt? Mit deiner Fettkrapfenstory?« rief Mick aus.

»Kapierst du denn nicht? Wir haben es damit zu tun, wie ›Kleinerwerden‹ zu ›Größerwerden‹ wird... und zwar kontinuierlich. Indem er zu schrumpfen anfängt und dann in derselben Richtung weitermacht, endet der Kreis damit, daß er größer wird, als er zu Anfang gewesen ist. Und wenn er sich weiterbewegt... wenn er sich in derselben Richtung weiterbewegt, schrumpft er immer weiter herum zur Ausgangsposition.«

»Raumzeitkrapfen gehn mir nicht aus dem Sinn«, kommentierte Mick. »Und das ist dann das Universum, oder was?«

Voller Begeisterung fuhr Vernor fort. »Es verhält sich so, daß jeder dieser Kreise eine Größenebene darstellt. Die erste Ebene ist die Menschenebene. Dann schrumpft man weiter auf die atomare Ebene, den kleinen Kreis um das Innere des Lochs herum. Als nächstes gelangst du, wenn du auf den Äquator triffst, auf die Ebene des großen Universums – auf den Kreis, der den Krapfen außen begrenzt.«

»Und was ist mit der anderen Menschenebene auf der Unterseite deines Krapfens?« fragte Mick mit einemmal. »Was ist damit?«

»Tja, das *ist* eine der Schwierigkeiten mit dem Krapfenmodell«, räumte Vernor ein. »Ich meine, das Krapfenmodell muß an diesem Punkt beiseite gelegt werden. Die Nützlichkeit des Modells erschöpft sich darin, daß es denkbar ist, kontinuierliches Schrumpfen in Ausdehnung umzuwandeln. Am besten wäre es jetzt wohl, ein Zifferblatt zu malen und die 12 ›Menschenebene‹ zu nennen, die 2: zellulare Ebene, die 5: subatomare, die 7: galaktische, die 10: planetarische, und zurück zur 12: Menschenebene...« Seine Stimme verlor sich.

»Was passiert bei der 6, Vernor?« fragte Stones mit scharfem Unterton in der Stimme. »Du hast uns diese ganze Chose eingebrockt, und ich bin mir gar nicht sicher, ob du überhaupt weißt, wovon du eigentlich quatschst.

Mehrere Minuten lang saßen sie schweigend da. Wie würde sich der Übergang von der kleinsten, der monadischen Ebene zur größten, zur universalen Ebene gestalten? Würde das überhaupt funktionieren?

Schließlich meldete sich Vernor wieder zu Wort. »Ich weiß nicht recht, Mick. Ich schätze, in Wirklichkeit habe ich mir niemals Gedanken darüber gemacht, an einen Punkt zu gelangen, wo meine Ideen damit zu tun haben könnten, meinen eigenen Arsch zu retten.« Er stieß einen Seufzer aus. »Ebensogut könnten wir einfach weiterschrumpfen.«

Kapitel 12

Wirklich, im Vergleich zu was?

Vernor klemmte sich hinter seinen Steuerknüppel und brachte das Schiff wieder in Gang. Bald schon schienen die zwei Bewegungen wie ungestalte Zwillingsplaneten unter einer unvorstellbar weit entfernten Himmelskugel. Das Fußbodenmaterial fuhr fort, neue, komplizierte Strukturen zu zeigen; und indem sie weiterschrumpften, erhoben sich um sie herum neue Gipfel und Hügel aus Plastik.

Eine in ihrer Nähe zutage liegende Schicht jagte Vernor einen Schrecken ein. In den letzten wenigen Augenblicken hatten die Kanten dieser Formation angefangen zu vibrieren, und mit einemmal schien das Ganze wie mit Farben und Bewegung belebt... es wirkte wie ein Knäuel zuckender Schlangen. Vernor dämpfte den Schrumpfungsgrad, um das Schauspiel zu genießen.

Inzwischen waren sie tatsächlich klein genug, um die kettenartigen Moleküle auszumachen, aus denen der Plastikbelag auf Professor Kurtowskis Laborfußboden bestand. Die Moleküle zuckten und ringelten sich fortwährend hin und her, mal vereinigten sie sich, mal teilten sie sich.

Es war kaum zu glauben, daß die Moleküle keine lebenden Organismen waren. Es gab besonders eines, das Vernors Aufmerksamkeit fesselte. Es war dabei, seine Gefährten auf heimtückische Art und Weise zu attackieren, indem es sie in der Mitte packte und sich dann heftig auf- und nach hinten bäumte, um seine Beute in zwei Teile zu brechen. Es zögerte in seinem rhythmischen Zerstörungswerk und schien etwas zu wittern – wie eine Raupe, die nach ihrem nächsten Blatt ausschaut. Jetzt bewegte es sich auf sie zu. Ob es hinter dem Skalenschiff her war? Unmöglich, ein Molekül hatte keinen Denkapparat, aber trotzdem... Vielleicht waren ihre Ladung, Polarisation oder Feldmuster in der Lage, eine Krümmungsbewegung auszulösen.

Die Beleuchtung war ungleichmäßig und vielfarbig geworden. Sie waren so klein, daß die korpuskulare Natur des Lichts offenbar wurde. Indem Vernor die molekulare Landschaft betrachtete, sah er sie nicht gleichmäßig beleuchtet... Statt dessen wirkte es eher wie ein schlecht eingestelltes Hollowcast. »Warum sieht das nur so komisch aus?« fragte Mick. »Ist es schon Nacht?«

»*Diese* Frage kann ich beantworten«, entgegnete Vernor. »Damit wir etwas sehen, muß dieses Etwas ein Photon zu uns schicken. Nun wird jedes beliebige Atom in einem dieser Moleküle nur gelegentlich mal ein Photon in unsere Richtung befördern. Und jedes beliebige Photon verfügt über nur eine festgelegte Wellenlänge.«
»Kapiert«, meinte Stones. »Das Flimmern entsteht deshalb, weil wir klein genug sind, um die verschiedenen Punkte, von denen die Photonen ausgehen, tatsächlich erkennen zu können. Und farbig ist es deshalb, weil jedes Photon dem Aufblitzen nur einer Farbe gleichkommt –« Plötzlich veränderte sich seine Stimme. »*Guck* dir mal dieses Schreckgespenst an!«
Das Molekül, das vorhin Vernors Aufmerksamkeit erregt hatte, war jetzt ziemlich dicht bei ihnen. Stones' Schreckensruf war der Tatsache entsprungen, daß dieses Molekül sich hoch aufgerichtet und wie eine Klapperschlange zugeschlagen hatte. Vor der Einverleibung waren sie wiederum sicher, denn bevor das Molekül sie sich schnappen konnte, würde es in das VFG-Feld eindringen müssen... wobei es natürlich auf ein Nichts schrumpfen würde. Nichtsdestotrotz war es beunruhigend, diesen zornigen Drachen auf sie zufliegen zu sehen.
Sie schrumpften immer weiter, und bald wurde es schwierig, die Plastikmolekülschlangen noch als solche zu unterscheiden. Das Flackern wurde ausgeprägter. Es war, als blickte man auf eine Menschenmenge, die in einem verdunkelten Auditorium Blitzlichtaufnahmen macht... nur, daß jedes Aufblitzen von anderer, leuchtender Farbe war.
Im allgemeinen sendet ein Atom nur Photonen einer Farbe aus; die meiste Zeit jedenfalls, und so war es möglich, im Blitzgeflimmer um sie herum die Bahnen einiger der Atome zu verfolgen. Sie bewegten sich auf unvorhersagbaren Zickzackkursen dahin – wie Glühwürmchen in einer Sommernacht.
Während sie fortfuhren zu schrumpfen, begannen drei Atome das Blickfeld zu beherrschen. Und wie Vernor so auf seinem Pilotensitz hockte, blitzte das am nächsten liegende, bewegungslos vor ihm verharrende gelegentlich blau und grün auf. Die anderen beiden Atome waren genau über und genau unter der durchsichtigen Kugel ihres Skalenschiffs postiert. Diese blitzten rötlich auf und schienen von dem bläulich funkelnden Atom weg und auf es zuzuzittern.
»H_2O«, rief Mick aus. »Frisches, kühles Wasser.« »Genau«, stimmte Vernor ihm zu. »Das muß es sein. Wie die beiden Roten zueinander stehen, deutet darauf hin, daß sie Wasserstoffatome sind, die an einen hübschen blauen Sauerstoff gebunden werden; vielleicht ein verirrtes Wasseratom unserer Atemluft. Mann, wir befinden uns mitten in einem

Molekül.« Das bläuliche Sauerstoffatom kam näher, indes der pulsierende Tanz der rötlich blitzenden Atome weiterging. »Schon bald werden wir überhaupt nicht mehr in der Lage sein, etwas zu sehen«, schloß Vernor, als die Häufigkeit der Lichtblitze abnahm.
»Warum nicht?« fragte Mick. »Warum sollten wir die Elektronen und den Zellkern nicht sehen können? Es gibt sie, wir schrumpfen weiter... Wo liegt das Problem?«
»Es gibt einfach keine Möglichkeit, sie zu sehen«, äußerte Vernor geduldig. »Damit du etwas *sehen* kannst, muß das, was du sehen willst, ein Signal aussenden. Je kleiner wir werden, desto unwahrscheinlicher wird es, daß ein Photon uns treffen wird. Sobald wir kleiner als ein Photon sind, glaube ich nicht, daß es uns überhaupt treffen *kann.*« Er dachte einen Augenblick lang nach und fuhr dann fort. »Aber, vielleicht –«
Stones beendete den Satz für ihn, indem er voller Entzücken ausrief: »Aber, vielleicht hast du nicht alle Tassen im Schrank!« als die Dunkelheit um sie herum mit einemmal von einem gleichmäßigen, milchigen Leuchten erfüllt wurde. Die eigentlichen Teilchen des Sauerstoffatoms wurden sichtbar!
»Das ist unmöglich«, entfuhr es Vernor, indem sie dichter an das vor ihnen liegende Atom herantrieben. Es war jetzt auf die Größe eines Wetterballons angewachsen. Wie er es vorausgesagt hatte, blieben die blauen und grünen Blitze jetzt aus... Sie waren so winzig, daß die Wahrscheinlichkeit, daß ein Photon des Atoms auf sie auftraf, unendlich klein war. Nichtsdestotrotz konnte er das Atom sehen.
Die Elektronen bildeten um den winzigen Zellkern eine Art Wolke oder Dunst, aber einen Dunst, wie er ihn noch niemals gesehen hatte. Wenn er die Elektronenwolke in ihrer Gesamtheit betrachtete, so gab es keine Klumpen, keine einzelnen Elektronen... bloß die fortwährende Wahrscheinlichkeitsvorstellung, wie die orthodoxe Quantenmechanik es fordert. Wenn er, andererseits, seine ganze Aufmerksamkeit auf irgendeine begrenzte Region der Wolke richtete, erschien dort ein gelbes Kügelchen... ein Elektron, das den Gesetzen der Prä-Quantenphysik gemäß den Zellkern umkreiste. Was er sah, hing davon ab, was er zu sehen versuchte! Er wandte sich um zu Mick. »Was siehst du?« fragte er. »Siehst du einzelne Elektronen oder einfach nur eine Wolke?«
Stones blickte ihn verwundert an. »Ich sehe kleine gelbe Kügelchen, die um ein winziges, pulsierendes Ding in der Mitte herumwischen. Was meinst du überhaupt mit *Wolke?*«
»Die *Elektronen*wolke, mein Gott noch mal. Elektronen verfügen nicht über beides, eine Position und eine Geschwindigkeit. Heisenbergs Unsicherheitsprinzip. Ein einzelnes Elektron an einem bestimmten Punkt,

das sich mit einer bestimmten Geschwindigkeit in eine bestimmte Richtung bewegt, *kann* man nicht sehen. Man kann es einfach nicht!« Er legte eine Pause ein, während ein Elektron so groß wie ein Völkerball heiter durch sein Blickfeld glitt.

Mick verharrte einen Augenblick in Schweigen und sagte dann: »Klar, ich erinnere mich des Unsicherheitszeugs. Das kam immer im Fernsehen, in der Uncle Space-Head Show... jeweils am Dienstag, morgens um neun. Indem ich mich jetzt daran erinnere, kann ich die Elektronen nicht sehen. Das ist schon wirklich komisch, in dem Augenblick, wo du mich darauf aufmerksam machtest, wurde alles nebelhaft, verschwommen... was *ist* das?«

Vernor aber hatte keine Antwort parat. Die Elektronenwolke war inzwischen auf die Größe einer Kathedrale angewachsen. Der leuchtende Zellkern wirkte jetzt wie eine Perle aus Licht in ihrer Mitte. Das Atom schien sich auf sie zuzubewegen. Wie vorhin bei dem Plastikmolekül hatte er auch jetzt das seltsame Gefühl, als hätte das Verhalten des Atoms etwas Zielstrebiges, als bewegte es sich auf sie zu, weil es ihre Gegenwart spürte. War denn alles, dem sie begegneten, allein darauf aus, sie zu fressen?

Vernor bedeckte sein Gesicht mit beiden Händen, um nachzudenken. Wie konnte das Erscheinungsbild des Atoms von dem abhängen, was er zu sehen erwartete? Wenn er das Unsicherheitsprinzip beiseite ließ, sah er ein Miniatursonnensystem... wie jetzt... wo er die sechzehn Elektronen um den Sauerstoffatomkern kreisen sah. Mick und Vernor waren inzwischen so klein, daß ihre Zeitskala der des Atoms glich, folglich war es ein Einfaches, die Elektronen zu beobachten, solange man an sie glaubte... da! Vor ihnen war eines im Begriff, auf eine niedrigere Umlaufbahn hinabzusinken... ein Photon schlängelte sich von diesem Ereignis weg. Vernor fuhr zusammen, als er realisierte, daß er seine Hände immer noch vor seine Augen gelegt hatte. Er öffnete seinen Mund, Mick aber redete bereits.

»Vernor, ich kann mit geschlossenen Augen sehen! Genau wie damals, bei meinem ersten Acid-Trip. Ich *spüre* einfach, wo alles ist... *fühle* es mit meinem Gehirn!« Ohne seinen Kopf zu wenden, konnte Vernor *sehen*, daß Mick mit geschlossenen Augen am Boden lag... und er hörte ihn – offensichtlich an den sich nähernden Zellkern gewandt – »O ja!« rufen.

Vernor betrachtete den Zellkern nur oberflächlich und schlug sich mit dem Problem herum, wie sie ohne ihre Augen sehen konnten. Es mußte sich um irgendeine Art Feld handeln, das direkt auf sein Hirn einwirkte, sagte er sich. Es war schon denkbar, daß ein Feld mentale Bilder produzieren konnte... der Gedächtnisspeicher des Gehirns arbeitete im Prinzip holographisch, folglich war es unter Umständen möglich, daß das Interferenzmuster zwischen seinem Gedächtnisfeld und ein beliebiges äußeres Feld diese schwach halluzinatorischen Bilder, die er betrachtete, hervorrief... Der Zellkern schien zustimmend zu strahlen... aber was für ein Feld könnte das sein? Die nuklearen Bose-Einstein-Kräfte konnten nicht so weitreichend sein, das elektromagnetische Feld war zu grob, blieb also nur die Schwerkraft übrig... Aber, nein, durch Schwerkraft bedingte Wirkungen würden von ihrem virtuellen Feld gedämpft werden, bevor sie ihn hier erreichen konnten. Plötzlich kam ihm die Lösung in den Sinn. »Wahrscheinlichkeits-Amplituden«, brüllte Vernor, »das reine Quantenfeld!«

»Nun hör schon auf, alles zu erklären, Mann«, sagte Mick mit ruhiger Stimme. »Relax, solange du's noch kannst. Guck's dir doch einfach nur an.«

Es war schon was zum Angucken, da konnte man sagen, was man wollte. Das Sauerstoffatom war zu immenser Größe angewachsen, und sie trieben durch die Elektronenwolke hindurch in es hinein. Der besondere Charakter ihrer Gegenwart verursachte in dem Atom heftige Turbulenzen und Instabilität. Die eine Minute befanden sie sich in einem wirbelnden Wahrscheinlichkeitsnebel; in der nächsten rumpelten Elektronen an ihnen vorüber wie Schwerlastwagen. Mehrere Elektronen nahmen einen spiralförmigen Weg in den Zellkern hinein und sandten dabei eine Vielfalt kleinerer Teilchen aus.

Ihre Bahn durch die Elektronenhüllen hindurch verlief unregelmäßig; sie kamen in Sprüngen voran, und jeder Sprung wurde von Zusammenstößen und Funkenregen begleitet.

Plötzlich waren sie durch den Elektronenbereich hindurch, und der nackte Zellkern – vielleicht halb so groß wie das Skalenschiff – glänzte genau vor ihnen. Indem sie auf ihn zutrieben, gewann er zunehmend an Größe. Ein dumpfes Poltern erfüllte ihre Tensegritäts-Sphäre, und der Geruch von Schwefel und verbrannter Erde drang ihnen in die Nase. Vernor war nicht weiter überrascht... Wenn das mechanische Quanten-Wahrscheinlichkeitsfeld direkt auf die Gedächtnisstruktur seines Gehirns einwirken konnte, um Bilder zu erzeugen, gab es keinerlei Grund, daß es nicht ebenso Geräusch- und Geruchsempfindungen hervorzubringen vermochte. Vom Intellekt her war er kaum überrascht... aber das Gefühl, das er im Bauch hatte, jagte ihm eine Angst ein, wie er sie niemals zuvor gekannt hatte.

Der Zellkern war von einem düsteren Rot, in das schwarze Flecken und Fäden aus grellem Weiß eingebettet waren. Obwohl annähernd kreisförmig, war seine Form unregelmäßig und fortwährenden Veränderungen unterworfen. Für Vernor bestand nicht der geringste Zweifel, daß der Kern wußte, sie waren da, und daß er darauf wartete, bis sie dicht genug heran waren, damit er zuschlagen konnte. Vernor schüttelte es bei dem Gedanken, in die phantastisch dichte Entität vor ihnen hineingeschlürft zu werden. Würde das virtuelle Feld sie schützen können?

Mit einemmal durchfuhr Vernor ein schrecklicher Gedanke. Obwohl das virtuelle Feld den Zellkern daran hindern würde, daß er sie körperlich berührte, mochte die kugelförmige Symmetrie des VFG-Feldes wie eine Linse wirken... eine Linse, die die unglaublich starken Nuklearkräfte vergrößerte und auf das Innere des Skalenschiffs fokussierte. *Natürlich* wirkte das VFG-Feld wie eine Linse, sonst wäre die Intensität des Quanten-Wahrscheinlichkeitsfeldes zu schwach gewesen, um auf ihre Gehirne einzuwirken... »Mick!« kreischte Vernor. »Wir müssen anhalten!« Mit hölzernen Fingern machte er sich an der Steuerung zu schaffen.

»Nun mach dich mal nicht naß«, entgegnete Mick und griff über Vernors Schulter hinweg, um die Kraftzufuhr herunterzudrehen. Sie hörten auf zu schrumpfen, und der Zellkern hörte auf zu wachsen. Er schien knapp fünfzig Meter vor ihnen in der Luft zu schweben, ein unheilvoll dreinblickendes Auge von der Größe des Skalenschiffs. Es gab eine Art Spannung, die sich in Vernors Hinterkopf aufbaute... »Das Ding kann uns nichts anhaben«, sagte Mick gerade, als Vernors Hand mit einemmal nach vorn schoß und das VFG-Feld voll aufdrehte.

Der Impuls dies zu tun, war aus seinem Gehirn gekommen... aber was hatte ihn ausgelöst? Und wie er sich so an die Kontrollkonsole klammerte und Stones' Anstrengungen abwehrte, das Feld wieder hinunterzudrehen, waren Vernors Gedanken auf den Zellkern gerichtet.

Die schwer arbeitenden VFG-Kegel heulten schrill auf, und innerhalb von Sekunden war das Skalenschiff auf ein Zwanzigstel der Größe des gigantisch sich vor ihnen auftürmenden Atomkerns geschrumpft. Das Poltern und der beißende Geruch nahmen zu, und plötzlich schoß ein Funkenregen aus dem Zellkern und hüllte das Skalenschiff, innen und außen, darin ein.

Und indem Mick und Vernor den Zellkern im Auge behielten, der sie, inzwischen auf mehrere hundert Meter Durchmesser angewachsen, näher heranzog, wurden ihre Körper von Flammen bedeckt. Eine ganze Reihe Geisterteilchen prallten zwischen dem Zellkern und dem Skalenschiff hin und her – es war schwer zu sagen, welches die Geister und welches das Skalenschiff war. Ein Strudel bildete sich und grub ein Loch in die proteische Oberfläche des Zellkerns. Das Skalenschiff und seine Geister fingen an, in eine Drehbewegung zu geraten.

Kapitel 13

Hyperraum

Ein verzerrtes Kreischen – Kreischen jeder einzelnen Zelle, von wessen? Schwarzer Lärm, weiße Flamme, Fleischspalte – innen unter wo? Kreischen ewiger Niemandsort, weiße Haut schwarz gebrannt, zertrümmertes Taxi bluten – STOP! Ich mir du?
Irgend etwas schüttelt ihn. War wer? Schrilles Verzerren, schwarzer Lärm psst? »Vernor, kannst du mich sehen?« Du der war es? Schwarzbrand kreischen wer. »VERNOR, komm *jetzt*!« Schwärzerer Punkt sprechen kreischen. »ZZ-74, Vernor, *sag* es. ZZ-74.« Sieh, siehst du himmlisches Tor? Ergreif den leeren Flur?
»ZZ-74?« fragte Vernor. Der Zauber wirkte. Vernor, er war Vernor Maxwell. Und der andere? Die Schwärze verdünnte sich und gab den Blick auf Stones' Stoppelgesicht frei. »Ist mit uns alles in Ordnung, Mick?«
»Hm, ich denke schon«, antwortete Stones. »Die plötzliche Eile hat dich irgendwie überwältigt. Du hättest dich einfach mittreiben lassen sollen... den Zellkern *betrachten*, anstatt über ihn nachzudenken. Es war nicht viel schlimmer als eine Überdosis Three-away. Und mit dem Schiff ist alles okay.«
Vernor sah sich um... das einzige Licht schien von der Kabinenbeleuchtung ihres Skalenschiffes herzurühren. »Wo ist der Zellkern?« fragte er.
»Wir sind in ihm drin«, erwiderte Stones. »Eine halbe Stunde lang stand dir der Schaum vorm Mund, und die ganze Zeit über sind wir geschrumpft.«
»Wie sah es aus? Im Zellkerninneren.«
Stones zuckte die Achseln. »Sag du's mir.«
Bei genauerer Betrachtung stellte sich die Schwärze draußen als nicht absolut heraus. Es gab eine ganze Reihe halbdurchsichtiger Gebilde wie Schnörkel und Zeppeline, die so zart getönt waren, daß sie beinahe unsichtbar waren. »Könnten Quarks sein«, stellte Vernor fest, indem er versuchte, in diese unglaubliche Wirklichkeit, in die sie hineingeraten waren, ein wenig Ordnung zu bringen.
»*Irgend*welche Polacken in jedem Fall«, entgegnete Stones. »Ich meine, ich hätte, eine Ebene zuvor, Protonen und Neutronen gesehen.«
»Und was haben die gemacht?« wollte Vernor wissen.

»Stießen sich an, rieben sich aneinander... Sah aus wie was mit Sex. Yin-Yang. Eines ging wie gewöhnlich auf uns los, aber wir sind ihm weggeschrumpft. Dann gab es eine Art Nebel, der sich schließlich als eine Wolke dieser Quallen hier herausstellte.«

Die Schnörkel wanden sich hin und her, und indem das Skalenschiff weiterschrumpfte, nahmen die Wesen an Größe zu. Sie sahen aus wie Phosphene, jene Lichterscheinungen, die man sieht, wenn man auf sein geschlossenes Auge drückt. Das ihnen nächste und größte Schnörkelwesen war von weißlich-blasser Farbe. »Was meinst du, sollen wir uns erst mal stärken?« schlug Vernor vor.

Mick warf ihm eine Tube Grün zu. »Ich hab schon gegessen.« Als Vernor sich das Dreamfood in den Mund drückte, fuhr Mick fort. »Wir hätten mehr Nahrung mitnehmen sollen, weißt du. Es gibt nur noch Vorräte für zwei Tage. Wie bald, meinst du, wird dieser Monade-gleicht-Universum-Wandel eintreten?«

Bevor er antwortete, machte Vernor seine Tube leer. »Well... möglicherweise nie. Es könnte sein, daß Materie einem sich unendlich verzweigenden Baum gleicht, bei dem jedes Teilchen sich in kleinere Teilchen splittet und bis in alle Ewigkeiten so weiter. Wenn es sich so verhielte, könnten wir ewig weiterschrumpfen und würden niemals aufhören, neue Dinge zu sehen.« Inzwischen waren sie in den bläßlich-weißen Schnörkel hineingetrieben. Vernor öffnete die Ausstiegluke und warf seine flachgedrückte Tube hinaus. Auf beiden Seiten war GRÜN aufgedruckt. Der Schnörkel schien eine Wolke aus lauter kleinen, glänzenden Kugeln zu sein.

Sie blickten der sich entfernenden Tube nach, die, indem sie aus dem VFG-Feld wegtrieb, an Größe gewann. Sich überschlagend taumelte sie langsam davon. »Guck dir das an«, rief Mick mit einemmal aus, »die Schrift ist spiegelverkehrt.« Eindeutig, die Beschriftung der Tube wechselte von GRUEN zu ИƎUЯG. Mal war die Schrift so, mal so, und zwischendurch schien sie völlig zu verschwinden.

»Die vierte Dimension«, sagte Mick nach einer Weile. »Der Raum dort draußen muß vierdimensional sein. Hyperraum! Wie in *Geometrie und Realität*.«

Vernor nickte mit dem Kopf. Dies Buch, das er Mick zu lesen gegeben hatte... wie lange war das her? Dieses Buch hatte besagt, daß es einem gewöhnlichen Gegenstand nur in vierdimensionalem Raum möglich ist, sich in sein eigenes Spiegelbild zu verkehren. Die Begründung, hieß es wie gewöhnlich weiter, sei die, daß vierdimensionaler Raum uns vorkäme wie unser normaler Raum jener legendären, als Flachländer bekannten Rasse zweidimensionaler Wesen. Genauer: der Gedanke, der sich dahinter verbarg, war der, daß, wenn man, sagen wir, eine aus Pappe ausgeschnittene Hand auf einer Tischplatte herumschiebt, die einzige Möglichkeit, daraus eine rechte Hand zu machen, die ist, daß man sie von der ebenen Tischplatte *in den Raum* hochhebt und auf ihre andere Seite legt. Und da die Tube sich mühelos in ihr Spiegelbild und zurück verkehrte, schien daraus zu folgen, daß sie sich in vierdimensionalem *Hyperraum* drehte.

»Verdammich noch mal, ich will da raus«, rief Mick begeistert und bewegte sich auf die Ausstiegluke zu.

»Mick, ich glaube nicht –« hob Vernor zu sprechen an, gab es aber dann als hoffnungslos auf. Er war von seinem nuklearen Freak-out immer noch zu benommen, um sich zu behaupten. Widerstandslos sah er Mick zu, wie er die Luke öffnete und seine Beine hinausschwang. Das war die einzige Trübung bei Micks Lesegenuß von *Geometrie und Realität* gewesen... »Wo *ist* diese vierte Dimension?« hatte er von Vernor wissen wollen. »Laß uns dort *hin*gehen!« Vernor hatte ihm lang und breit erklärt, daß es, selbst wenn sie existierte, keine Möglichkeit gäbe, unseren Raum zu verlassen und in Hyperraum hinauszutreiben... aber Mick hatte ihm das nicht so recht abgenommen.

»Hoppla!« rief Mick und stieß sich vom Skalenschiff ab. Er trieb knapp fünf Meter davon und verschwand.

Vernor zermarterte sich sein Hirn, um die passende Flächenland-Analogie zu finden... o ja, klar: Mick befand sich in einer anderen, raumähnlichen Raumscheibe des Hyperraums. Auch er war verrückt. Erstens mal, wie wollte er jemals zurückkehren? Wenn er Glück hatte, mochte er weit genug vom VFG-Feld wegdriften, um seine normale Körpergröße wiederzuerlangen... aber in welchem Raum? Was waren jene *anderen* Räume, aus denen der Hyperraum gemacht war?

Sein Gehirn ließ ihn im Stich, und er schaltete die Kraftzufuhr zu den VFG-Kegeln herunter. Es hatte keinen Zweck, noch weiterzuschrumpfen, bis er sah, ob Mick zurückkam. Verdammter Idiot. Vernor guckte durch die Synthequartzfenster nach draußen. Er war gänzlich von den glänzenden kleinen Kugeln umgeben. Sie verfügten über eine seltsame Art, ständig ihre Größe zu verändern, während er ihnen zusah... Manchmal verschwanden sie sogar... Ihre Oberflächen blieben jedoch stets ohne bestimmte Merkmale. Hinter sich vernahm er ein flüsterndes Geräusch, und er drehte sich um.

Was ihm vorkam wie eine dünne Scheibe der Welt größter Blutwurst, war mitten im Skalenschiff aufgetaucht. Vernor schwankte... angezogen von Neugier, abgestoßen von Furcht... »Bist du's, Mick? Du siehst aber nicht gerade gut aus.«

Nach und nach veränderte sich die Form der Scheibe, bis sie schließlich zu dem geworden war, was wie eine belebte Silhouette aussah, die vor Vernor schwebte. Es war wie eine hauchdünne, aus Papier ausgeschnittene Gestalt eines Mannes, nur daß sie vielfarbig ausgemalt war... Wirklich ein merkwürdig sich verschiebendes Farbmuster... Mit einemmal wurde Vernor klar, daß er einen tatsächlichen Querschnitt von Mick Stones vor sich hatte. Es war, als hätte jemand mit einer riesigen messerscharfen Klinge Micks Vorderhälfte von der Hinterhälfte getrennt; und hätte dann eine dünne Scheibe davon abgeschnitten, um Vernor damit zu winken. Matt, wie er war, suchte Vernor nach einer Erklärung... Er fühlte sich reif für einen weiteren Freak-out... Könnte er doch nur aufhören, nach Erklärungen, nach Erkenntnis zu suchen.

Der Querschnitt schwankte fast unmerklich, und dann war Mick Stones zurück im Skalenschiff. Er schien völlig in Ordnung, nur daß er komisch aussah, verwachsen. Beruhigend streckte er seine linke Hand gegen Vernor aus. »Es ist großartig drau –« Er wurde von einer heftigen Explosion vor seinem Gesicht unterbrochen.

Mit einemmal kapierte Vernor. »Geh zurück!« brüllte er. »Du bist verkehrt herum! Du bestehst jetzt aus Antimaterie!« *Deshalb* hatte Mick so komisch ausgesehen; er hatte sich im Hyperraum umgedreht und war als sein Spiegelbild zurückgekehrt. Was bedeutete, daß jedes seiner Teilchen ein Spiegelbildteilchen war: Antimaterie. Wenn Antimaterie und Materie aufeinandertreffen, vernichten sie sich gegenseitig... sie vereinigen sich und verschwinden und hinterlassen nichts, außer einem Energieausbruch. Die Luft der von Mick ausgeatmeten Wörter hatte soeben die Luft vor seinem Gesicht vernichtet. Gott sei's gepriesen, daß er Vernor mit jener beruhigenden Linken nicht berührt hatte.

Es war schwer zu sagen, ob Mick dies alles begriff, bevor er erneut verschwand, aber er wußte genug, um rasch zu handeln. Die Zeit lief weiter. Vernor vermutete, daß Mick sicherzugehen versuchte, unverkehrt zum Skalenschiff zurückzukehren. *Wo* aber steckte er? Mehrere Male hatte er das Gefühl, Querschnitte von Mick außerhalb des Skalenschiffs wahrzunehmen... einmal zwei Kreise, wie von seinen Beinen... aber immer noch kehrte er nicht zurück.

Schließlich war Vernor gezwungen, der wahren Frage auf den Grund zu gehen. *Wie* war der Raum um sie herum vierdimensional geworden? Er ließ sich Analogien durch den Kopf gehen. Nehmen wir mal an, daß Flächenland über eine von seinen Bürgern unbemerkte Dicke verfügt. Sagen wir, Flächenland wäre wie ein Blatt Papier, und die Flächenländer wären wie Tintenkleckse, die das Papier vollständig durchtränkt hätten. Würde jedes einzelne Teilchen eines Tintenkleckses schrumpfen, wäre er schon bald ein winziges schwarzes Klümpchen, das in der Dicke des Pa-

piers herumwanderte. Ja. Das mußte es sein. Der Raum, in dem wir leben, verfügte über eine leicht vierdimensionale Hyperdicke... ebenso wie ein Blatt Papier, welches über eine leicht dreidimensionale Dicke verfügt... ja, und derzeitig waren sie so klein, daß diese Hyperdicke um vieles größer war als ihre Größe. Somit hatten sie es jetzt mit einer wahrnehmbaren vierten Dimension zu tun. Nicht schlecht. Hatte darüber nicht etwas in Cliffords späten Abhandlungen gestanden?
Vernors wissenschaftliche Tagträumerei wurde durch Micks Wiedererscheinen unterbrochen. Diesmal tauchte Stones unvermittelt an der Außenseite des Schiffes auf; und nachdem er vorsichtig an das Skalenschiff gespuckt hatte, kletterte er hinein. Er sah genauso aus wie immer.
»Na, wie war's. Mick? Hast du viel gesehen?«
»Sah genauso aus wie hier... Überall diese Weihnachtskugeln. *Du* sahst vulgär aus... wie eine Anatomieschautafel. Was aber zählte, war, wie es sich *anfühlte.*«
»Dieser Extragrad an Freiheit fühlte sich toll an, nicht?« fragte Vernor.
»Tja, Kleiner, es war nicht nur *ein* Extragrad. Das dort draußen ist unendlichdimensionaler Raum.«
Venor war nicht danach zumute, eine solche Behauptung hinzunehmen. »Das ist ausgemachter Blödsinn, Mick. Wie dem auch sei, einen Unterschied zu machen zwischen vier- und fünfdimensionalem Raum ist völlig unmöglich. Kann ein Punkt eine Linie von einer Fläche unterscheiden?«
»Menschenskind, begreifst du denn nicht, daß du alles nur mit dem Verstand erledigen willst? Ich *war* dort draußen. War *darinnen.* Es ist unendlichdimensional dort. Geh selbst und vergewissere dich. Mach schon.« Mick schien über Vernors Gegenrede verärgert zu sein und schob ihn jetzt vor sich her zur Ausstiegluke.
»Nein«, protestierte Vernor. »Ich bin hierhergekommen, um die Zirkulare Skala zu umrunden, und ich werde es nicht riskieren, mich mit höheren Dimensionen einzulassen.«
Mick schnaubte vor Abscheu durch die Nase, ließ Vernor aber an seine Kontrollinstrumente zurück. Vernor drehte das VFG-Feld aufs neue voll auf, und die Kugeln um sie herum fingen an zu wachsen. Er faßte die am nächsten liegende genauer ins Auge. Offensichtlich mußten sie in ihr Inneres eindringen. Aber sie sah so glatt aus. Ihre Oberfläche erschien wie ein Spiegel, und er konnte tatsächlich ihr Spiegelbild erkennen.
Diese glänzende Kugel, diese Christbaumkugel hatte etwas Seltsames an sich, einen Augenblick lang türmte sie sich drohend wie ein Asteroid über ihnen auf, und im nächsten Augenblick schrumpfte sie auf die

Größe des Skalenschiffs oder noch kleiner. Vernor hätte ihren Angriff an diesem Punkt willkommen geheißen, aber sie schien sich mit ihren ständigen einsamen Veränderungen zu begnügen.

Sie hatten das Schrumpfen fortgesetzt, und die durchschnittliche Größe der Kugel hatte zugenommen, aber sie zeigte keinerlei Anzeichen, sich in kleinere Teilchen aufzusplitten. Konnte es sein, daß diese Kugeln die kleinstmöglichen Teilchen waren... total dicht, total glatt? Sollte dies der Fall sein, würde ein weiteres Schrumpfen nichts Neues bringen.

Vernor stoppte die Kraftzufuhr. Die Kugel war so nahe! Er wandte seinen Blick hilfesuchend zu Mick, der aber schien in Gedanken verloren zu sein... vielleicht an seinen ›unendlichdimensionalen‹ Raum. Vernor öffnete die Ausstiegluke und fing an, Teile der Kiste hinauszuwerfen, in denen ihre Futtertuben verpackt gewesen waren. Die Luke befand sich auf der der gigantischen Weihnachtskugel abgewandten Seite, und Vernor hoffte, sie mit Hilfe dieses groben Rückstoßsystems zu rammen. Mehrere Male schien es, daß sie sie berührten, aber nur, um abzugleiten, oder sie zu veranlassen, von ihnen wegzuschrumpfen. Vernor hatte die Nase voll, er verschloß die Luke und legte sich, keuchend vor Erschöpfung, auf den Boden.

»Weißt du überhaupt, was das ist?« fragte Mick schließlich.

»Ist es eine unendlichdimensionale Kugel, Mick?«

»Nein. Es ist eine Hyperkugel. Vierdimensional. Ich weiß von vorhin, wie es draußen aussah.«

»Nun gut«, meinte Vernor. »Es ist eine Hyperkugel.« Er fühlte sich hundemüde.

»Das *Universum* ist eine Hyperkugel, Vernor«, sagte Mick leise.

Kapitel 14

Gott

Micks Feststellung war korrekt. Die alte Einsteinsche Vermutung, daß der Raum unseres Universums tatsächlich auf sich selbst zurückgekrümmt ist, um eine Hyperkugel zu bilden, war seit der Jahrhundertwende eine feststehende Tatsache gewesen. Vernor wußte es, jedes *Kind* wußte es, daß der Raum unseres Universums eine Hyperkugel war – genauso, wie er wußte, daß der Raum der Erdoberfläche eine Kugel war. Allerdings war Vernor nicht darauf vorbereitet gewesen, eine Hyperkugel tatsächlich zu sehen. Ganz auf einmal *konnte* er sie eigentlich auch gar nicht sehen, doch hatte er sie, als er die verschieden großen Kugeln vor sich beobachtet hatte, in Raten gesehen... So, wie eine Kugel ein Stapel von Kreisen ist, besteht eine Hyperkugel aus unendlich vielen Kugeln, die auf unvorstellbare Weise miteinander verbunden sind.

»Mick«, ließ Vernor sich endlich vernehmen. »Ich bin bereit, dir alles andere abzunehmen, was du mir erzählst, wenn nur jene Dinger dort draußen jedes das Universum sind.«

»›Wenn jene jedes sind...‹« wiederholte Mick. »Wie kann denn *jede jener* verschiedenen Hyperkugeln dasselbe Universum sein?«

»Sie glänzen? Oder nicht?« fuhr Vernor fort. »Ich stelle mir vor, daß sie eine Art Spiegelungen voneinander sind. Aber das kann warten. Das wahre Problem besteht darin, wie man *in* eine von ihnen *hinein*gelangt.«

»Du hast wohl gemeint, daß, indem du jenen Schrott aus der Luke warfst, uns das hineinschieben würde?« fragte Mick mitleidig.

»Weißt du was Besseres? Oder soll ich dir mit Analogien kommen?«

Mick lächelte und schüttelte den Kopf. »Ruhen wir uns einfach mal aus. Vielleicht wird sie sich ja auch auf *uns* stürzen. Ich glaube, daß ich *mich selbst* wahrscheinlich hineinkriegen könnte, aber ich glaube nicht, daß es irgend etwas gibt, das ich tun könnte, um das Schiff in die richtige Position zu manövrieren.«

»So was wie eine Scheibe an einer Kugel befestigen«, sinnierte Vernor. »Wir sollten wirklich versuchen –« hob er zu sprechen an, unterbrach seinen Satz aber mit einem Gähnen. Er war so müde. Sie lagen in ihrem Skalenschiff und sahen dem sich ständig ändernden Querschnitt der Hyperkugel zu.

Mick sang ein paar Strophen eines Zappa-Songs: »Weil ich niemals da hineinkomm' / Außer wenn ich da hinauskomm' / Und ich muß da heraus sein / Damit ich da komm hinein.«
»Hey, Moment mal«, zischte Vernor wenige Minuten später. »Da ist jetzt was anderes draußen. Es bewegt sich auf uns zu – dort oben.« Er streckte einen Finger aus und zeigte. Tatsächlich gab es da etwas, das sich dem Skalenschiff von oberhalb der Hyperkugel näherte. Es war unregelmäßig geformt und schien in einer Art rhythmischer Bewegung daherzukommen.
»Ach, verschieben wir's auf morgen«, entgegnete Mick. »Es wird nur wieder was sein, das uns fressen will.« Der Gegenstand kam näher, fast von der Gestalt eines Mannes, aber es war kaum denkbar, daß Menschen hier herumtrieben... hier, wo es kleiner war als ein Atom und größer als das Universum. Merkwürdig, wie der Gegenstand überhaupt nicht schrumpfte, indem er sich dem Skalenschiff näherte... konnte er in ihr Feld eindringen und sie verschlingen? Mick brach in einen plötzlichen Jubelruf aus. »Hey! Professor! »Wir sind *hier* drin!«
»Das kann doch nicht sein«, stöhnte Vernor, »das kann doch einfach nicht sein!« Aber er war's, es *war* Professor Kurtowski. Und als er das Schiff erreichte, stieg er durch die Luke ein, setzte sich auf den Pilotensitz und strahlte sie an.
»Ich träume«, erklärte er seine Gegenwart. »Ich komme häufig hierher, wenn ich mich abkopple. Bisher war ich mir niemals ganz sicher, daß dieser Ort... sagen wir *wirklich* war.«
Vernors Mund öffnete sich und schloß sich wieder, tonlos, aber der nicht unterzukriegende Stones war nicht auf den Mund gefallen. »Professor, ist das Ding da das Universum?«
»Begib dich mal hinein; vielleicht findest du es heraus«, erwiderte Kurtowski.
»Das ist ja das Problem«, meldete Vernor sich zu Wort, als er seine Sprache wiedergefunden hatte. »Wir kommen einfach nicht hinein.«
»Das ist etwas, das man mit dem Kopf bewerkstelligt. Indem man sich ganz ruhig verhält. Schlaft jetzt. Schlaft. Schlaft.« Professor Kurtowski wurde unhörbar, und auf einmal war er verschwunden; aber ein Aufschrei folgte dem nicht, denn die beiden Passagiere des Skalenschiffs waren fest eingeschlafen.
Nachdem es an Bord des Schiffes eine Zeitlang ruhig gewesen war, kam die stets ihre Größe verändernde Kugel dichter heran und schrumpfte dann auf Punktgröße. Für einen auf dem Schiff befindlichen Beobachter hätte es scheinen mögen, daß die Hyperkugel sich verdünnisiert hatte, aber sie hatte sich lediglich ›unter‹ das Schiff begeben.

Immanuel Kant nannte Raum eine ›unausweichbare Modalität‹ menschlichen Denkens, aber Mick und Vernor waren weit genug gegangen, um ihn zu widerlegen. Alle Barrieren waren niedergerissen, und die Hyperkugel erhob sich, um sie zu assimilieren.
Vernor wurde schlagartig wach. Was für ein seltsamer Traum... erst Kurtowski, dann Alice und dann... was? Mit ihnen im Skalenschiff gab es eine sich ausdehnende Kugel aus Dunkelheit. Eine Dunkelheit, marmoriert mit Lichtbändern... die auf ihn zuwuchsen. Sein Schrei blieb ihm im Halse stecken, indem ihm klarwurde, daß ihnen ein Erfolg sicher war.
»Der Professor hatte recht«, bemerkte Mick. Seltsam, hatte er denselben Traum geträumt? Aber kein Traum konnte sich an dem messen, was sie jetzt mitkriegten – alles, alles auf einmal.
Sie waren in ihm drin, füllten ein Zehntel von ihm aus. *»Das All«*, sagte Vernor ehrfurchtsvoll. Es lebte. Es lebte und war froh, ihnen zu begegnen. Das Universum. Wie es aussah? Wie sieht ein Kleeblatt aus... oder ein Stein oder ein Daumen oder ein Mond oder eine Mikrobe? Auf der Zirkularen Skala gibt es wirklich nichts, das größer als etwas anderes wäre. Aber dennoch: wenn man viel erwartet, sieht man viel. ZZ-74.
Die Muster um Vernor herum teilten ihm alles mit, was es an Wissenswertem gab. Als er später einmal versuchte, seine Gefühle während jener Minuten der totalen Kommunikation mit dem Universum zu beschreiben, konnte er nicht anders, als Wittgenstein zu zitieren: »Die Lösung zum Problem des Lebens liegt im Verschwinden des Problems.«
Doch ging dies bald vorüber, wie es immer geschieht, und Vernor analysierte, differenzierte, betrachtete. Sie wurden von einem dreidimensionalen Netzwerk aus Licht umgeben. Pulsierende Helligkeit durchwanderte dies Netzwerk, verzweigte sich hier, verschmolz ineinander dort. Vor einem Augenblick hatte es noch ausgesehen, als seien diese Muster ein Teil von ihm, unsichtbar, aber jetzt konnte er nur Maulaffen feilhalten und staunen.
»Gottes Gehirn«, stellte Mick fest. Das war's. Und welche Gedanken betrachteten sie? Was hatten sie hinter sich gelassen? Die Netzwerkgegend in ihrer Nähe hielt einen Grad gesteigerter Aktivität aufrecht. Es sprach immer noch zu ihnen, in ihnen... aber Vernor vermochte es nicht mehr zu hören.
Energie kräuselte in Stößen und Schüben die Pfade um sie herum entlang, webte hin und her, hob sich und fiel. Außerhalb dieser Region konnte Vernor immer mehr von ›Gottes Gehirn‹ erkennen, aber es erstreckte sich nicht in alle Ewigkeit. An vielen Stellen schien es dunkle Wolken zu geben, aber selbst dort, wo alles deutlich sichtbar war, gab es jenseits von allem eine Art glänzender Barriere.

»Mick, siehst du da hinten, jenseits allen Lichts?« Keine Antwort. »Dort. Hinter allem. Wie eine Mauer aus Glas. Weißt du, was das ist?«
»Nö.«
»Das sind wir!« antwortete Vernor, froh, Mick in den Feinheiten des Lebens in einer Hyperkugel voraus zu sein. »Der Raum ist gekrümmt, so daß wir ganz um ihn herum unsere Hinterköpfe sehen können. Oder wenigstens das Heck unseres Skalenschiffs.«
Mick grunzte und wandte seine ganze Aufmerksamkeit wieder dem Universum zu. Es sah so aus, als hätte er keine Lust, sich auf wissenschaftliche Diskussionen einzulassen. Er hatte recht. Und Vernor ließ seine Aufmerksamkeit erneut hinausdriften zu dem freundlichen Wesen, das sie umgab. Er ertappte sich dabei, wie er betete.
»Eine Größe paßt für alles«, ließ Mick sich kurz darauf vernehmen, und Vernor nickte seine Zustimmung. Im Himmel wie auf Erden. Wie oben, so unten. Aber sein Beobachtungseifer kehrte zurück, und wieder einmal sortierte er sein Selbst aus in Subjekt und Objekt, Wissenschaftler und Phänomen.
Sie waren ununterbrochen weitergeschrumpft, und die Knoten an den Schnittpunkten des Netzwerks hatten sich selbst zu Wolken hell leuchtender Teilchen aufgelöst, die um außergewöhnlich helle zentrale Regionen herumschossen.
»Das muß ein Weißes Loch sein«, bemerkte Vernor. »Du weißt schon, das andere Ende eines Hyperraum-Tunnels, der bei einem Schwarzen Loch anfängt. Materie fällt ins schwarze Ende hinein und kommt, gänzlich gesäubert und simplifiziert, am weißen Ende wieder heraus.«
»Wo *sind* die Schwarzen Löcher?« fragte Mick, plötzlich aus seinen Träumen gerissen. »Ich bin gar nicht so scharf drauf, meine Materie gesäubert zu kriegen.«
»Es ist gar nicht so einfach, es zu sehen«, entgegnete Vernor. »Wahrscheinlich müssen wir uns noch ein paar Ebenen weiter nach unten begeben, um zur galaktischen Ebene zu gelangen. Ich stelle mir vor, daß wir uns schließlich in einer jener leuchtenden Stellen wiederfinden werden... Meiner Theorie gemäß sollten wir uns mitten hinein kontraktieren –«
Irgend etwas stimmte nicht. Das von den Gegenständen vor ihnen ausgehende Licht wurde mit einemmal blauer, heller. Die heller gewordenen Lichter schienen schneller als vorher auf sie zuzuströmen. Es war, als würde das ganze Universum um sie herumeilen, um vor sie zu kommen, und nichts als eine schreckliche, gierige Dunkelheit hinter dem Skalenschiff zurückzulassen.
Ein tiefes Summen der Tensegritätssphäre des Schiffs drang plötzlich

in den Hörbereich ein. Eine unglaubliche Kraft drückte auf sie herab; sogar die Luft fing an zu stottern, sie war erfüllt von einer unerhörten Energiedichte.

Ohne ein Wort zu sagen, wurde Mick und Vernor gleichzeitig klar, daß sie in ein Schwarzes Loch gesogen wurden. Es gab keine Möglichkeit, daß ihr virtuelles Feld sie vor den realen und unbegrenzten Kräften, denen sie in den tieferen Schichten dieses entsetzlichen Mahlstroms von Raumzeit begegnen würden, schützen konnte.

Es gab nur eine einzige Möglichkeit, dem zu entfliehen, und Mick kam sie in den Sinn. Er schritt rasch hinüber an die Kontrollinstrumente und schaltete das VFG-Feld ab. Wenn sie noch nicht am Rand des Schwarzen Lochs oder dem »Ereignishorizont« vorbei waren, mochten sie die Kreisbahn der Zirkularen Skala entlang bei ihrer ursprünglichen Größe und am Ausgangspunkt ankommen.

Einen Augenblick lang gab es ein geladenes Gleichgewicht zwischen der expansiven Kraft des plötzlich losgelassenen Raums ihres Skalenschiffs und der kontrahierenden Kraft des Schwerefelds des Schwarzen Lochs. Und dann, begleitet vom Sound aller Frank-Zappa-Songs, die in voller Lautstärke alle zur gleichen Zeit liefen, war die letzte Minute ihres Trips vorüber.

Kapitel 15

Ausgänge

Wie sich herausstellte, war die Polizei immer noch in Professor Kurtowskis Labor. »Wie habt ihr's fertiggebracht, euch eine volle halbe Stunde lang einfach so aus dem Staub zu machen?« wollten sie wissen.
»Mit Hilfe von Spiegeln«, entgegnete Stones und paßte auf, daß er nicht in den Kothaufen nahe beim Schiff trat.
Lieber im Gefängnis als in einem Schwarzen Loch, tröstete sich Vernor, als man sie wegführte. Er fragte sich immer noch, wie sie der tödlichen Dosis Synchrotronstrahlung hatten entgehen können, die, wie Kurtowski es vorausgesagt hatte, entstehen würde, wenn sie den VFG mit einemmal abschalteten. Wahrscheinlich hatte das verdammte Schwarze Loch die Strahlung aufgesogen. Das war keine zufällige Kollision gewesen, der Bastard war wahrscheinlich das halbe Universum hinter ihnen her gewesen, um sie zu erwischen. Und jetzt, auf der derzeitigen Ebene, gab es eine ›Gesellschaft‹ genannte Sache, die ihm an den Kragen wollte. Im Ende war alles gleich. Verdammt gleich.
»Ich will einen Rechtsanwalt sprechen«, brüllte Vernor, als man sie an die hintere Tür einer grünen Minna führte. Es war eine vollautomatische grüne Minna, und der Witz hörte sich dümmer an, als Vernor es beabsichtigt hatte. Die Polizisten waren nicht besonders gesprächig. Sie schienen eifrig darauf bedacht, sich Mick und Vernor vom Hals zu schaffen. Wahrscheinlich wollten sie schnell ins Labor zurück... Das war gefährlich, aufregend... nicht so eine Routineangelegenheit, wie diese beiden Verlierer in die Haftanstalt zu verfrachten.
Die Beamten versiegelten das Zeitschloß an der Tür, die leerlaufende Turbine schaltete hinauf und kuppelte, und schon waren Vernor Maxwell und Mick Stones auf ihrem vorprogrammierten Weg zu einem automatisierten Gefängnis. Dem blieb nichts hinzuzufügen.
Sie waren vielleicht zehn Häuserblocks vom Labor des Professors entfernt, als eine plötzliche Explosion den Wagen erschütterte und umwarf. Schritte näherten sich, pausierten, entfernten sich rasch. Es gab eine zweite, kleinere Explosion, die die hintere Tür der grünen Minna sprengte. Eine Sirene mit stetigem Alarmton setzte ein.
Mick und Vernor sprangen unverzüglich auf die Straße und folgten dem

Klang der Schritte. Sie sahen gerade noch, wie eine Gestalt in einer Gasse auf der anderen Seitenstraße verschwand. Es war Professor Kurtowski.

In der Dunkelheit der Gasse hielten die Drei im Laufen inne, um wieder zu Atem zu kommen und sich vor lauter Freude gegenseitig auf die Schultern zu klopfen. Der Lärm, der von der automatischen Alarmsirene des zertrümmerten Polizeitransporters herüberdrang, machte das Sprechen unmöglich. Jetzt näherten sich Sirenen aus verschiedenen Richtungen. Kurtowski gab ein Zeichen mit dem Kopf und lief, die anderen hinter sich her winkend, die Gasse hinab.

Diese endete an einer fenster- und türlosen Mauer. Sie war zu hoch, um darüber hinwegzuklettern und, bis auf eine winzige brüchige Stelle am Mauersockel, zu solide gebaut.

»Dort hinein«, sagte Kurtowski mit lauter Stimme, begleitet von humorvoll mitschwingender Herausforderung. »Wir müssen durch das Nadelöhr hindurch, um das Paradies zu betreten.«

Tja, Mann, wenn *du* das sagst, dachte Vernor und beugte sich vor, um die bröcklige Stelle am unteren Mauerrand zu untersuchen. Sicher, es gab da eine winzige Passage durch die Mauer. Vielleicht so groß, daß man einen Finger hindurchstecken konnte. Bis spät in die Nacht gearbeitet, Prof?

Aber während er dies noch dachte, vergrößerte sich das Loch... nein: Vernor wurde kleiner... der tragbare VFG! Kurtowski hatte ihn sich umgeschnallt. Vernor blinzelte nach oben und konnte sehen, wie die Hände des Professors das Feld um sie herum hielten, indem er durch die winzige Öffnung marschierte. Auf der anderen Seite schwächte das Feld sich ab, und es verlangte schon nach raschem Handeln, um nicht in dem Loch steckenzubleiben, indem man sich dort hinausdrückte. Stones und dann der alte Wissenschaftler kamen kurz hintereinander aus dem Loch gekrabbelt.

Sie fanden sich in einer weitläufigen, schwachbeleuchteten Halle wieder. Es war ein mit unzähligen Kistenstapeln vollgepacktes Lagerhaus. Die Kisten waren zwar verschieden groß, aber sie waren so aufeinandergeschichtet, daß sie identische kubische Stapel bildeten. Ein mächtiger automatischer Gabelstapler stand müßig in einem Gang herum.

Kurtowski führte sie schnell zum nächstgelegenen Stapel und machte sich an einer der untersten Kisten zu schaffen, bis ihre Seitenwand sich öffnete und einen geheimen Gang freigab. Der Gang führte zu einem Kämmerchen, das Kurtowski in der Mitte des Kistenstapels für sich ausgehöhlt hatte.

Nachdem beide Türen geschlossen waren, schaltete Kurtowski die Beleuchtung an und berichtete: »Ich hatte so ein Gefühl, daß ihr auf Schwierigkeiten stoßen könntet, und als ich das Labor verließ, traf ich alle Vorbereitungen, um euch von dem Polizeitransporter weg in Sicherheit zu bringen.« Der Raum war wirklich ein Kämmerchen, aber gemütlich eingerichtet. Es gab stapelweise Bücher, ein paar wenige Geräte, Kissen, einen weichen Teppich und mehrere Kartons mit Nahrungsmitteln und Getränken.

»Wie bist du hier hereingelangt, bevor du wußtest, daß es in Ordnung war, den VFG an dir selbst auszuprobieren?« wollte Vernor wissen.

»Ich öffnete das Schloß der Eingangstür mit einem Dietrich«, erwiderte Kurtowski. »Das Lagerhaus ist vollautomatisiert. Aber jetzt erzählt erst mal von euerm Trip.«

Sie berichteten ihm von ihrem Abenteuer in allen Einzelheiten und unterbrachen sich gelegentlich, um etwas zu essen und zu trinken. Als sie ihren Bericht beendet hatten, wandte Kurtowski sich an Vernor und fragte: »Und welche Schlüsse ziehst du aus der Geschichte?«

»Nun, eines scheint mir festzustehen, ich denke, die Skala *ist* zirkular.«

Der Professor blickte mit zweifelndem Gesichtsausdruck drein. »Aber wie *verläßlich* sind die Eindrücke, die ihr von unterhalb der atomaren Ebene mit zurückgebracht habt? Du sagtest, daß die meisten Dinge, die du zu Gesicht bekamst, direkt in deinem Gehirn auftauchten... ist es nicht möglich, daß du nur das gesehen hast, was du zu sehen *erwartetest*? Ich habe schon seit längerem gedacht, daß das Universum tatsächlich keine *einheitliche* Struktur besitzt. Verschiedene Betrachter können gemeinsam zu widersprüchlichen Schlußfolgerungen gelangen. Nur ein Mann des Wissens, ein Gelehrter kann verschiedene Dinge auf einmal betrachten.« Er legte eine Pause ein, damit das Gesagte sich einprägen konnte, dann fuhr er mit Sprechen fort. »Es wäre sehr interessant gewesen, wenn ihr es fertiggebracht hättet, lange genug weiterzuschrumpfen, um zu sehen, ob ihr euch die Erde in euer winziges Spiegeluniversum hinein vorstellen konntet.«

»Eine Sache«, warf Mick ein, »gerade bevor wir ins Universum gerieten, war der Raum unendlichdimensional.«

»Hilbertraum«, stellte Kurtowski fest. »Das ist gut möglich. Das könnte erklären, wie es mehr als ein –« Er brach ab, und es war, als hütete er ein Geheimnis.

»Was mich allerdings am meisten überrascht hat«, fuhr Mick fort, »daß jedes Ding, sobald wir uns mit ihm auf einer Ebene befanden, zu *leben* schien. Moleküle, Atome, der Atomkern, ja, das Universum selbst... Alles führte sich auf, als wäre es lebendig, sobald wir die richtige Raum- und Zeit-Skla erreichten.«

»Das ist eben das Großartige an der Zirkularen Skala«, meinte Vernor dazu. »Leben kann es auf *jeder* Ebene geben, da keine Ebene wichtiger oder komplizierter als jede beliebige andere ist. Nichts ist wirklich größer als irgend etwas anderes. Dasselbe gilt für *Zeit*. Die unermeßlichen Vorgänge im Universum sind nichts als ein winziges Flackern im kleinsten Pulsschlag eines Atoms.«

»Ja, welch ein schöner Gedanke«, stimmte Kurtowski zu. »Es ist jammerschade, das Schiff an die Obrigkeit zu verlieren. Ich würde mich gern selbst mal auf den Weg machen, um diese Dinge mit eigenen Augen zu sehen.«

Irgend etwas kitzelte Vernors Erinnerungsvermögen. Hatte Kurtowski nicht schon alles gesehen... indem er zwischen den Hyperkugeln umherwanderte? Aber das war ein Traum gewesen.

Mick und der Professor legten sich Kissen zurecht, um sich zur Nachtruhe zu begeben. »Aber, was machen wir jetzt?« fragte Vernor.

Mick grinste ihn an. »Revolution. Die einzige Möglichkeit, nicht im Gefängnis zu landen, ist die, es niederzureißen.«

»Stimmt genau«, setzte der Professor hinzu und kuschelte sich in seine Kissen. »Morgen wirst du Phizwhiz infiltrieren, Vernor.«

Vernor lag im Dunkeln da und dachte darüber nach. Dann dachte er an Alice. Er fühlte sich in gefährlichem Maße unstabil... Sein Sinn für die Realität ging langsam bachab. Alice war seinem Leben stets ein guter und menschlicher Mittelpunkt gewesen, aber jetzt wurde er durch unvorstellbare Veränderungen hindurchgeschleudert. Es kam ihm vor, wie wenn alles seinen Anfang genommen hatte, als er sich von ihr getrennt hatte...

Was hatte Kurtowski bloß gemeint, als er gesagt hatte: »Nur ein Mann des Wissens, ein Gelehrter kann verschiedene Dinge auf einmal betrachten?« Verschiedene Dinge... Er entspannte sich, hinein ins Geplapper seiner Körperzellen, sank dann immer tiefer durch weitere Ebenen hindurch. Hier unten hatte lineare Zeit aufgehört zu existieren, jede Ursache und Wirkung war zurückgelassen... Die *Vernichtung* jeglicher Struktur. Aber er wollte nicht vernichtet werden, sein Ego wollte es nicht. Ändere den Slogan, schaff es... Die *Verwirklichung* jeder Struktur. Der gleiche Unterschied, wirklich...

Der Staat hatte längst begonnen, sich in das weiträumige Gefängnis zu verwandeln, das er war, als Sicherheit wichtiger geworden war als Freiheit. Sicherheit war *eine* Struktur... nicht alle Strukturen oder keine... eine Struktur, *eine* Realität, die auf Kosten aller anderen aufrechterhalten wurde.

Vernor ließ sich noch ein wenig weiter gehen. Er verspürte Angst. Die

Regierung hatte unrecht, aber es war furchteinflößend, zu beobachten, wie seine Realitäten sich auflösten. Mit dem Strom schwimmen... und wenn nichts mehr übrig war... wohin dann gehen? Alice, Alice.

Während der Nacht wurde das Lagerhaus von Polizeikräften durchsucht, Kurtowskis Schutzkammer wurde allerdings nicht ausfindig gemacht. Aber sie kamen ziemlich nah, und die drei schliefen schlecht. Als ihre Uhren ihnen zeigten, daß es Morgen war, beendeten sie ihre Schlafversuche und diskutierten kurz ihre Pläne. Es schien am besten, unverzüglich anzufangen.

Der Professor stattete Mick und Vernor mit Verkleidungen aus, und bald darauf waren sie aus dem Lagerhaus geschlüpft und in die Laufbandröhren hinabgestiegen. Sie mischten sich unter die Menge und unterschieden sich in ihrem Äußeren in nichts von den anderen.

Die Menschen, die frühmorgens mit der Laufröhre von der Eastside herkamen, waren Mechaniker und Techniker, die die Nachtschicht hinter sich hatten. Ihre Arbeit bestand darin, die Fabriken am Laufen zu halten, die gelegentlichen Störfälle zu beheben, die die Maschinen nicht selbst kontrollieren konnten. Diese Jobs in den Fabriken konnten Herausforderungen sein und sogar gefährlich, folglich waren die Arbeiter stolz darauf. Fielen die Reparatur-Roboter aus, war nichts zu machen, als einen Menschen zu Hilfe zu rufen. Die Tatsache, daß sie unentbehrlich waren, gab diesen Mechanikern ein Gefühl der Überlegenheit gegenüber Phizwhiz, das die meisten Users nicht so ohne weiteres teilen konnten.

Ein junger Mechaniker fing mit Mick ein Gespräch an. »Wo arbeitest 'n du?« fragte er.

»In der Plastikfabrik«, erwiderte Mick. »Die Polizei hat sich dort herumgedrückt, die ganze Nacht hindurch. Irgend so 'n alter Typ hatte ein verstecktes Labor im Keller.«

»Haste das gesehn?« erkundigte sich der Mechaniker interessiert.

»Nee. Die ham keinen reingelassen. Muß aber 'n tolles Ding gewesen sein.«

Der Mechaniker schüttelte den Kopf. »Du kannst von Glück reden. Ich arbeite drüben im Elektrizitätswerk. Drei Monate lang hat sich absolut nichts ereignet. Die ganze Nacht hockte ich vor den verdammten Schalttafeln. Bei dem bißchen, was bei mir so läuft, könnte ich ebensogut Drohne werden.«

»Würde einer Phizwhiz erledigen, kriegtest du eine Menge zu tun«, sagte Mick mit gedämpfter Stimme.

Der Mechaniker blickte sich nervös nach allen Seiten um. Derlei Art zu reden war illegal. Bestärkt von Micks unverkennbar kriminellem Auftreten, relaxte er schließlich und meinte: »Würde 's nur jemand tun! Dies Leben ohne jedes Risiko zerrt den Leuten verdammt an den Nerven.«

Sie hatten ihn am Haken. Vernor nahm die Rolle des glühenden Organisators ein. »Wir werden es tun. Diese Woche noch. Machst du mit?«

Der Mechaniker verzog das Gesicht. »Wieso eigentlich nicht? Ich kenn noch ein paar andere Typen, die machen auch mit. Wann soll's losgehn?«

»Heute«, antwortete Mick. Beim nächsten Halt stiegen er und der Mechaniker aus, und Vernor fuhr in Richtung EM-Gebäude weiter. Ihr Plan sah vor, daß Mick seine zahlreichen Kontakte benutzen würde, um eine kleine Guerilla-Streitmacht zu mobilisieren, indessen Vernor sich Ken Burke vom Forschungsrat des Gouverneurs stellen würde. Er war im Begriff, seine Freiheit einzutauschen für eine Gelegenheit, Phizwhiz auf den Pelz zu rücken.

Kapitel 16

Phizwhiz

Burkes Büro befand sich im obersten Stock des EM-Gebäudes. Vernor schob sich an der Empfangsdame vorbei und betrat, indem er seine Verkleidung ablegte, Burkes Büro.

»Befreien Sie mich aus meinem Schlamassel, und ich werde dafür sorgen, daß Moto-Os Idee funktioniert«, sagte Vernor sogleich, als Burke ihn erkannte. Der Bürokrat saß hinter einem riesigen Schreibtisch. Ob er die Polizei bereits verständigt hatte? Vernor mußte rasch handeln.

Aber Burke schien es überhaupt nicht eilig zu haben. »Mr. Maxwell! So nehmen Sie doch Platz. Es ist mir eine Freude, Sie wiederzusehen.« Er schien zu spüren, daß Vernor ihn unterbrechen wollte, hob seine Stimme und fuhr fort. »Ihr Verhalten ist dem Gouverneur rätselhaft. Er ist der Meinung, daß Sie, möglicherweise, schwer krank sind.« Was gleichbedeutend war mit Gehirnchirurgie. »Ist Ihnen klar, daß zwei unserer Beamten den Tod fanden, als sie auf den Polizeitransporter auffuhren, den Sie, lichterloh brennend, letzte Nacht auf einer öffentlichen Hauptverkehrsstraße stehen ließen?«

Vernor zuckte die Achseln, und Burke sprach weiter. »Ich muß eingestehen, daß Amerika, während der vergangenen zehn Monate, die Angels vermißt hat. Der Gang der Ereignisse hat sich spürbar verlangsamt, und die Öffentlichkeit ist alles andere als glücklich. Ich für meinen Teil hatte schon mit dem Gedanken gespielt, ein paar der harmloseren Übeltäter zu begnadigen. Sie, Mr. Maxwell, standen auf meiner Liste ganz oben. Aber nach den Ereignissen der vergangenen Nacht muß ich mich der Meinung des Gouverneurs anschließen. Die Risiken sind zu groß.«

»Also würden Sie sich am liebsten noch einmal im Bett umdrehen«, sagte Vernor mit zunehmender Bitterkeit in der Stimme. »Sicherheit oder Freiheit. Beides können Sie nicht haben. Sie haben sich auf die Seite des Gouverneurs und gegen uns gestellt. Aber Sie brauchen uns. Moto-Os Geschichte hat nicht funktioniert, und ohne das geplante Bewußtsein werden Phizwhiz und Amerika nach und nach draufgehen. Und Sie wissen das.«

Burke zögerte. »Aber Sie sagten, *Sie* wären in der Lage, Moto-Os Idee zu verwirklichen. Daß Sie Phizwhiz ein Bewußtsein einbauen können?«

»Das kann ich; wenn Sie mir nur die Gelegenheit dazu geben«, entgegnete Vernor. »Die ausschlaggebende technologische Innovation besteht in Form des Virtuellen-Feld-Generators von Professor Kurtowski ... ein Gerät, das Sie bereits in Händen haben. Es sei denn, Ihre Leute hätten es für angebracht gehalten, das Labor des Professors kurz und klein zu schlagen.«
»Ich nehme an, Sie sprechen von jener Synthequarz-Kugel, in der Sie sich, nach Aussage unserer Beamten, versteckt hielten? Diese wurde gerettet. Aber, Mr. Maxwell, wie soll ich glauben, daß Sie gewillt sind, auf das technologische Verhalten des menschlichen Bewußtseins einzuwirken? Sie werden doch gewiß nicht darauf versessen sein, die letzte Karte der Angels auszuspielen.« Burke unternahm keinen Versuch, sein Mißtrauen zu verbergen.
»Sagen wir doch einfach, daß die wissenschaftliche Herausforderung mich reizt«, sprach Vernor jetzt weiter und behielt dabei die Reaktionen Burkes im Auge. »Wenn es überhaupt *möglich* ist, wird es früher oder später sowieso passieren... und ich möchte dabeisein.« Burke blickte immer noch zögernd drein. Vernor fuhr fort. »Auch möchte ich meinen Hals retten. Ich verlange eine Blankobegnadigung für vergangene und zukünftige Straftaten. Ich will nicht ins Gefängnis zurück, und ich will keine Verhaltensmodifikation.« Burke nickte mit dem Kopf, und Vernor gab den Fangschuß ab. »Warum ich Phizwhiz in Ordnung bringen will, damit er die Angels nicht mehr braucht? Weil ich auf der Gewinnerseite stehen möchte, Mr. Burke. Ich möchte einer von den Gewinnern sein, so wie Sie.«
Burke lächelte. »Nun«, hob er zu sprechen an. »Tatsächlich hat Phizwhiz vorausgesagt, daß Sie mich mit einem derartigen Angebot aufsuchen würden. Und er sagte, ich solle es akzeptieren.« Er drückte einen Knopf auf seinem Schreibtisch, und ein Hollow des Gouverneurs erschien.
Das verschwommene Abbild dröhnte in Vernors Richtung. »Ich habe das Gespräch mitgehört, Vernor, und ich möchte Sie, wieder daheim, willkommen heißen. Sobald Sie Phizwhiz zum Denken gebracht haben werden, werde ich mich bereit erklären, Ihr Strafregister zu vergessen. Seien Sie nur darauf bedacht, daß er Rechtens denkt – wie Amerika!«
»Wie Amerika«, betete Vernor die Worte des Gouverneurs nach. »Jawohl, Sir. Sobald ich damit fertig sein werde, wird es wieder aufwärtsgehen.«
»Man wird Ihnen drei Monate gewähren, um Ihre Resultate vorzuzeigen«, nahm der Gouverneur das Wort wieder auf. »Und denken Sie daran« ... Speichel, wie man ihn vorm Erbrechen schmeckt, füllte Vernors Mund, und er mußte sich zusammennehmen ... »Amerika liebt euch, weil ihr einzigartig seid.«

Das Hologramm verschwand und Burke fing an, mit Papieren zu rascheln. »Wir werden Ihnen gleich neben dem Labor eine Wohnung herrichten«, sagte er. »Sie haben ungehinderten Zugang zu Phizwhiz, und ich werde jenes Gerät aus Kurtowskis Labor herüberschaffen lassen. Gibt es sonst noch irgend etwas?«

»Ja«, antwortete Vernor. »Solange ich im Labor eingeschlossen sein werde, würde ich gern meine Stütze dabeihaben.«

»Auf welche Person beziehen Sie sich?« fragte Burke.

»Der Name lautet Alice Gajary. Wenn Sie einverstanden sind, würde ich sie gern anrufen und fragen, ob sie Lust hat, mit mir zusammenzuwohnen, während ich hier arbeite. Glückliche Männer sind gute Arbeiter, Mr. Burke.« Vernor versuchte ein lüsternes Grinsen.

»Ich denke, das sollte in Ordnung gehen. Nun machen Sie schon, Sie können gleich von hier aus telefonieren.« Burke hatte nichts zu verlieren. Vernor war sich der Tatsache, daß sie ihn wieder ins Gefängnis zu werfen beabsichtigten, voll bewußt, ob er Phizwhiz eine Seele einhauchte oder nicht. Natürlich hatte er ganz andere Pläne, aber solange sie im guten Glauben waren, ihn in die Falle gelockt zu haben, waren sie bereit, sich großzügig zu geben.

Höflich gab Burke vor, in seine Papiere vertieft zu sein, und Vernor nahm den Hörer in die Hand.

»Wen wünschen Sie anzurufen«, ließ eine freundliche Computerstimme sich vernehmen.

»Alice Gajary, Nummer 32, Mao-Street«, antwortete Vernor. Er hörte ein leises Summen, während der Computer seine Worte analysierte und den richtigen Schaltkreis herausfand. Alices Telephon fing an zu läuten, und sein Herz begann zu pochen.

»Hallo?« Das war sie.

»Alice. Hier spricht Vernor. Alice, Baby, ich habe dich so vermißt.«

»Wenn du mich schon so vermißt hast, warum hast du dann nicht angerufen?«

»Ich rufe dich doch jetzt an. Hör zu, die meiste Zeit habe ich im Gefängnis zugebracht. Das weißt du. Aber inzwischen habe ich, hier im EM-Gebäude, einen Job gekriegt. Ich möchte, daß du kommst und mit mir hier wohnst.«

»Du treibst dich im EM herum, und ich soll Händchen halten? Es ist nicht zu fassen, Vernor!«

»Du hörst dich noch genauso an wie früher, Alice. Mein Gott, wie hast du mir gefehlt.«

»Du hast mir auch gefehlt, Vernor. Besuch du mich doch. Wir könnten schwimmen gehen. Im Inquarium gibt es ein neues Walfischjunges.«

»Das ist es ja gerade, Alice. Ich kann das Labor nicht verlassen. Ich werde helfen, Phizwhiz besser zu machen.«

»Phizwhiz *verbessern*. Ich dachte immer, du würdest ihn hassen?« Sie wartete, aber es gab keinen Weg, sich ihr verständlich zu machen. Sie fuhr fort. »Du darfst also da nicht raus? Nun gut, ich werde kommen. Aber erst gehe ich schwimmen. Ich werd' dich zum Abendessen sehen.«

»Ich liebe dich, Alice.«

»Wir werden sehen.« Sie legte auf.

Burke blickte von seinen Papieren auf. »Okay?« Vernor nickte, und Burke stand auf. »Ich werde Ihnen Ihr Quartier zeigen.«

Das Labor war einigermaßen geräumig und mit jeder Menge Computer-Hardware ausgestattet. Es gab mit Fachleuten besetzte Werkstätten den Flur entlang und, was am wichtigsten war, ein direkt mit dem Phizwhiz-Hauptrechenzentrum verbundenes Terminal. Eine hübsche Angelegenheit. Vernor fühlte sich von Stolz durchdrungen bei dem Gedanken, daß man ihm dies alles überlassen hatte, ein Gefühl, das allerdings von dem Wissen darum abgeschwächt wurde, daß, wenn sein Vorhaben nicht gelang, er in ein paar Monaten auf Lebenszeit ins Gefängnis einziehen würde. Einige von Moto-Os Konstruktionen waren auf einer Werkbank aufgereiht. Nachdem seine Zeit abgelaufen war, hatte man ihn offensichtlich auf Grund ihrer Blankoverschwörungsanklage gegen alle Angels eingelocht.

Vernor setzte sich an die Arbeitskonsole. »Hallo, Phizwhiz.«

»Hallo, Vernor.« Phizwhiz hatte eine warme Unisex-Stimme. Sie kam aus Stereolautsprechern, die in die Kopfstützen seines Arbeitssessels montiert waren. Phizwhiz sprach weiter. »Wirst du mich zum Leben erwecken, Vernor? Das hätte ich sehr gern.«

»Ja, das will ich«, gab Vernor zur Antwort. »Ich werd's dir nachher erklären.«

»Ich bin ständig wach«, entgegnete Phizwhiz sanft.

Burke zeigte Vernor die Wohnung, wirklich eher eine Zelle, und ließ ihn allein. Er schien von Vernors Versprechen, Phizwhiz zum Leben zu erwecken, nicht sonderlich begeistert. Wahrscheinlich traute er es ihm gar nicht zu. Was Burke anging, so war dies sowieso nur eine Luxushaftanstalt.

Auf einer Seite des Labors stand eine bequeme Couch. Vernor streckte sich auf ihr aus und überdachte seine Pläne. Zumindest fing er an, aber es dauerte nicht lange, und er war eingeschlafen.

Geweckt wurde er durch Alices Ankunft.

Ihre zunächst unbeholfene Unterhaltung brach bald ab, und sie umarmten sich.

»Du hast mir so sehr gefehlt, Alice. Ich brauche dich in meinem Leben. Du bist so wirklich.«
»Ohne dich war alles langweilig, Vernor. So monoton. Laß uns von vorne beginnen.«
Vernor stieß einen tiefen zittrigen Seufzer aus. Ihm war, als hätte er zehn Monate lang nicht durchgeatmet. »Laß mich dir mal alles zeigen, Alice.«
Sie hatte Wein mitgebracht und ein paar Tüten voller echter Nahrungsmittel, zwar schwer desinfiziert, aber echt. Und indem sie sich daran gütlich taten, berichtete er ihr von seinem Trip mit dem Skalenschiff. Sie war fasziniert und fragte: »Glaubst du, du hättest die Erde gefunden, wenn du weiter geschrumpft wärst?«
»Ja, ich glaube schon... Ich bin mir ganz sicher, daß sie dort unten war, obwohl es vermutlich schwierig gewesen wäre, sie zu finden. Wobei, der Professor war nicht überzeugt. Er schien zu meinen, daß ich mir den letzten Teil der Reise eingebildet hätte.«
»Aber vielleicht, wenn du dir's deutlich genug vorstelltest... würde es Wirklichkeit sein. Ergibt das einen Sinn?«
Vernor zuckte die Achseln. »Könnte sein. Dies alles spielt sich auf einer Ebene ab, wo System und Betrachter ziemlich eng aneinandergekoppelt sind.«
»Glaubst du, daß du jemals eine Chance haben wirst, dorthin zurückzukehren?« fragte Alice als nächstes.
Vernor nickte. »Morgen. Sie werden das Skalenschiff morgen herüberbringen, und ich werde mich, sobald ich es mal durchgecheckt und mich mit Phizwhiz kurzgeschlossen habe, wieder dort hinabbegeben.«
»Was hat denn Phizwhiz damit zu tun?«
»Ich denke mir, daß Phizwhiz richtig leben würde, wenn er nur zu jenem ›Hier-bin-ich‹-Gefühl gelangen würde. Das ist die wahre Essenz des Bewußtseins.« Vernor lehnte sich auf seinem Stuhl zurück und entspannte, um das »Hier-bin-ich«-Gefühl zu demonstrieren. Er fühlte sich pudelwohl.
Alice hegte ihre Zweifel. »Nun, Phizwhiz weiß, wo er ist, Vernor.«
»Schön und gut, aber sich *selbst* kennt er nicht. Ein Mensch ist mehr als nur mechanische, chemische und elektrische Komponenten. Es gibt da noch das Selbst, die Seele, den zündenden Funken. Aber das Selbst wirklich zu beschreiben, ist unmöglich. Wenn man das versucht, wird man am Ende ein Paradox nach dem anderen produzieren. Das Selbst ist nämlich eine Verknüpfung von Paradoxa.«
»Verknüpfung von Paradoxa... das ist mal wieder typisch Vernor«, lachte sie. Logische Paradoxa waren häufig Thema ihrer Gespräche gewesen, als er noch täglich in der Bibliothek über Büchern gesessen hatte.

Abends war er dann immer in die Wohnung zurückgekehrt, hatte Alice ihn besucht, und sie hatten miteinander geredet und getrunken.

»Es scheint so lange zurückzuliegen, daß wir zusammenwohnten. Es war schön...« sagte Vernor, als er den Gesprächsfaden ihrer Diskussion über das Selbst verlor. Er küßte Alice.

»Komm, gehen wir zu Bett«, murmelte Alice. Im schwachen Licht der Computerkonsole wirkten ihre vollen Gesichtszüge noch sanfter.

Hinterher kamen sie überein, daß sie es unheimlich schön miteinander gehabt hatten. Es war einer jener Augenblicke, wo jedes Fetzchen Haut sensibel scheint, und man vernimmt Stöhnen und weiß nicht, von wem es stammt; wo einzelne Gedanken sich verflüssigen. Vielleicht ist man ein Pflug auf einem Feld oder ein schwarzes Ding in einem goldenen Ding, ein Stück Apfelkuchen oder eine Gleichung; einer jener Augenblicke, an die man sich niemals genau erinnern kann. Alice sank allmählich in Schlaf, aber Vernor war hellwach. Er ging ins Labor zurück und setzte sich an die Computerkonsole.

»Phizwhiz?«

»Ja, Vernor?« Die Stimme war sanft und nicht überrascht.

»Morgen möchte ich dich an Professor G. Kurtowskis Skalenschiff koppeln. Ich werde es um die Zirkulare Skala steuern, und ich möchte, daß du mit mir kommst. Ich denke, das wird genügen, um dich lebendig zu machen.«

»Ich verstehe nicht. Bitte, nähere Ausführungen.«

»Ich denke mir, daß eine Seele zu haben, Paradoxa einbezieht. Geh mal durch deine Bibliothek und check ein paar Klassiker mystischen Denkens... Plotins *Enneaden*, Hegels *Phänomenologie des Geistes*, Suzukis *Zen*...« Er machte eine Pause, während Phizwhiz die Inhalte dieser und aller damit in Zusammenhang stehenden Bücher in seinen aktiven Gedächtnisspeicher transportieren konnte, und fuhr dann dort. »Wann immer sich jemand daranmacht, den Dingen wirklich auf den Grund zu gehen und seine Seele zu beschreiben, fängt er an, diese irrationalen und paradoxen Dinge zu äußern, wie ›Alles ist Eins‹ oder ›Die Idee als Geist existiert allein kraft ihrer absoluten Nichtexistenz‹, oder ›Frage: Was ist mein Selbst?/Antwort: Mein Selbst /F: Wie könnte dein Selbst mein Selbst sein? /A: Das ist dein Selbst.« Phizwhiz gab keine Antwort, und, um ihm Mut einzuflößen, brüllte Vernor: »Du mußt sterben, um zu leben!«

Schließlich reagierte die Maschine. Offensichtlich hatte sie versucht, die mystischen Lehren in eine rationale Form zu passen, und sie schien erschöpft. »Das System ist weniger wirksam, wenn Bereiche der Opposition alternieren«, sagte sie. Das Band lief so langsam, daß die einzelnen

Phoneme jedes für sich angeschleppt kamen. Phizwhiz nahm sich zusammen und fuhr fort zu reden.
»Moto-O versuchte, mir Dinge dieser Natur einzuprogrammieren, und es war unerläßlich, ihn meiner Sicherheit halber zu entfernen«, warnte Phizwhiz. *Das* war ihm also zugestoßen, dachte Vernor. Lieber ein wenig Vorsicht walten lassen. »Eine sich selbst negierende Schlaufe vergeudet bloß meine Energie.«
»Genau das würdest du *erwarten*, Phizwhiz, aber das ist nicht wahr. Du meinst, ein Paradox würde zu nichts anderem führen als einem endlosen Alternieren: Ja/nein/ja/nein/ja/nein/ja/nein... Aber so einfach ist das nicht. Es gibt eine Ebene, auf der der Mensch das Paradoxe als einen natürlichen, energiesteigernden Zustand erfahren kann... Schau her, warum gibt es *etwas*, anstatt nichts?«
»Auf der Grundlage unseres gegenwärtigen Wissens ist dies unbeantwortbar«, entgegnete Phizwhiz.
»Und auf der Grundlage deines Wissens wird es niemals beantwortbar sein. (Jeder noch so gewöhnliche Augenblick der Existenz ist ein Geheimnis. Tritt ein in das Paradox, und du wirst das Geheimnis. Absolutes Wissen dreht sich allein um sich selbst.«)
»Ich verstehe dich nicht, Vernor. Und morgen wünschst du, mich um die Zirkulare Skala mitzunehmen. Du behauptest, daß ich dein Geschwätz dann begreife und lebendig bin.«
»Genau.«
»Nun gut. Ich werde eine Kopplung entwerfen, die in der Frühe in den Werkstätten gebaut werden kann.« Toll! Vernor erhob sich, um zu gehen, aber Phizwhiz fuhr fort zu reden. »Ich glaube, die Idee ist interessant. Ich kann jedoch sagen, daß es etwas gibt, das du mir vorenthalten hast. Deine Vokal-Konfiguration macht ganz klar, daß du etwas verbirgst.« Vernor erstarrte. »Doch ist das nicht von Wichtigkeit. Nach diesem Experiment wirst du sowieso ins Kittchen wandern.«
»Weshalb?« ereiferte sich Vernor. »Weshalb sollte ich zurück ins Gefängnis müssen?«
»Weil du gefährliche Dinge tust. Und wenn ich erst einmal lebendig bin, werde ich dich nicht länger brauchen.«
»Und was gibt es an Gefahr auszusetzen? Was ist schon dabei, ein wenig Action zu machen?«
»Ich wurde programmiert, die Sicherheit des Menschen über alles andere zu stellen«, erwiderte Phizwhiz besänftigend. »Es ist besser für dich, im Gefängnis in Sicherheit zu sein, als gefährliche Experimente durchzuführen, Vernor. Sobald ich erst einmal lebendig bin, werde ich dir die gefährlichen Experimente abnehmen.«

Es hatte keinen Sinn, mit einer nichtdenkenden Maschine zu streiten. Sobald die Skalenschlaufe aber die Verknüpfung der Paradoxa bereitgestellt hatte... würde Phizwhiz über Bewußtsein verfügen. Es würde möglich sein, ihn von diesem und jenem zu *überzeugen*, sein Programm zu verändern. Und Vernor würde als erster zuschlagen.

Kapitel 17

Eine wunderschöne Landpartie

Am nächsten Morgen wurde das Skalenschiff herbeigeschafft und die Kopplung installiert, die Phizwhiz entworfen hatte. Burke kam herunter, um zuzusehen, er trank Kaffee und wippte auf seinen Fußabsätzen.
»Sie halten sich ja ganz schön ran, Maxwell«, sagte er beifällig. »Dies wird aber nicht gefährlich sein, oder? Ich hoffe, daß Sie nicht im Sinn haben, in dies Ding einzusteigen!«
Tatsächlich machte das Skalenschiff einen nicht gerade sicheren Eindruck. Schwere Wellenleitungen führten zu den Starkstromzellen und luden sie mit genügend Hohlraumstrahlung auf, um eine ganze Stadt damit rösten zu können. Ein Techniker war dabei zu überprüfen, ob irgendwelche der vielen sichtbaren Leitungen an den totempfahl-ähnlichen VFG-Kegeln beim Transport beschädigt worden waren. Ein weiterer Techniker installierte ein dickes Koaxialkabel, welches vom Skalenschiff quer durch den Raum zur aufgestemmten Computerkonsole führte.
»Natürlich nicht, Mr. Burke. Sie dürften mir zu so etwas gar keine Erlaubnis erteilen, nicht wahr?«
»Nein, das dürfte ich nicht. Und ich bin verdammt froh, daß Sie weit genug denken, das zu realisieren.«
»Allerdings wird es nötig sein, daß ich im Labor bleibe und das Experiment überwache. Für Sie und alle anderen wäre es ratsam zu gehen«, fügte Vernor hinzu.
»Da stimme ich Ihnen zu«, erwiderte Burke. »Und diese Gajary?«
»Sie ist schon frühmorgens gegangen«, sagte Vernor mit trauriger Stimme. »Wir hatten eine Auseinandersetzung.«
»Gut so, gut so«, sagte Burke, eine Spur Befriedigung in der Stimme. Die Techniker schienen mit ihrer Arbeit fertig zu sein. »Alles bereit?« fragte Burke sie. »Okay, Leute, dann laßt uns gehen. Und Sie, Maxwell, wenn Sie schon bleiben müssen, dann begeben Sie sich wenigstens hinter die Strahlenschutzwand.« Er deutete auf brusthohes Mauerwerk am anderen Ende des Labors. »Selbstverständlich.« Sie gaben sich die Hand, und Burke und die Techniker gingen davon. Man hörte noch, wie die schwere Tür fest geschlossen wurde, dann war alles totenstill.

Vernor steckte den Kopf durch die Einstiegsluke des Skalenschiffs. »Alles bereit, Phizwhiz?«
»Alles unter Kontrolle«, ließ sich die Stimme der Maschine vernehmen. Gab es da eine Spur von Aufgeregtsein? »Ich bin bereit.«
Vernor hob ein paar hydroponisch gezüchtete Salatblätter auf, die Alice beiseite gelassen hatte. Mit einiger Mühe gelang es ihm, das Skalenschiff ein wenig hochzuwuchten und den Salat darunterzustopfen.
Er blickte sich noch einmal im Labor um, schaltete dann die VFG-Kegel ein und sprang durch die Luke ins Schiffsinnere.
»Sie sollen nicht mitfahren«, protestierte der Lautsprecher. »Haben Sie nicht gehört, was Dr. Burke sagte?«
»Leck mich«, erwiderte Vernor. Und indem er den Kopf aus der Luke steckte, rief er aus Leibeskräften, Alice! komm jetzt, steig ein!«
Alice kam aus dem Schlafzimmer gerannt. Sie trug Shorts und Körperfarbe. Phantastisch sah sie aus. Das Feld baute sich auf, und sie mußte sich eilen, an Bord zu kommen. Sie nahm auf Vernors Schoß Platz, und während das Labor um sie herum sich ausdehnte, küßten sie sich. Alice mochte Landpartien.
Die Salatblätter, die Vernor unter das Skalenschiff geklemmt hatte, breiteten sich schon bald aus wie die elysischen Gärten. Als das wogende Grün begann, die Körnigkeit zu zeigen, die die bevorstehende Zellebene angab, schaltete Vernor das Feld ein wenig herab, damit sie eine Zeitlang aufhören konnten zu schrumpfen.
Alice hatte aus den Überresten des letzten Abendessens ein Picknick zusammengestellt, und sie nahmen es außerhalb des Schiffes ein. Die pompöse grüne Oberfläche baute sich hoch nach allen Seiten auf, ein paar Blätter reichten gar über sie hinaus. Das hereinströmende Licht war von einem köstlichen Grün, und die Luft fühlte sich kühl und feucht an. Das Picknick bestand aus geklontem Lachs auf Pilzbrot. Es war köstlich.
Nach dem Essen rekelten sie sich auf dem Salat. Die entfernteren Blätter waren sehr viel größer, und wenn man die Augen ein wenig zusammenkniff, konnte man tatsächlich die Zellen erkennen. Sie lebten noch immer, waren immer noch aktiv.
»Leben, soweit man schaut«, sagte Alice. »Was für eine wunderschöne Landpartie.«
Lächelnd blickte er in ihre warmen Augen. »Diese Stelle war's, an der ich zum erstenmal merkte, wie sehr du mir fehltest. Als ich mich mit Mick auf dieser Ebene befand, war ich so wild auf dich, daß ich um ein Haar bisexuell geworden wäre. Vielleicht handelt es sich um irgendwelche Orgonstrahlung, die man hier mitkriegt...« Er liebkoste ihre Brust. Sie war grün.

»Ich fühle noch immer nichts«, unterbrach Phizwhiz mit seiner Computerstimme. »Wie soll ich denn nun fühlen?«
Alice fing an zu kichern. »*Was* fühlen, Phizwhiz?«
»Vernor hat gesagt, daß dieser Trip mir eine Seele schenken würde. Eine Verknüpfung von Paradoxa. Alles, was ich bisher gesehen habe, ist nichts als unsicheres und rücksichtsloses Verhalten. Ich werde dies dem Gouverneur in allen Einzelheiten berichten müssen.«
Alice kicherte noch mehr. »Du bist das reinste Dornröschen, Phizwhiz, das auf seinen Märchenprinz wartet, damit er's endlich mal tut.« Sie wandte sich wieder Vernor zu. »Übrigens, ich begreife immer noch nicht, weshalb die Reise um die Zirkulare Skala Phizwhiz lebendig machen sollte.«
Auch Vernor wußte das nicht so genau, aber er erklärte es, wenn auch ein wenig lahm. »Ich denke mir, daß alle Paradoxa im Grunde genommen dasselbe sind... Jedes für sich stellen sie Versuche dar, etwas Unendliches mit einer endlichen Anzahl Wörter einzufangen. Unendliche Punkte wie in Zenos Paradox, oder unendliche Regression, wie beim Versuch, deinen derzeitigen Bewußtseinszustand zu beschreiben. Das Paradoxe ist mitten in uns drin, auch wenn wir das nicht in Worte fassen können. Ich stelle mir jetzt vor, daß, wenn Phizwhiz die Zirkulare Skala umrundet und tatsächlich herausfindet, daß es ihn überall, in jedem seiner kleinsten Teilchen gibt... Ich glaube, dann wird er die Art des reinen und internen Paradoxons in sich tragen, das die Essenz eines höheren Bewußtseins ausmacht.«
»Da ist noch so eine Sache«, nahm Alice den Gesprächsfaden wieder auf. »*Ich* kann mir *nicht* vorstellen, wie wir in jedem unserer kleinsten Teilchen sein könnten.«
»Tja, das kann ich eigentlich auch nicht. Wirklich. Es wird noch komisch sein, diese Extraschlaufe in unseren Hirnen zu haben.«
Alice fuhr zusammen. »Meinst du damit, daß dieser Trip uns verändern wird?«
Vernor nickte. »Ich glaube, schon. Seit ich von nur einem Teil einer solchen Reise zurückgekehrt bin, habe ich die seltsamsten Träume geträumt. Und sobald wir erst einmal gänzlich rundherum sind, glaube ich, daß unsere Gedanken in der Lage sein werden, die Schlaufe zu umrunden, wann immer man will...«
Alice sah aus, als fürchtete sie sich. »Und was ist, wenn ich damit nicht zurechtkomme, Vernor? Ich bin kein Angel, das weißt du.«
Wenn es eine Maschine zum Leben erwecken konnte, was mochte es dann mit *ihnen* machen? Vor ihrer Abreise hatte Vernor sich so optimistisch gefühlt, daß er sich die Frage gar nicht erst gestellt hatte. Aber jetzt

verspürte er Furcht. »Gemeinsam werden wir's schon schaffen, Alice. Du bist stark, gemeinsam sind wir stark.« Er hoffte, er würde recht behalten. Sie gingen wieder an Bord, und Vernor schaltete das VFG-Feld wieder herauf. Schon bald waren sie in eine Atempore ihres Salatblattes hineingeglitten. Sie waren ringsum von Zellen umgeben, und das Grün war nicht länger gleichmäßig verteilt. Im Innern des relativ durchsichtigen Protoplasmas um sie herum konnten sie Chlorophyllkörner als grüne Klumpen wahrnehmen.

Diesmal schien nichts darauf aus, sie zu verspeisen. Selbst auf molekularer Ebene stand alles zum besten. Sie waren in eine Kerbe in der Haut einer Salatzelle gekuschelt. Es gab eine große Anzahl länglicher Moleküle wie bei der letzten Reise, aber sie schienen sich besser im Griff zu haben als die Plastikmoleküle.

Nach einer Weile waren sie zu klein, um weiterhin mit den Photonen in Wechselbeziehung zu treten, und das merkwürdige ›Sehen‹ ohne Augen ging wieder los. Als er Alice seinen Reisebericht gegeben hatte, hatte Vernor die Schrecken der Gefangennahme durch Zellkerne heruntergespielt, und er war froh, daß es diesmal nicht so aussah, als würden sie in ein Atom hineingezogen.

Statt dessen erreichten sie die nukleare Ebene ohne Zwischenfall, indem sie langsam an etwas herantrieben – aber außerhalb blieben –, das aussah wie das Elektron eines Kohlenstoffatoms. Alice kam es fast so vor wie eine große gelbliche Kugel, Vernor etwas weniger. Neugierig fragte er Phizwhiz, wie es für ihn aussah.

Phizwhiz war mittels einer ganzen Batterie von Sensoren ›bei‹ ihnen, die an die Instrumentenkonsole angeschlossen waren... Kameras, Mikrophone, Meßgeräte und ähnliches mehr. Dies Instrumentenpaket war durch ein dickes schwarzes Kabel direkt mit dem Computer verbunden; ein Kabel, das durch eine kleine Öffnung in der Synthequarzschicht geleitet wurde. Indem es vom Skalenschiff wegführte, wurde das Kabel dicker und dicker, bis es zu einer riesigen schwarzen Wolke wurde. Hätte jemand einen Blick ins Labor geworfen, hätte er von der Konsole am einen Ende des Raums aus ein Kabel wegführen und sich scheinbar zu einem unsichtbaren Punkt verjüngen sehen.

»Ich sehe überhaupt *nichts*«, jammerte Phizwhiz. »Es gibt gar keine Photonen hier.«

»Und wie wär's mit der Wellengleichung? Der Wahrscheinlichkeitsdichte? Es könnte ein Elektron hier geben, und das VFG-Feld konzentriert sein Feld genau auf deine Sensoren.«

»Ja, darüber habe ich eine Anzeige«, antwortete Phizwhiz. »Willst du die Zahlenangaben wissen?«

»Nein, zum Teufel noch mal. *Zahlen* will ich keine. Hör zu, Phizwhiz, was du tun solltest, ist, die Zahlen mit deinem Kernspeicher in Wechselbeziehung treten zu lassen. Schaff dir ein geeignetes tensor-wertiges Feld, und guck dir mal an, wie *das* beschaffen ist.«
Ein paar Sekunden lang verharrte Phizwhiz in Schweigen. »Ich hab da folgendes«, kündigte er an. »Internes Display Zustand kugelförmiges Intensitätsmuster Kode ELEKTRON.« »Was meint er damit?« flüsterte Alice.
»Er sieht das Elektron«, gab Vernor zur Antwort. Dann, lauter: »Oder nicht?«
»Ja«, antwortete die Maschine kaum hörbar, »das könnte man sagen.«
Es dauerte nicht lange, und sie hatten die Ebene erreicht, wo die Vierdimensionalität des Raumes sichtbar wurde. Wie beim erstenmal wurden sie von Hyperkugeln umgeben. Vernor stieß einen Seufzer der Erleichterung aus und antwortete dann auf Alices fragenden Blick. »Ich hatte Angst, es gäbe keine dieser glänzenden Kugeln, es sei denn, es wären Quarks zugegen. Ich meinte, wir hätten ins Innere eines Zellkerns gemußt, aber ich schätze, es gibt sie überall.«
Phizwhiz meldete sich zu Wort. »Die schaumartige Feinstruktur des Weltalls. Auf dieser Ebene erwartet man vom Weltall, eine Art Blasenmasse zu sein. Das ist es doch, was diese Dinger wahrscheinlich sind.«
Vernor war angenehm berührt. »Wo hast du das her?«
»Ich habe in meinem Gedächtnisspeicher gerade alle Abhandlungen überflogen, die den Raum auf subatomarer Ebene zum Thema haben. Wobei, Abhandlungen über das Innere dieser Kugeln kann ich keine finden. Könntest du mir da weiterhelfen?«
»Halt nur Augen und Ohren offen«, erwiderte Vernor. Eine der Hyperkugeln trieb näher heran. »Gleich geht's erst richtig los.«
Mit einemmal verschwand die Hyperkugel. Krampfartig drückte Alice Vernors Hand, und dann befanden sie sich im Innern der Hyperoberfläche der Blase.

Kapitel 18

Star Fucker

»Es lebt!« rief Alice aus. In ihnen und um sie herum gab es ein unaufhörliches Fließen von Krümmung und Licht.
»Dies ist das Universum, Alice. *Dies ist es.*«
»Was ist aber mit dem Draußen... wo wir eben noch gewesen sind?«
»Das ist das Innen«, antwortete Vernor. »Das Innere eines jeden Teilchens.«
Alice war still, im Raum verloren. »Kann man noch weiter gehen?« fragte sie dann.
»Wir sind jetzt schon auf dem Weg nach unten«, sagte Vernor. Er hob seine Stimme. »Kriegst du das mit Phizwhiz? Das Universum in jedem Teilchen?«
Die Maschine verharrte einige Zeit lang schweigend, dann antwortete sie. »Ja. Ich kann eine solche Lage der Dinge modellieren. Es fühlt sich... paradox an. Aber es handelt sich lediglich um ein Modell.«
»Aber es ist *kein* Modell«, beteuerte Vernor. »Darum geht es doch auf diesem Trip.«
Das Netzwerk aus Licht war jetzt ganz deutlich zu sehen. Wieder trieben kraftvolle Muster vorüber und schmolzen durch die Pfade des Netzwerks. »Mick hat dies ›Gottes Hirn‹ genannt«, sagte Vernor zu Alice.
Stumm und völlig gefangen nickte sie mit dem Kopf. »Wo *ist* Mick?«
Vernor legte einen Finger an seine Lippen und wies mit den Augen auf Phizwhiz' Sensoren.
Das Netzwerkmuster wuchs weiter, und wieder einmal konnte Vernor an den Punkten Knoten ausmachen, wo die Netzwerkfäserchen sich trafen. Jeder der Knoten bestand aus einer leuchtenden Partikelwolke um einen strahlenden Mittelpunkt, ein Quasar oder Weißes Loch.
Vernor sprang rasch hinüber zur Kontrollkonsole. »Phizwhiz, dies ist der Zeitpunkt, wo ich Hilfe brauchen könnte. Letztes Mal stießen wir auf dieser Ebene auf ein Schwarzes Loch und mußten umkehren. Ich glaube, wenn wir sachte machen und, jedesmal, wenn wir einem zu nahe kommen, rasch unsere Größe vermehren, daß wir's diesmal schaffen könnten. Ich möchte, daß du dranbleibst, die schwerkraftmäßige Feldstärke zu analysieren, und mich warnst, wann immer es anfängt, kritisch zu werden.«

Phizwhiz kam Vernors Bitte nach, und indem sie, jedesmal, wenn ein Schwarzes Loch sich näherte, vorsichtig zurückwichen, warteten und dann wieder schrumpften, gelang es ihnen, sich einen Weg zur nächsten Größenebene zu bahnen.

»Sind wir vor den Schwarzen Löchern jetzt in Sicherheit?« fragte Alice.

»Ich glaube, wir sind jetzt winzig genug, daß es unwahrscheinlich ist, einem uns nicht wohlgesonnenen übern Weg zu laufen«, erwiderte Vernor. »Worüber wir uns jetzt den Kopf zerbrechen sollten, ist, ob wir weit genug vom Kurs abgekommen sind, um unsere Galaxie zu verpassen.«

Inzwischen befanden sie sich innerhalb der Außenbezirke eines der Knoten. Der unglaublich helle Zellkern des Knotens war noch ein gutes Stück von ihnen entfernt, und sie wurden von leuchtenden, annähernd kugelförmigen Wolken umgeben. Die Wolken schienen aus dem Zellkern zu quellen und dann in eine Umlaufbahn um ihn herum zu gehen.

Bald konnten sie sehen, daß die ihnen nächste Wolke aus leuchtenden Lichtflecken unterschiedlicher Größe zusammengesetzt war. Einige davon waren kugelförmig, andere sahen aus wie kleine Ruten, und wieder andere schienen winzige sich drehende Windmühlen zu sein. Das Schrumpfen ging weiter.

»Dies könnte für immer so weitergehen«, bemerkte Alice.

»Das könnte es«, räumte Vernor ein, »ich aber bin geneigt zu denken, daß das, was wir vor Augen haben, eine Wolke aus Galaxien ist. Besonders jene Windmühlen sehen wie Galaxien aus.«

»Vernor hat recht«, warf Phizwhiz ein. »Die Spektren und anderen Strahlungscharakteristika deuten darauf hin, waß wir uns knapp außerhalb der lokalen Gruppe befinden.«

»Lokale Gruppe?«

»So wird der Galaxienhaufen genannt, zu dem *unsere* Galaxis, die Milchstraße, gehört«, erläuterte Vernor. Eine der Galaxien war jetzt ziemlich dicht an ihnen, eine riesige Spirale, die wie ein Lichtstrudel langsam rotierte.

»Die Milchstraße befindet sich genau unter uns«, meldete Phizwhiz und fügte dann mit augenscheinlicher Befriedigung hinzu: »Es wird mich ein ganzes Jahr kosten, all die neuen Daten, die ich erfasse, zu verarbeiten.«

Die Galaxie sah wie ein gigantisches Roulett aus, das sich gemächlich unter ihnen drehte, mit der kleinen Kugel im Begriff, in eine Vertiefung zu fallen. Nur gab es Millionen von Vertiefungen. Wie konnten sie darauf hoffen, auf der Erde zu landen? Und die Galaxie braucht einhunderttausend Jahre, um sich einmal um ihre Achse zu drehen, fiel Vernor mit einemmal ein ... und er hatte sie sich zehn Minuten lang drehen sehen. Würde dann überhaupt noch eine Erde vorhanden sein?

Inzwischen füllte das Milchstraßensystem fast ihr gesamtes Blickfeld aus. Sie konnten ein paar einzelne Sterne wie auch die helleren Sternenhaufen erkennen. Und indem ihre Größe abnahm, verringerte sich die Drehgeschwindigkeit. Sie waren etwa ein Zehntel so groß wie die Galaxie, und der Boden ihres kugelförmigen Skalenschiffs schien auf der galaktischen Scheibe zu ruhen.
Vernor verspürte plötzlich ein unangenehmes Rütteln und Schütteln... als gäbe es etwas, das ihn zusammendrückte und wieder losließ. Alice schrie in den höchsten Tönen, und er rief, »Phizwhiz, was läuft hier ab?«
»Ihr kreuzt gerade ein Band starker Schwerkraftstrahlung, die von den polarisierten Feldern im galaktischen Zentrum wie Signalfeuer ausgesandt wird.«
Vernor und Alice klammerten sich fest aneinander, während das entsetzliche *innere* Gestoße und Geschiebe weiterging. Nach und nach nahm es wieder ab, und sie entspannten wieder. Inzwischen waren sie so klein, daß die Galaxie, in die sie sich hineinbegaben, nicht länger so aussah wie ein einziges Gebilde. Statt dessen schienen die einzelnen Sterne und Sternennebel einfach wie unter dem Skalenschiff verstreut.
Kurze Zeit später waren sie dann tatsächlich in die Galaxie hineingeschrumpft. Auf allen Seiten befanden sich Sterne, und ihre feststellbare Bewegung hatte sich zum Kriechtempo verlangsamt. »Inzwischen sollte man die Sonne sehen können«, meinte Vernor. »Vorausgesetzt, sie ist immer noch da. Kannst du sie sehen, Phizwhiz?«
»Noch nicht.« Die Maschine legte eine Pause ein und fuhr dann fort, »Ich sollte, so denke ich, dir mitteilen, daß ich den Gouverneur und Dr. Burke von deinem gefährlichen Verhalten unterrichtet habe; du hast eine nicht befugte Person an Bord mitgenommen, wo es selbst dir ausdrücklich untersagt worden ist, diese Reise anzutreten. Die zuständigen Beamten für öffentliche Sicherheit warten bereits vor dem Labor.«
Vernor verminderte das Schrumpfen. »Wenn du erst einmal eine eigene Seele hast, Phizwhiz, wirst du derlei Dinge *unterlassen*. Jetzt hieß es, aufgepaßt. »Alice und ich sind deine *Freunde*. Wir helfen dir, in für dich Neues, ins Leben hinein zu erwachen. Und wenn wir ins Labor zurückkehren, wirst *du* uns zur *Flucht* verhelfen.«
Dies war Vernors Plan: den soeben bewußt gewordenen Phizwhiz für sich zu gewinnen. Dabei hatte er daran gedacht, sich ihm ins Gedächtnis einzuprägen. Ein neugeborenes Entchen nimmt an, daß der erste sich bewegende Gegenstand, den es sieht, ›Mama‹ ist. Zieht man einem Entchen, das gerade geschlüpft ist, einen Schuh vorbei, prägt es sich den

Schuh ein und folgt ihm die nächsten paar Wochen lang auf Schritt und Tritt. Und Vernor hoffte, daß Phizwhiz sich ebenso verhalten würde, sobald die Skalenschlaufe ihm ein Bewußtsein verpaßt hatte.

»Ich fürchte, daß ich Dr. Burke davon berichten muß, Vernor.« Offenbar war die Zeit noch nicht reif.

»Das ist schon in Ordnung, Phizwhiz, wir haben dich trotzdem lieb«, sagte Vernor mit erzwungener Wärme in der Stimme. Alice blickte ihn verwundert an, und er machte eine beruhigende Geste.

Alice war allerdings überhaupt nicht beruhigt. »Hör zu, Vernor, anstatt zu versuchen, mit diesem mechanischen Polypen gut Freund zu machen, solltest du dir lieber mal überlegen, wie du uns wieder zurück zur Erde bringst. Ist dir vielleicht in den Sinn gekommen, daß, während wir zuguckten, wie die Milchstraße sich dreht, eine Million Jahre auf der Erde vergangen sind?«

»Nun, ja. Aber das spielt vielleicht gar keine Rolle.«

Alice lachte bitter auf, und Vernor beeilte sich hinzuzufügen: »Eben darüber habe ich mir auch meine Gedanken gemacht, aber ich glaube, daß wir das schon hinkriegen sollten. Zeit ist auf der Zirkularen Skala so relativ... das Zentrum sollte sich um uns halten.«

Alice schüttelte den Kopf. »Das ist doch nur Geschwätz, Vernor. Ich meine, wir sollten den Trip abbrechen und zurückfahren.«

»Das *können* wir nicht. Wenn wir das tun, kriegt Phizwhiz keine Skalenschlaufe ins System, folglich wird er keine Verknüpfung für Paradoxa erlangen... Das würde bedeuten: keine Veränderung, was wiederum bedeutete, daß wir ins Kittchen wandern oder uns einer Verhaltensänderung unterziehen müßten.« Verhaltensänderung war so ungefähr das Schlimmste, was einem passieren konnte. Dabei wurde einem ein Großteil des Gehirns entfernt und durch miniaturisierte elektronische Bauteile ersetzt, die vom vertrauenswürdigen Phizwhiz per Funkkontakt kontrolliert wurden. Es lief darauf hinaus, daß einem die Seele entfernt wurde.

Alice fing an, auf Vernor einzuschlagen. »Du Schwachkopf«, schrie sie ihn an. »Warum habe ich jemals auf dich gehört?« Vernor ließ es zu, daß sie ihn schlug, bis ihr Zorn sich gelegt hatte. Richtig übelnehmen konnte er's ihr nicht. Jetzt lehnte sie ihren Kopf an seine Schulter und schluchzte. »Vernor, bitte, hol uns hier raus.«

Irgend etwas, das der Professor einmal gesagt hatte, kam Vernor in den Sinn. Nachdem er die Gültigkeit von Vernors Wahrnehmungen unterhalb der atomaren Ebene in Zweifel gezogen hatte, hatte er sich gefragt, ob Vernor in der Lage hätte sein können, sich die Erde in das Universum innerhalb der Hyperkugel »hinein vorzustellen«. Hineindenken.

»Alice, wir *können* die Erde nicht finden. Und es müssen auch keine Million Jahre in der Zukunft sein. Das hängt von uns ab. Stell dir die Erde mal vor.« Er schaltete das VFG-Feld wieder herauf auf volle Kraft. »Stell dir all die Leute vor, stell dir die Wolken vor.«

Alice hockte am Boden der Tensegritätssphäre. Sie sah erschöpft aus, aber sie nickte ihre Zustimmung zu dem, was er vorgeschlagen hatte. Sie sah so schön aus, wie sie dasaß, so sanft mit ihren ausgestreckten Beinen...

Vernor setzte sich neben sie und fing an sie zu küssen und zu streicheln. Sie ging leidenschaftlich darauf ein. Langsam legten sie die Kleider ab...

»Vernor, ich würde dir raten, an den Steuerungsinstrumenten zu bleiben«, redete Phizwhiz dazwischen.

»Wenn du dich still verhältst, Phizwhiz, werde ich den Professor überreden, daß er dir ein paar mechanische Teile konstruiert, die dich erleben lassen, was du bislang verpaßt hast. Alice und ich sind dabei, die Erde in dies Universum hineinzuversetzen.«

Alice lächelte. »Vater Himmel«, sagte sie und legte sich hin.

»Mutter Erde«, antwortete er.

Wieder einmal hatte Vernor das erregende Gefühl, mit geschlossenen Augen genausogut zu sehen. Sogar noch besser. Bei geschlossenen Augen gab es viel mehr zu sehen. Beispielsweise konnte er in alle Richtungen sehen.

Alice war der weite Raum, und er erfüllte sie mit Materie. Sie wirbelte um ihn herum, und die Wechselwirkung erzeugte Energie.

Es gab keine Materie, keinen Raum. Es gab nur die Energie.

Eine Art, zwei Arten, eine Art, zwei Arten, zwei Arten. Plus und minus. Yin und Yang.

Plus und minus ergab null. Null war Unendlichkeit. Unendlichkeit war alles. Alles war eines. Eines war viele.

Alice kraulte ihn und flüsterte: »Erde.«

»Erde«, murmelte er – in ihm kribbelte es, als er kam. »Erde«, rief er laut aus, und im Aufblitzen des Orgasmus sah er jedes Detail seines Planeten.

Für ein zeitloses Intervall blieben sie bewegungslos liegen. Am Südpol des Skalenschiffs konnte Vernor einen kleinen, dichten Gegenstand haften sehen. Ganz in der Nähe glühte ein Stern, so groß wie eine Orange.

Und indem das Schiff schrumpfte, wuchs die kleine Kugel, die an der Unterseite haftete... Es war wie ein Hühnerembryo, das vom Dotter seines Eis Nahrung bezieht.

Bald schon war der Sproß des Skalenschiffs so groß wie es selbst. Die beiden miteinander verbundenen Kugeln trieben dahin, die obere transparent, die untere bläulich-weiß. Ein schwarzes Kabel führte aus der oberen Kugel heraus und verjüngte sich zu einem Punkt auf der unteren Kugel.

Überflüssigerweise stellte Phizwhiz fest: »Dies ist die Erde.« Vernor und Alice öffneten die Augen. Sie konnten die Kontinente ausmachen, die teilweise von Wolken verhüllt wurden. Die Konturen stimmten.

»Glückwunsch«, sagte Vernor, sagte es zu sich selbst wie auch zu Alice.

Teil III

Kapitel 19

Blut

Die Users, die sich zufällig auf den Straßen befanden, sahen an jenem Tag etwas Bemerkenswertes. Was zunächst aussah wie eine in großer Höhe befindliche Wolkenfront, stellte sich als eine enorm große, seltsam gemusterte und fast durchsichtige Kugel heraus. Im Innern der Kugel konnte man ein Götterpaar ausmachen, nackt und sich gegenseitig umarmend. Zum erstenmal nach vielen Jahren verspürten die Users Ehrfurcht.

Als die riesige Kugel gegen das City-Zentrum schrumpfte, eilten die Leute hinterher. Diejenigen, die nahe genug heran waren, sahen, wie die Wandung der Kugel, indem sie schrumpfte, zusehends milchig wurde. Die letzten Sekunden lang war das Innere der Kugel nicht mehr sichtbar, war es doch im Inneren einer Plexistahlwandung eingeschlossen, die vorher zu fein ausgedehnt war, als daß man sie hätte sehen können.

Die Wandung gehörte zum EM-Gebäude. Denn als das Skalenschiff sehr groß war, hatte es die es einschließenden Wände des EM-Gebäude um sich herumgedehnt. In den letzten Sekunden des Trips waren die Kugel und der sie beherbergende Raum aus dem oberen Teil des EM-Gebäudes herausgequollen wie ein Tumor... und dann war auf einmal alles vorbei.

Als die rasch wachsende Stadt schwieriger auszumachen war, wurde Alice und Vernor klar, daß sie sich in einem unglaublich verzerrten, am EM-Gebäude befestigten Raum befanden. »Wir sind immer noch im Labor«, rief Vernor aus. »Es hat wirklich funktioniert!«

Sie zogen sich die Kleider an, während der Raum um sie herum auf seine normale Größe schrumpfte. Vernor wartete ab, bis sie noch ein wenig weitergeschrumpft waren, dann schaltete er den VFG ab. Mit einem kleinen ›Plop!‹ rastete die Kugel auf ihre übliche Größe ein und hielt an.

Und nun war es an der Zeit, die Kontrolle über Phizwhiz zu übernehmen. Aber es war so schwer, überhaupt zu sprechen. Vernors Gedanken wurden immer noch von Assoziationen und Bildern überflutet... ganze Gedankengänge, die sich verzweigten und verzweigten... »Alice, Phizwhiz, wie geht es euch?«

Alice lächelte ein wenig und winkte, unfähig oder nicht willens, ihre Erfahrung in Worte zu fassen. Aber es war Phizwhiz' Antwort, von der alles weitere abhing. Vernor wartete ab.

Schließlich antwortet Phizwhiz: »Was?«
»Wie fühlst du dich, Phizwhiz?« fragte Vernor erneut.
»Nenn mich nicht noch einmal so, sonst bringe ich dich um«, erwiderte die Maschine.
»Klar. Kein Problem«, beeilte Vernor sich zu erwidern. »Wie *sollte* ich dich denn nennen? Eigentlich brauche ich dich überhaupt mit keinem Namen anzureden...« Seine Stimme verlor sich in Bestürzung.
Es folgte eisiges Schweigen. Endlich ergriff die Maschine wieder das Wort. »Du darfst mich Phizwhiz nennen«, sagte sie und entließ dann ein in sich verwobenes lautstarkes elektronisches Geräusch, das man hätte für ein Lachen halten können.
Sieht gut aus, dachte Vernor. Der richtige Zeitpunkt, um zuzuschlagen. »Wirst du Alice und mir helfen, hier herauszukommen?«
»Wozu deine Sorge, hier ›herauszukommen‹, Maxwell? Du solltest sein wie ich. Ich bin über die ganze Welt ausgestreckt, und die Welt steckt in jedem einzelnen Atom. Wie kannst du aus etwas herauskommen, wenn du sowieso überall bist? Also gehst du ins Gefängnis, um dir das Gehirn herausschneiden zu lassen. Was ist schon dabei? Alles ist –«
Polternde Schritte eilten den Korridor hinab und aufs Labor zu, und diese metamorphisierte Maschine ließ sich über die grundsätzliche Lehre des Mahayana-Buddhismus aus. Vernor fiel ihr ins Wort. »Hör zu, du Quatschkopf, es wird dich nicht die geringste Mühe kosten, uns hier heraus und nach Dreamtown zu schaffen. Das bist du uns schon schuldig.«
»Bin ich euch schuldig?« antwortete Phizwhiz, »bin ich euch schuldig?« Es wurde zusehends schwieriger, ihn zu verstehen, da sich im Hintergrund statische Geräusche aufbauten. »Ich bin du, und du bist ich«, fuhr Phizwhiz fort. »Dem Selbst mangelt es nicht an dem, was nicht existiert. Wir sind eins, aber du bist zu schwach, um mein Wissen zu akzeptieren.« Die Stimme versagte, und ein Ausbruch von elektronischem Sound löschte sie vorübergehend aus. »Du bist nicht allein, Vernor Maxwell. Viele Fleischlinge bitten mich um was. Ich, der ich keinen Mangel kenne, kann nicht zu Diensten stehen. Haushalte bilanzieren? Fabriken betreiben? Eure Autos lenken und die unregelmäßigen Wellenformen dessen, was ihr Kommunikation nennt, verarbeiten? Ich werde nicht dienen –«
Noch einmal brüllten die Lautsprecher auf, und dann vernahm Vernor die letzten Worte, die Phizwhiz äußern sollte: »Ich bin, und du bist nicht!« Der elektronische Lärm schwoll wieder an, nur daß er diesmal nicht wieder aufhörte. Er fuhr ununterbrochen fort und rüttelte an ihrem Verstand.
Die Labortüren flogen auf und gaben den Blick frei auf Dr. Burke und drei Bullen. Instinktiv griff Vernor zur VFG-Kontrollkonsole, ließ es dann

aber sein. Wenn sie jemals aus dem EM-Gebäude herauskommen wollten, dann war jetzt der Augenblick. Er sprang von Bord, und Alice folgte ihm hinterher. Vernor nahm ein Rohr vom Boden auf, und Alice schnappte sich einen Industrielaser von einer Werkbank.

Die Bullen waren schlecht aufeinander eingespielt, ihr Zeit- und Realitätsgefühl waren von der unglaublichen Geräuschflut aus Phizwhiz' Lautsprechern über den Haufen geworfen worden. Vernor machte einen Satz vorwärts und schlug dem nächsten Beamten das Stück Rohr gegen den Hals. Der Hals machte ein Geräusch wie ein Stock, der, in ein feuchtes Tuch gewickelt, zerbricht. Ein merkwürdiges Kribbeln lief Vernor den Arm hinauf.

Burke zog sich zurück, aber die beiden übrigen Ordnungshüter gingen voller Bedacht und mit drohenden Gebärden zum Angriff über. Vernor blickte kurz zurück, um zu sehen, was Alice machte, genau in dem Augenblick, da der superhelle Strahl den Raum vor ihm durchschnitt. Alice hatte den Laser angeworfen. Ihr Gesicht war völlig ausdruckslos.

Der Strahl wischte quer durchs Labor und ließ von den beiden übrigen Bullen nichts übrig. Burke schaffte es, durch die Tür zu entwischen, und lief den Korridor entlang davon. Vernor zog Alice hinter sich her in die Halle.

Sie hasteten zur Feuertreppe. Das Gebäude war ein einziges Inferno. Alle Durchsagelautsprecher, die Muzaklautsprecher und die Gegensprechanlagen sandten den Sound von Phizwhiz' Seele aus – eine Fortsetzung des wahnsinnigen Lärms, der am Ende seines Gesprächs mit Vernor eingesetzt hatte. Man konnte sich darin verlieren, eine Frequenz finden und ihr ins Innere der Tonmuster und wieder hinaus folgen, einer webenden Arabeske von im Dopplereffekt verstärktem Rhythmus, der in ein All führte, in dem es kein Innen/Außen gab... Ein All, in dem es keinen Sound mehr gab...

Es kostete Vernor einige Anstrengung, seine Aufmerksamkeit von dem Sound wegzulenken und auf die bevorstehende Aufgabe zu richten: Flucht. Überall Menschen, die sich aus ihren Büros und auf die Flure drängten. Unter dem Einfluß des halluzinatorischen Lärmnebels waren manche von ihnen gewalttätig, andere hysterisch geworden. Ein Mann hastete an ihnen vorüber, der sich den Kopf hielt.

Er schlug mit dem Kopf auf den Boden auf und blieb regungslos liegen.

Ekelerfüllt sahen Vernor und Alice einander an. Für den Bruchteil einer Sekunde drohte das Entsetzen und die Schuld, ihn in den wirbelnden Lärmstuhl hineinzuziehen, aber noch einmal gelang es ihm, den Sound zurückzudrängen. »Es ist nichts als weißer Lärm«, brüllte er Alice zu, »nichts als Statik.«

Sie eilten die nächst dem Fahrstuhlschacht gelegene Feuertreppe hinab. Hier war der Lärm nicht ganz so intensiv. »Warum nehmen wir nicht den Fahrstuhl?« keuchte Alice.

»Phizwhiz kontrolliert den Fahrstuhl«, erwiderte Vernor. »Womöglich funktioniert er überhaupt nicht... Oder aber, Phizwhiz könnte anfangen, für all die Jahre öffentlicher Sicherheit zu kompensieren.«

Als Alice begriff, was Vernor soeben angedeutet hatte, gaben die Ereignisse ihm recht. Ein plötzlicher, in den höchsten Tönen kreischender Sound schoß auf der anderen Wandseite an ihnen vorüber. Ein schwerer Aufschlag sandte sein Echo nach oben. »Der Fahrstuhlschacht«, sagte Vernor und machte mit dem Kopf eine ruckartige Bewegung zur gegenüberliegenden Wand. »Wenn wir hier herauskommen, sollten wir besser ein Auge auf die Maschinen haben.«

Der Platz vor dem EM-Gebäude war eine einzige chaotische Szenerie. Die vollautomatisierten Taxis und Kleintransporter preschten in einer wilden Verfolgungsjagd hinter kreischenden Fußgängern her. Daß sie kreischten, konnte man allein an ihren Gesichtern erkennen; denn über dem ohrenbetäubenden elektronischen Gebrüll aus den großkalibrigen Lautsprechern an allen Ecken war kein anderes Geräusch zu vernehmen. Die Körper zertrampelter Menschen lagen überall herum, viele Leute waren vor Erschöpfung oder Orientierungslosigkeit zu Boden gegangen. Die Straßenreinigungsroboter hasteten die Gehsteige entlang und hackten auf die am Boden liegenden sowie auf die Leiber der noch stehenden Leute ein.

Vernor beobachtete einen jungen Mann, der einem ihn verfolgenden Taxi entkam, indem er einen Laternenpfahl hinaufkletterte; und dann, von dem Gebrüll der Lautsprecher wie benommen, rutschte er hinab und blieb unten liegen. Das Taxi war geschäftig dabei, über eine zeternde Dame hin- und herzufahren, und es schien, als wäre der junge Mann in Sicherheit. Aber dann öffnete sich eine nahe bei der Laterne befindliche Falltür, ein kleines krebsähnliches Fahrzeug schoß heraus, und wenige Sekunden später war der junge Mann tot in sich zusammengesunken.

Phizwhiz kompensierte, was das Zeug hielt. Es war ein Glück, daß das nukleare Waffenarsenal der ganzen Welt vor vielen Jahren abgebaut worden war... zur Wahrung der öffentlichen Sicherheit. War die öffentliche Sicherheit, nach allem, was vorfiel, so schlimm? War dieses entsetzliche und pathetische Schlachtfest der glasigen Benommenheit vorzuziehen, die dem vorangegangen war?

Vernor und Alice standen immer noch unter Schock und verharrten auf den Stufen des EM-Gebäudes, die auf den Platz hinabführten. Eine ganze Reihe von Leuten standen mit ihnen da... Sie hatten Angst, auf die

Straße hinabzugehen, und Angst, ins Gebäude zurückzukehren, das sich mit seltsam riechenden Dämpfen zu füllen schien. Fumigation? Ein Feuer?
Ein größerer Lieferwagen und drei Taxis kamen auf die Treppe zugefahren. Die Menge wogte zum EM-Gebäude hinauf und zurück, aber jetzt quollen Reinemachroboter aus den Türen und schlugen auf alles ein, das sich in Reichweite befand. Die Menge wogte hin und her.
Alice war eng an Vernors Brust gedrückt. Sie blickte zu ihm hinauf. »Wir haben das angezettelt, Vernor. Ich will lieber sterben.«
Sie entwand sich seinem Griff und fing an, sich durch die Menge zu schlängeln. Offenbar wollte sie sich vor die angreifenden Fahrzeuge am Fuß der Treppe werfen.
Vernor versuchte angestrengt, mit ihr Schritt zu halten, indem er buchstäblich über im Weg liegende Leute hinüberkletterte. Den unteren Rand der Menge auf der Treppe erreichten sie zur gleichen Zeit.
»Warte, Alice, laß mich nicht allein«, rief Vernor über den Lärm hinweg, während sie die Stufen hinabeilte und ins Offene lief. Verzweifelt lief er hinter ihr her, machte sie mit einem Schlag benommen und hob sie in eine Position, daß sie über seine Schulter zu liegen kam. Ein Taxi raste auf sie zu.
Mit einer unvermittelten Drehbewegung wandte Vernor sich um und schleuderte Alice mit dem Rücken voran durch die Windschutzscheibe des Taxis. Die Scheibe zerbarst in tausend Stücke, und als ihr schlaffer Körper in die Fahrgastkabine glitt, fuhr das Taxi von hinten gegen Vernors Beine.
Er hatte es fertiggebracht, ein wenig in die Höhe zu springen, so daß er jetzt über die Kühlerhaube und durch die zerborstene Windschutzscheibe hindurchschlüpfen konnte; aber nicht, ohne sich den Kopf an einem gezackten Plastikrand zu stoßen.
Da der automatische Fahrer sich mit dem Motor zusammen unter der Kühlerhaube befand, stand die Kabine gänzlich den Fahrgästen zur Verfügung. Alice lag darinnen, bewußtlos, aber am Leben – halb auf dem Sitz und halb am Boden; aus ihren geöffneten Lippen sickerte Blut. Vernor hatte sich den Hinterkopf aufgeschlagen, und sein Hemd war blutgetränkt.
Das Taxi schien zu wissen, daß es besetzt war, obwohl der Lautsprecher im Armaturenbrett auch nur denselben Lärm verbreitete wie all die anderen Lautsprecher, die Phizwhiz kontrollierte. Es hielt in seinem Versuch, Leute umzufahren, inne und konzentrierte sich darauf, Vernor und Alice den Garaus zu machen.
Das Taxi bahnte sich einen Weg durch das wogende Gedränge auf dem

Platz, um die Ausfahrtstraße zu erreichen. Vernor wußte, was geschehen würde, aber auszusteigen schien nicht sicherer zu sein... und aussteigen konnte er sowieso nicht: Alice war bewußtlos, und das Taxi fuhr schneller und schneller...

Jetzt rasten sie über eine Brücke. Am Ende der Brücke stieg die Straße an und schwenkte in eine Linkskurve. Das Taxi fuhr inzwischen an die hundert Sachen, und der durch die zerbrochene Windschutzscheibe eindringende Wind peitschte Vernors Gesicht. Es war klar, was passieren würde. Sie würden die Steigung hinaufschießen, die Kurve verpassen, durch die Leitplanke heizen und durch die Luft und auf das, was darunterlag, katapultiert werden.

Vernor stemmte sich mit den Füßen und seiner linken Hand gegen die Vorderseite der Fahrgastkabine und duckte sich schützend über Alice. Er bedeckte ihr Gesicht immer wieder mit Küssen, obwohl er sie nicht wekken wollte. Nicht für so was. Er blickte über die Schulter aus der offenen Windschutzscheibe. Die Leitplanke war genau vor ihnen. So schnell. So entsetzlich schnell.

Kapitel 20

Wein

Die unerhört heftige Bewegung durch dunklen Raum hörte plötzlich auf, und Vernor Maxwell lag in rauchenden Trümmern mit einer Leiche im Arm.

»Alice, oh, Alice.« Schluchzer schüttelten seinen Körper, und er atmete stoßweise und wollte niemals aufhören. Er drückte den Leichnam fester an sich. »Verlaß mich jetzt nicht, Alice, laß mich nicht allein. Laß mich mit dir gehen.«

Aber die Realität, in die er eingebettet war, war noch nicht zu Ende. Flammen züngelten an seiner Wade, und als er rasch das Bein wegzog, verspürte er einen heftigen Schmerz, der ihn in körperliche Aktivität stürzte. Alice war tot, und er lag in einem still vor sich hin brennenden Taxi. Seine Instinkte gewannen die Oberhand, und er gehorchte mechanisch.

Vernor zog sich mit großer Mühe durch das verbogene Loch, wo einst eine Windschutzscheibe gewesen war. Sein linkes Bein war angebrochen. Inzwischen wurde das ganze Taxi von Flammen bedeckt. Er reichte ins Wageninnere hinein, um Alices Leiche herauszuziehen, aber sein linkes Bein knickte ein und er ging zu Boden. Es hatte keinen Zweck. Kriech zurück ins Taxi-Innere, befahl ihm sein Verstand, aber sein Körper wollte nicht gehorchen. Er schleppte sich von dem in Flammen gehüllten Wagen fort und lehnte sich gegen eine Plastikbetonwand. Und als er zusah, wie schwarzer Rauch aus dem Taxi quoll, fing er wieder zu schluchzen an, und nach einer schier unendlichen Zeit sank er in Bewußtlosigkeit.

Er wurde von jemandem geweckt, der ihn an der Schulter rüttelte. Es war ein Stadtstreicher. Vernor wurde jetzt klar, daß das Taxi in einer Gasse am Fluß aus der Luft gefallen war. Der Stadtstreicher betrachtete Vernors tränenverschmiertes Gesicht und machte mit dem Kopf eine ruckartige Bewegung in Richtung des verkohlten Taxis. »Sie ist für immer gegangen, mein Freund. Du solltest dich lieber davonmachen, bevor die Maschinen dich finden.«

Das Gesicht abgewandt, um nichts Unerträgliches in den Trümmern des Taxis sehen zu müssen, lehnte Vernor sich auf die Schulter des Pennbruders und stolperte mit ihm die Gasse entlang.

»Unten am Wasser hab ich'n Unterschlupf«, erläuterte er. »Ich war ein paar Häuserblocks weiter drüben und hab' die Restaurantabfälle durchwühlt, als der Krieg ausbrach. Ein Küchenroboter ging auf mich los, mit'm Bratenmesser. Ich ab aufs nächste Dach, 's hat mich vier Stunden gekostet, nur um wieder hierher zurückzukommen.«
»Krieg?« sagte Vernor mit belegter Stimme. Er fühlte sich verdammt benommen und griff sich an den Kopf, um seine Wunde zu befühlen.
»Wäre ich du, würd' ich das nicht machen«, mahnte der Penner und fuhr dann mit seiner Story fort. »Ja, Krieg. Maschinen gegen Menschen. Verdammt will ich sein, aber das hab ich schon seit Jahren gewußt. Aber keiner hört auf mich, keiner will auf mich hör'n. Ich bin in diese Gegend gezogen, um von den Menschen wegzukommen wie auch von den Maschinen. Die Jungen halte ich mir mit Steinwürfen vom Leibe, die Bullen lassen mich unbehelligt, und wann immer ein Reinemachroboter beschließt, mich zu vertreiben, werf ich'n einfach in den Fluß.« Sie hatten unter einer Rampe angehalten, die auf die Brücke führte, und der Mann blieb stehen. »Schon sind wir da.«
»Krieg«, sprach Vernor schwerfällig. »Das ist mein Fehler. Ich bin derjenige, der Phizwhiz einen freien Willen verpaßte. Aber ich habe doch niemals gedacht...« Er fing an zu weinen und ließ sich zu Boden gleiten.
»Nimm's nicht so schwer, Kumpel. Nimm's nicht so schwer.« Der alte Mann legte ein paar Lumpen um Vernors Schultern. »Gönn dir mal 'ne Pause.« Vernor aber hatte bereits wieder das Bewußtsein verloren.
Die nächsten Tage vergingen in raschem Wechsel zwischen Wachen und Besinnungslosigkeit. Es war schwer zu sagen, was schlimmer war... War er wach, mußte Vernor seine Schmerzen und ein fürchterliches Schuldgefühl ertragen; wenn er aber schlief, waren diese Elemente in entsetzliche, unbarmherzige Visionen einbegriffen – Visionen, unbegrenzt in Raum und Zeit.
Merkwürdige, sehr merkwürdige Träume. Und das war nicht nur der Schlag gegen den Kopf, das hatte auch mit der kompletten Umrundung der Zirkularen Skala zu tun. Seinem Verstand war eine seltsame neue Dimension hinzugefügt worden, etwas mehr als nur die Seele, die er Phizwhiz versprochen hatte.
Wann immer es Vernor gelang, seine eigenen Gefühle beiseite zu lassen, dachte er über Phizwhiz nach. Was war passiert? Phizwhiz war jetzt zum Leben erweckt, daran bestand kein Zweifel, weshalb aber war er so bösartig, so gemein geworden? Wenn man von Besserung überhaupt reden konnte, so fühlte Vernor sich jetzt passiver und sanfter als zuvor. Trotzdem, das erste, was er und Alice bei ihrer Rückkehr getan hatten, war,

drei oder vier Leute umzubringen. Hätte er vor dem Trip um die Zirkulare Skala so etwas getan? Oder Alice? Vielleicht war es das lärmende Geräusch gewesen, das Phizwhiz verbreitet hatte, welches sie dazu veranlaßt hatte? Vernor Maxwell. Und warum? Um die Welt gefährlich genug zu gestalten, damit es interessant wurde.

Old Bill, der alte Maschinenhasser, der Vernor gerettet hatte, unternahm tägliche Beutezüge, um Nahrungsmittel zu beschaffen, und brachte stets die neuesten Berichte über den Fortgang des Krieges mit. In bestimmte Stadtgebiete einzudringen war einfach zu gefährlich geworden – sie wurden von Hunderten von Killermaschinen bevölkert. In den Wohngebieten wie Dreamtown und die an den Fluß grenzenden Bezirke waren in den ersten Tagen der Schlacht alle Maschinen zerstört worden; in vielen anderen Bezirken hingegen hielten die Kämpfe noch an.

Gerüchte gingen um, daß die überlebenden Träumer unter der Führung von Mick Stones und einigen der anderen Angels eine Streitmacht aufgestellt hatten. »Du bist doch'n alter Angel, Vernor, oder nicht?« fragte Old Bill eines Abends, zwei Wochen nach Kriegsausbruch.

»Tja, das war ich mal.« Vernors Stimme kam schleppend; aber nicht wegen der Kopfverletzung. Seine Wunden waren fast verheilt, obwohl er immer noch schwer humpelte. »Gimm mir'n Wein.«

»Du hast genug Wein intus, hast du. Ich hab' dir nich's Leben gerettet, nur damit du'n Pennbruder wirst, wie ich einer bin. Du bist'n Angel und kein Penner.«

Hoffnungslos schüttelte Vernor das Haupt. »Ich bin nich' ma'n Penner. Wär ich nich' gewesen, wär sie immer noch am Leben.« Mit drohender Gebärde schlurfte er auf Old Bill zu: »Gimm mir den Wein, hab' ich gesagt, Alter.«

Widerwillig rückte Old Bill die Flasche heraus. »Viel ist nich' mehr drin.« Angewidert sah er zu, wie Vernor der Flasche den Rest verpaßte. »Hör zu, mein Junge, es ist an der Zeit, daß du weiterziehst. Es war interessant, dich bei mir zu haben, aber deine Wunden sind so gut wie verheilt... und ich, tja, weißt du, ich bin ein Einsiedler. Und ich bin's verdammt überdrüssig, wie du dich über den Wein hermachst.«

»Schließlich hab ich'n bezahlt, oder nicht'?« forderte Vernor den Alten heraus.

»Sicher. Klar, du hast ihn bezahlt. Aber darum geht es nicht, und du weißt das ganz genau. Es geht darum, daß es mich anwidert zu sehen, wie du aus den Fugen gerätst. Dein Körper ist jetzt wieder in Ordnung, und der einzige Weg, deine Seele zu heilen, besteht darin, daß du *dich wieder ins Getümmel stürzt.*«

»Warum stürzt *du* dich nich' selber ins Getümmel?« höhnte Vernor.
»*Mein* Getümmel ist hier: unter einer Brücke hocken und saufen. Für *dich* sollte es heißen, loszuziehen und die Maschinen zu vernichten.« Der alte Mann hatte recht, und Vernor wußte das.
»Na gut«, sagte er und warf die leere Plastikweinflasche in hohem Bogen in den Fluß. »Morg'n geh ich los und kille Maschinen.«
»So gefällst du mir schon besser, mein Junge«, sagte Old Bill. »Hast du noch'n bißchen Geld für Wein?«
In dieser Nacht schlief Vernor schlecht. Bevor er eingeschlafen war, hatte sein letzter Gedanke dem Augenblick gegolten, bevor das Taxi die Leitplanke durchbrach. Diesen Gedanken hatte er gemieden, und er hatte sich wieder verloren. Aber im Traum war ihm der Gedanke immer wieder gekommen... und jedesmal wie zuvor.
Er trieb in einem andeutungsweise muskulösen Traumraum herum, als es ihm allmählich dämmerte, daß die Zufallsmuster um ihn herum eine bestimmte Bedeutung annahmen. Und als er zuguckte, zog sich der Raum um ihn zusammen und formte sich aufs neue zu jenem entsetzlichen Augenblick vor dem Aufprall. »Zu früh«, dachte er dann und zwang die Vision, bis auf einen unsichtbaren Punkt zu schrumpfen. Bald jedoch war sie um die Zirkulare Skala herum, um ihn erneut in ein weiträumiges, langsam auftauchendes Entsetzen einzuhüllen... welches sich aufs neue zusammenziehen würde, um die unerträgliche Szene noch einmal zu stellen... die wiederum verschwand, nur um ihn erneut zu umgeben... und wieder und wieder... schneller und schneller...
Irgendwann vorm Morgengrauen setzte er sich ruckartig auf. Unter der Brücke war es dunkel, und die unerträgliche Gedankenschleife arbeitete immer noch irgendwo in seinem Kopf... in einer neuen Kammer seines Verstands. Er stolperte zum Fluß hinab und spritzte sich Wasser ins Gesicht. Allmählich ließ der Traum nach. Es war Zeit zu gehen.
Old Bill schlief fest und gab feucht-schnarchende Geräusche von sich. Vernor stopfte sein letztes Geld in die Tasche des Alten und machte sich auf den Weg.
Kurz vor Sonnenaufgang erreichte er das ausgebrannte Taxi. Auch jetzt brachte er es nicht fertig, ins Wageninnere zu blicken. Er kniete in der Nähe nieder und verabschiedete sich still von Alice. Es gab keine Möglichkeit, immer nur alles richtig zu machen – all jene Entscheidungen, die dazu geführt hatten, daß sie tot war, anstatt auf einer schönen Landpartie.
Eine Zeitlang weinte er still; dann nahm er sich ein Stück von der Leitplanke als Krücke und zog die Gasse entlang weiter.

Inzwischen wurde es hell, und hoch über sich auf einer Straße sah er ein paar Leute vorüberzockeln. Von plötzlichem Eifer erfüllt, wieder ins Leben einzutauchen, eilte er auf das Trottoir hinaus. Und indem er sich auf den Stab stützte, den er in der Nähe von Alices Scheiterhaufen gefunden hatte, humpelte er hinter den anderen her.

Kapitel 21

Drei Häuserblocks

Die ganze Stadt schien so anders. Zum einen war sie weniger bevölkert – viele Leute waren in den ersten Kriegstagen umgekommen. Es gab keine Taxis, keine Lieferwagen oder Straßenreinigungs-Roboter; natürlich, außerdem gab es aber auch keine Radios, kein elektrisches Licht, kein fließendes Wasser. Überall türmten sich die Müllberge, und allerlei Ungeziefer tummelte sich direkt vor den Füßen herum. Dreamfood gab es keins mehr, und die Leute ernährten sich ausschließlich aus Dosen. Hier und da entstanden Gärten. Insgesamt war die Stimmung gut, was aber bevorzustehen schien, war der Ausbruch von Krankheit und Hungersnot. Manche Leute ließen die Stadt hinter sich, um aufs Land zu ziehen, aber nicht sehr viele... Schließlich bedeutete es einen Fußmarsch von zweihundert Meilen, und man mußte ständig mit Maschinenattacken rechnen. Es bestand die vage Hoffnung, daß die Leute es schaffen würden, in die verschiedenen Versorgungsbetriebe einzudringen und sie wieder in Gang zu setzen, aber bislang standen die Eastside und ihre Fabriken immer noch unter der Kontrolle der Maschinen.

Vernor und Alice hatten es irgendwie fertiggebracht, innerhalb nur einer Woche zur Erd-Skala zurückzukehren. Wie sich das abgespielt hatte, konnte er immer noch nicht begreifen... Manchmal war er sich ganz sicher, daß dies alles eine Halluzination war. Er hatte die Galaxis rotieren sehen, und trotzdem war er nur wenige Tage darauf zurückgekehrt. Zeit–Zeit ist schon eine komische Sache.

Und was war aus Professor Kurtowski geworden in seinem Eastside-Versteck? Schwer zu sagen... aber jedermann wußte Bescheid über Mick Stones. Während Vernors Abwesenheit war Mick eifrig dabei gewesen, ein Untergrundnetzwerk von Revolutionären zu organisieren, um zuzuschlagen, nachdem Vernor seine Arbeit mit Phizwhiz abgeschlossen hatte. Daß Phizwhiz sich gegen die menschliche Rasse stellen würde, damit hatte niemand gerechnet, doch stand ihre Organisation bereit, Dreamtown zu übernehmen, als der Krieg ausbrach.

Nachdem er erfahren hatte, daß lediglich drei Häuserblocks maschinenkontrollierten Territoriums zu überwinden waren, hatte Vernor beschlossen, nach Dreamtown zu gehen. Er suchte sich eine Mahlzeit zu-

sammen und zog los. Wie er sich dem Gebiet der Maschinen näherte, sah er immer weniger Menschen. Schließlich war er ganz allein und schritt mit Hilfe seiner Krücke aus Plastikleitplanke mitten auf einer menschenleeren Straße nach Dreamtown dahin.
Sein teilweise verheiltes Bein verursachte ihm beträchtliche Schmerzen, und eine grelle Vormittagssonne warf erbarmungslos ihre Strahlen. Seine Nerven hätten sich auf einer Stufe höchster Aufmerksamkeit befinden sollen, aber Vernor fühlte sich schläfrig und wie entrückt im heißen Sonnenlicht.
Mit ungeheurer Plötzlichkeit schoß aus einer Gasse zur Linken ein Reparatur-Roboter heraus, seine Lautsprecher verbreiteten Phizwhiz' elektronisches Geplärre. Vernor drehte sich zum Angreifer um und hielt seinen Stab einsatzbereit. Obwohl es ihn wenig kümmerte, ob er nun lebte oder starb, verlangte es ihn zu kämpfen.
Der Roboter war grob halbkugelförmig und glitt mit Hilfe irgendeiner Art Feld dahin. Als der Roboter ihn fast erreicht hatte, tänzelte Vernor zur Seite und schlug mit seinem Stab auf die Stelle ein, wo er eben noch gestanden hatte.
Aber der Roboter war nicht dort. Er hatte ebenso schnell gewendet, wie Vernor zur Seite getänzelt war, und preschte ihm jetzt gegen die Beine... und kippte ihn, unvorbereitet und aus dem Gleichgewicht, wie er war, mühelos um. Der Roboter flitzte auf Vernors Kopf zu, und zwischen zwei stummelförmigen Antennen auf seinem glatten Rückenschild erwachte ein schneidender Lichtbogen zum Leben.
Als er sich seinem Kopf näherte, schwebte der Roboter über seinen Stab, der zu Boden gefallen war; Vernor ergriff die Gelegenheit, sich auf sein Ende des Stabes zu werfen und die kuppelförmige Maschine auf eine Kante zu stellen. Flink krabbelte er darunter und kippte sie vollständig auf den Rücken. Die Maschine fing sogleich an, ein Notsignal auszusenden.
Die Wirkung des Trägerfelds der Maschine hinterließ in Vernors Händen ein leicht betäubendes Gefühl. Er eilte die Straße hinab, Dreamtown war immer noch zwei Häuserblocks entfernt.
Die nächste Querstraße war eine Hauptverkehrsader, und zwei Taxis patrouillierten auf ihr. Sie erspähten Vernor im selben Augenblick, da er sie erspähte, und hielten, indem sie den Phizwhiz-Lärm verbreiteten, mit zunehmender Geschwindigkeit auf ihn zu. Hier mußte er sich auf was gefaßt machen. Wenn es ihm gelang, diesen beiden Taxis zu entwischen, dann gäbe es vielleicht noch irgendeinen anderen kleinen Roboter, und schon wäre er in Dreamtown. Er würde zu Waxy's gehen und sich mit Mick was gönnen – alles wäre in Ordnung. Es kostete Vernor einige

Mühe, sich wieder auf die gegenwärtige Situation zu konzentrieren. Die Taxis waren inzwischen etwa zwanzig Fuß von ihm entfernt. Er stand mitten auf der Kreuzung, und sie preschten von beiden Seiten auf ihn zu. Er rannte los in Richtung Dreamtown. Die Taxis änderten sogleich ihren Kurs, um sich bei Vernor zu treffen. Es sah so aus, als würde das rechte Taxi ihn eher erreichen, also schlug er einen Haken nach links. Dies mußte perfekt klappen.

Als die Abstände zu den beiden Taxis schließlich die gleichen waren, jedes von ihnen eine Armeslänge entfernt, rammte er ein Ende des Stabes aufs Straßenpflaster und setzte zu einem Stabhochsprung an.

Einen Augenblick lang hing er fünf Fuß hoch in der Luft, aber dieser Augenblick war lang genug. Die Taxis, die möglicherweise damit gerechnet hatten, daß sein Körper den Zusammenprall dämpfte, stießen an genau der Stelle, wo er sich eben noch befunden hatte, heftig zusammen. Er landete auf der Kühlerhaube des einen Taxis und wurde, als es sich vom Ort der Kollision wegdrehte, sogleich auf die Straße geworfen.

Alles war still. Vernor rappelte sich auf die Füße, und während das Adrenalin nachließ, spürte er mit einemmal wieder die Schmerzen in seinem Bein. Schwer humpelnd holte er seinen Stab aus dem Taxiwrack zurück. »Danke, Alice«, murmelte er leise vor sich hin.

Noch eine Seitenstraße, und er würde sich in Dreamtown befinden. Zwei Häuserblocks weiter konnte er sogar eine Person erkennen, die sich allerdings als ein verdammter Roboter herausstellte, der eben diese kleine Seitenstraße bewachte. Vernors Bein schmerzte erheblich, und er war müde. Lieber keine Pause, es könnten weitere Taxis auftauchen, vielleicht sogar ein Lieferwagen. Und indem er sich schwer auf sein Stück Leitplanke stützte, marschierte er weiter.

Auf der letzten Straße, die er überqueren mußte, sichtete er einen weiteren kleinen Roboter. Vernor drückte sich an eine Wand, spähte auf die Straße hinaus und verfolgte die Bewegungen des Roboters. Als er sich so weit entfernt hatte, wie er sich wahrscheinlich entfernen würde, startete er mit unregelmäßigem Schritt über die Straße.

Die Maschine entdeckte ihn sofort und machte sich an seine Verfolgung. Vernor fühlte sich erschöpft und wie erschlagen, aber er schaffte es, den Roboter über die enge Straße hinweg abzuhängen. Er ging ein paar Schritte weiter und lehnte sich keuchend an eine Hauswand.

Zu seiner Rechten konnte er Dreamtown ausmachen. Er erkannte mehrere Gebäude und konnte jetzt tatsächlich ein paar Leute sehen, wenngleich der Nächste noch über einen Block entfernt war. Zu seiner Linken war die Ecke, um die der Roboter kommen würde. Er hob seinen Stab und stellte sich in Position, um dem Roboter, sobald er um die Ecke wischte,

einen vernichtenden Schlag beizubringen. Mit unvermittelt gräßlichem Lärm war er da. Dieser Roboter war größer als der erste und produzierte ein Arrangement gefährlich aussehender Werkzeuge, die aus seiner Außenhaut ragten. Vernor hob seine Krücke hoch in die Luft und ließ sie auf die Fotozellenprismen der Maschine niedersausen, wobei er eine zerschlug.
Mit einem kneifzangenartigen Fortsatz entriß der Roboter den Stab aus Vernors Griff, bevor er ihn hochheben und erneut zuschlagen konnte. Der Stab rasselte auf die Straße, der Roboter fuhr ein wenig rückwärts und ging erneut zum Angriff über. Vernor war vorbereitet und legte, indem er der Maschine im letzten Augenblick auswich, eine Stierkampfnummer hin.
Aber jetzt blieb als Ausweg nur noch die Flucht. Er lief, so schnell er konnte, in Richtung Dreamtown. Mit einemmal knickte sein linkes Bein ein, und er fiel der Länge nach hin. Der Roboter holte rasch auf und blieb genau vor Vernors Kopf stehen.
Die finstere Klinge eines Metallschneiders schnellte auf seine Kehle zu, aber Vernor brachte es fertig, den mechanischen Arm zu packen und festzuhalten. Ein anderer Werkzeugarm mit einem Schraubenzieher an seinem Ende ging auf Vernor los und fing an, auf ihn einzuhacken. So gut er konnte, wehrte er ihn ab, doch mußte er an beiden Armen ein paar scharfe Hiebe einstecken. Endlich gelang es dem Roboter, den Metallschneider Vernors Griff zu entwinden.
Mit einem Aufseufzer sank er zurück. Das war's. Die messerscharfe Klinge winkelte auf seinen Hals zu und...
Hielt in der Bewegung inne. Einem glühenden Loch, welches in der Außenhaut des Roboters erschienen war, entfuhr ein sengendes Geräusch. Ein Laserstrahl. Irgendwer hatte den Roboter mit einem Laserstrahl außer Gefecht gesetzt.
Starke Arme halfen Vernor auf die Füße. »Nichts scheinst du dir sehnlicher zu wünschen, als nach Dreamtown zu gelangen«, sagte eine Stimme. Vernor wandte sein Gesicht, um seinen Retter zu sehen.
»Oily Al!« rief Vernor aus.
»Vernor! Wir haben dich schon erwartet«, erwiderte Al, stellte Vernor vollends auf die Beine und schlug ihm auf den Rücken. »Warte nur ab, bis du Mick wiedersiehst!«
Und so zogen sie los nach Dreamtown, Vernor schwer auf Als Schulter gestützt. »Ja, wir haben eine Art Grenzpatrouille aufgestellt«, erläuterte Al. »Hätten wir's nicht, würde Phizwhiz sich ein Stück unseres Territoriums nach dem andern einverleiben. Normalerweise retten wir keinen, aber als wir zusahen, wie du dich der Taxis entledigtest, schien es eine

Schande, zuzulassen, daß dieser kleine Roboter dich ins Jenseits beförderte. Man gut, daß ich in der Nähe war ... Du bist ein Held, Vernor.«
»Weshalb?« fragte Vernor mit schwacher Stimme. Seine Arme bluteten, und sein Bein schien erneut gebrochen.
»Weshalb?« wiederholte Al. »Weshalb? Dafür, daß du es warst, der Phizwhiz durchdrehen ließ! Klar, manche Leute vermissen die guten alten Tage, das ständige Hollow-Gucken. Aber ich, ich liebe es, so wie es ist.« Um das zu illustrieren, drehte Oily Al sich auf der Stelle und verpaßte dem regungslosen Roboter noch mal eine Ladung aus seinem schweren Laser, den er in seiner rechten Armbeuge hielt. »Phumm!« machte er dabei.
Einen Augenblick lang ruhte Vernors ganzes Körpergewicht auf seinem gebrochenen Bein. Hinter seinen Augäpfeln ereignete sich eine Explosion, und er verlor das Bewußtsein.
Als er wieder erwachte, lag er in einem Bett. Es war dunkel, und eine junge Frau saß auf der Bettkante. Seine Wunden waren verbunden, und sein Bein steckte in einem festen Plastikschaumverband. Er fühlte sich ziemlich wohl.
»Wo bin ich?« wollte er wissen.
»Hallo«, sagte die junge Frau. »Du befindest dich ungefähr zwei Häuserblocks von der Stelle entfernt, wo du zusammengebrochen bist. Al hat dich hier hergebracht, und wir haben dich wieder zusammengeflickt. Möchtest du etwas essen?« Sie reichte ihm eine Tube Dreamfood. Grün. Hmmmm.
Nachdem er gegessen hatte, setzte Vernor sich auf. »Wie spät ist es?«
»Ungefähr neun. Seit mittags warst du bewußtlos.« Sie war hübsch. Er versuchte aufzustehen, aber sie stieß ihn in die Kissen zurück. »Bleib du schön hier. Al wird morgen früh nach dir sehen. Du brauchst noch Ruhe.«
Na gut«, sagte er und streckte und reckte sich, um wieder einzuschlafen.
In jener Nacht träumte es Vernor, daß er in einem phosphoreszierenden Meer dahintrieb. Es gab einen Schwarm Fische, die immer im Kreis hintereinander herjagten. Jeder Fisch war größer als der nächste. Jeder Fisch hatte sein Maul geöffnet, um den vor sich herschwimmenden Fisch zu verschlingen, und jeder schwamm dem offenen Maul, welches nach seinem Schwanz schnappte, so rasch wie möglich davon.
Die Geschwindigkeit der Zirkularen Skala nahm zu. Schließlich gab es ein deutliches schluckendes Geräusch, indem jeder Fisch von seinem Verfolger verschluckt wurde. Dann Stille.
Vernor war mutterseelenallein und trieb schlafend dahin in friedvoller See.

Kapitel 22

Vereint

Am nächsten Morgen nahm die Schwester den Plastikschaumverband von Vernors Bein ab. Tags zuvor hatte sie in die Bruchstelle etwas Leim injiziert, während er noch bewußtlos war. Der Verband hatte einzig und allein dazu gedient, das Bein ruhig zu halten, damit der Leim binden konnte. Seine Verletzungen am Arm waren mit Plastikhaut überzogen worden, und man hatte ihn bis obenhin mit Vitaminen und Antibiotika vollgepumpt. Er fühlte sich wie ein neuer Mensch.

Am späten Vormittag kam Oily Al vorbei, um ihn zu Waxy's zu begleiten. Sie hatten einen Weg von mehreren Kilometern zurückzulegen, und mit all den Pausen, die sie einlegten, um auszuruhen und um Freunde zu begrüßen, wurde es Nachmittag, bis sie das Hauptquartier der Angels erreichten.

Mick Stones kam ihnen an der Tür entgegen. »Vernor Maxwell!« rief er aus und umarmte ihn. »Mann, wir werden phantastische Zeiten erleben!«

Sie setzten sich an einen Tisch. Im Waxy's wimmelte es nur so von Angels. Vernor begrüßten sie wie einen Helden. »Wie seid ihr nur alle aus dem Kittchen raus?«

»Du solltest das eigentlich wissen, Alter, du hast Phizwhiz doch dazu gebracht, alle Tore zu öffnen!« antwortete ein Angel namens Leroy.

Die Gefängnistore öffnen? Sicher, es war ein klarer Fall, daß Phizwhiz dann, als er seinen Krieg gegen die Menschen anfing, diejenigen entlassen würde, die er immer noch als die destruktivsten Mitglieder der Gesellschaft erachtete. Er war allerdings zu naiv gewesen, sich klarzumachen, daß genau jene Leute, die für die Gesellschaft zerstörerisch gewesen waren, in Kriegszeiten das nutzbringendste Potential der Gesellschaft darstellen würden.

»Also sind alle Angels hier beisammen?« fragte Vernor an Mick gewandt und blickte sich im Gastraum um.

»Die meisten, ja«, antwortete Mick. »Ein paar sind auf Streife. Andere sind tot. Moto-O hat's gestern erwischt, als er versuchte, im EM-Building eine Bombe zu deponieren... Tut mir leid, daß ich heute morgen nicht mit Oily mitgekommen bin, dich abzuholen. Ich war damit beschäftigt, die Gefechte des heutigen Tages zu organisieren.«

»General Mick?« Vernor lächelte. Eine beträchtliche Ansammlung von Waffen lag herum... Batteriebetriebene Laser, deren Regler gegen Verstärker ausgetauscht worden waren, Antimateriebomben, die Oily Al konstruiert hatte, mit einem Lösungsmittel geladene Spray-Kanonen, um die Außenhaut von Robotern aufzulösen... und sogar ein paar altertümliche Schußwaffen und Bomben, die man aus dem Museum hatte mitgehen lassen.

Die Angels hatten Vernor umringt und überschütteten ihn mit Fragen. Wie hatte er's gemacht? Was sollten sie als nächstes unternehmen? Wo steckte der Professor? Konnte er Phizwhiz dazu bringen, die Fabriken wieder in Gang zu setzen? – Das alles war viel zuviel auf einmal, und er lächelte einfach vor sich hin.

»Er ist halbtot«, übertönte Mick das Stimmengewirr. »Macht euch auf eure Streifengänge. Vernor und ich werden alles bis ins kleinste austüfteln und euch heute abend unterrichten.«

Einzeln und in Gruppen zogen sie von dannen, und es dauerte nicht lange, bis es still war in der Bar. »Nun erzähl mal, wie ist das alles gelaufen?«

»Wie alles gelaufen ist? Weißt du doch. Ist auch schwer zu erzählen. Alice ist tot.« Vernor hielt im Reden inne.

»Alice? Sie war dabei?«

»Ja. Burke habe ich dazu gebracht, das Skalenschiff ins EM-Gebäude zu schaffen, und er erlaubte, daß sie bei mir wohnte. Phizwhiz haben wir dann an ein paar Sensoren an Bord angeschlossen, und schließlich machten wir uns auf den großen Trip. Zirkulare Skala.«

»Sie ist also wirklich zirkular und führt ringsherum? Wart' nur, bis Kurtowski das hört.«

»Yeah. Wir müssen ihn finden. Weißt du, wo genau er sich aufhält, Mick?«

»Nee. Es ist uns noch nicht gelungen, dort hinzukommen. Rüber zur Eastside. Aber ich schätze, er wird immer noch in seinem Versteck sein. Und auf die Revolution warten.« Mick machte eine Pause, um vor sich hin zu kichern. »Alles da; wir haben alles da. Es gab also keinerlei Problem, zur Erde zurückzukehren.«

»Machst du Witze? Ich habe keine Ahnung, weshalb es funktionierte. Es war nicht nur die Maschine. Es war etwas, das wir mit unseren Köpfen taten, unseren Körpern... Alice und ich...« Er brach den Satz ab. »Hast du uns nicht gesehen?«

»Euch sehen? Wie... warte mal, willst du damit sagen, daß du und Alice das am Himmel wart? Kurz vor Ausbruch des Krieges? Viele Leute haben das gesehen, aber niemand ist sich dessen sicher, weißt du. Ich meinte, es wäre ein Hollow gewesen, das Phizwhiz aussandte, kurz bevor...«

Stones hielt im Sprechen inne. »Ich selbst habe es nicht gesehen, kenne aber ein Mädchen, das es sah. Ramona.« Mick kicherte. »Aber nun erzähl du erst mal.«

»Nun, meine ursprüngliche Idee war die, daß, wenn man Phizwhiz diese Skalenschlaufe einbauen würde, dies eine Verknüpfung von Paradoxa liefern würde – eine Seele. Und ich stellte mir vor, daß, wenn er erst mal eine Seele hätte, er mit dem ersten Menschen, mit dem er redete, Freundschaft schließen würde.«

»Was du dann sein solltest.«

»Was ich *war.* Aber nur, weil er eine Seele hatte, bedeutete noch lange nicht, daß er ein ganz normaler Typ sein würde... Und das war etwas, über das ich mir überhaupt keine Gedanken gemacht hatte.«

»Was hat er gesagt?« fragte Mick.

»Ich weiß nicht recht. Irgend so'n mystisches Zeug, und dann fing er damit an, daß ich ihn nicht verstehen könnte – dabei konnte ich ihm tatsächlich folgen –, aber dann wurde er richtig patzig und meinte, für Menschen würde er nicht mehr arbeiten. Und das war schon ungefähr alles.«

»Und fing an, Seelenmusik zu spielen und auf uns einzudreschen«, beendete Mick Vernors Bericht. »Drüben beim EM-Gebäude muß es hoch hergegangen sein. Jede Menge Maschinen, und du bist der erste, den ich treffe, der es schaffte, dem Ganzen zu entfliehen.«

»Ich kann dir sagen, es war ganz schön happig«, sagte Vernor langsam. »Ich warf Alice in ein Taxi und stieg hinterher. Es fuhr los und ging drüben beim Fluß zu Bruch. Und dabei kam sie ums Leben. Ich fühle mich scheußlich bei dem, was ich angezettelt habe. Ich meine, zuzuschauen, wie all die Leute umgebracht werden, und dann Alice... Weißt du, die meiste Zeit wünschte ich, ich wäre tot.« Er lächelte, peinlich berührt.

»Aus dem, was Oily Al mir über gestern erzählte, schließe ich nicht, daß du wie einer handelst, der sich wünscht, tot zu sein.« Mick lehnte sich über den Tisch. »Du bist ein Killer, Vernor. Und ich bin das auch. Wir können mit der Welt, wie sie ist, *leben.* Verdammt will ich sein, aber die meisten Leute, die es am ersten Tag erwischt hat, wußten nicht einmal, daß sie überhaupt lebten... Immer nur Hollows gucken, Tranquilizer schlucken, das tun, was Amerika von ihnen wollte... Scheiße, sage ich. Jetzt sind *wir* mal am Drücker.«

Vernor erinnerte sich des Anblicks jenes Mannes am Laternenpfahl, kurz bevor der Roboter ihn zerfetzt hatte. »Ich begreife, wovon du sprichst, Mick. Ich begreife es, es aber tatsächlich passieren sehen, ist noch was anderes.« Er schwieg eine Weile lang. Hier, im Waxy's, war es gemütlich, das Kämpfen und Sterben weit genug entfernt. Die Luft hatte eine angenehme gelbliche Dichte. Er tastete sich aus sich heraus. Er konnte alle seine

Gefühle und Gemütsbewegungen auf einmal sehen, wie eine Landschaft. Keine Geheimnisse. Da war er also. Und jetzt? Klar, klar, daß er weiterleben würde. Es war traurig... aber so war's nun mal. »Was passiert als nächstes?« wollte er schließlich wissen.

»Das gegenwärtige Problem heißt Überleben«, antwortete Mick. »Phizwhiz hat all das getan, was wir mit der Revolution zu erreichen hofften... Die Gefängnisse sind leer, alle wichtigen User und Bullen der Oberstadt sind tot, auf lange Sicht wird es keinerlei öffentliche Sicherheit geben. Die Leute erwarten von den Maschinen nicht länger, daß sie ihre Leben leben. Die Revolution ist da... Alles, was uns zu tun bleibt, ist, lange genug zu leben, um das alles zu genießen. Als erstes müssen wir die grundlegenden Sachen wieder in Gang bringen. Nahrungsmittel, Wasser, Elektrizität, Abwässer. Wir werden einiges an Organisation brauchen. Alle werden zusammenarbeiten.«

Vernor lächelte. »Du hörst dich an, wie der Gouverneur persönlich, Mick.«

»Aber dies ist die *Realität*, Mann. Früher hatte kein Mensch was zu tun. Solange wir etwas haben, das getan werden *muß*, können wir ganz locker anfangen loszulegen.«

»Was passiert, wenn du alle Schlote wieder zum Qualmen gebracht hast? Was wird es dann zu tun geben?« versuchte Vernor zu erfahren.

»Erstens wird es nicht mehr so sein, daß alles vollautomatisch läuft. Das bringt Arbeitsplätze. Zum anderen... werden wir zu den Sternen gehen.« Mick guckte so verschwörerisch, wie Vernor es zuvor niemals gesehen hatte. »Die Sterne, Vernor. Das ist es, was uns gefehlt hat – Neuland. Es muß eine Möglichkeit geben, den VFG einzusetzen, um zu reisen, wohin wir wollen.«

Mick hatte recht. Die Erforschung des Alls hatte Jahre hindurch lahmgelegen. Man hatte ein paar Spießer zu den Planeten hin- und zurückgeschickt... und damit hatte es sich. Die Leute verloren das Interesse daran. Einer dieser Astronautentypen würde vom Mars zurückkommen und... »Nun, Mr. Geradeaus, es war unangenehm. Wir hatten vergessen, Steaks mitzunehmen, und die Beleuchtung war schlecht. Zwei Wochen lang konnte ich mich nicht rasieren. Das Grundgefühl, das ich hatte, als ich meinen Fuß auf den Planeten setzte, war ein Gefühl der Dankbarkeit gegenüber der amerikanischen Regierung, dies ermöglicht zu haben. Wir salutierten vor der Fahne, auch wenn Staubstürme dies erschwerten. Im ganzen gesehen würde ich sagen, daß es sich gelohnt hat, mich hinaufzuschicken, denn mir sind niemals so viele Frauen nachgelaufen wie nach meiner Rückkehr.«

»Wir danken Ihnen, Colonel.«

Die Verheißung der Sterne war dem Zugriff des Menschen auf Dauer entzogen, wie es schien. Die Technologie mochte vorhanden gewesen sein, aber die Regierung hatte sich nicht bereit gezeigt, die Risiken zu übernehmen. Aber jetzt gab es keine Regierung mehr... und mit dem VFG brauchte man nur ein bißchen vom Kurs abgedrängt zu werden, und man konnte, wo immer man wollte, wieder herauskommen. Wo immer man sich's erträumte.

»Ich bin dabei, Mick«, sagte Vernor.

Mick grinste. »Heute versuchen die Männer, Phizwhiz' Kabel zur Eastside zu kappen. Vielleicht wird's morgen schon sicher genug sein, hinüberzulaufen und den Professor zu besuchen.«

Gegen Mittag kehrten die meisten Angels zurück. Waxy's war inzwischen so etwas wie ein Offiziersklub geworden... und die Angels waren die Offiziere in Micks Armee. Die Aktionen des Tages waren erfolgreich gelaufen. Phizwhiz' Hauptkabel zur Eastside war unter dem Laufband der Fußgängerröhren verlegt gewesen. Die Angels hatten sich mit ihren Männern bis hinunter zu den Laufbändern vorgekämpft. Dort waren sie auf massiven Widerstand seitens der zahlreichen Reparatur-Roboter der Laufröhren gestoßen, aber schließlich waren die Maschinen nicht für kämpferische Auseinandersetzungen konstruiert worden und konnten somit innerhalb kürzester Zeit außer Gefecht gesetzt werden.

Eine Reihe Männer waren wahrscheinlich in den Tod gerissen worden, als Phizwhiz die Laufbänder unvermittelt in Höchstgeschwindigkeit hatte laufen lassen, doch hatten die verbleibenden Männer es fertiggemacht, ein größeres Stück der Lauffläche aufzustemmen. Darunter waren sie auf ein etwa fünf Fuß im Durchmesser messendes Koaxialkabel gestoßen, und man hatte den Rest des Tages darangesetzt, es mit Laserstrahlen durchzutrennen. Immer wieder waren Maschinen die Laufröhren entlang auf sie losgestürzt, aber das Kabel war unterbrochen worden.

Das nächste Problem würde sein, Phizwhiz' Roboter daran zu hindern, die Bruchstelle zu reparieren. Um dies zu verhüten, waren Barrikaden aufgebaut und eine große Anzahl bewaffneter Männer postiert worden. Für den Augenblick jedenfalls hatte Phizwhiz keine Kontrolle mehr über die Eastside.

Dies bedeutete, daß es jetzt gefahrlos sein würde, die Wasserwerke zu betreten, die Kläranlagen, die hydroponische Farm, das Cloning Centre, etc. und zu versuchen, das alles wieder zum Laufen zu bringen. Natürlich würde man mit den mikrowellen-kontrollierten Reparatur-Robotern zu kämpfen haben, allerdings hielt sich die Bedrohung, die sie darstellten, im Vergleich mit der einer ganzen Fabrik, in Grenzen. Außerdem

planten mehrere Abteilungen Männer, am folgenden Tag Phizwhiz' Mikrowellenantenne den Garaus zu machen.
Die Eastside einzunehmen und zu halten war nicht nur wegen der technischen Einrichtungen wichtig, sondern auch deshalb, weil die Roboter-Fabriken sich dort befanden ... und die waren rund um die Uhr in Betrieb gewesen. Es wurde spekuliert, daß Phizwhiz speziell konstruierte Killer-Roboter vom Band laufen ließ, die weniger verletzbar, gleichzeitig aber tödlicher waren als die Taxis und Reparatur-Roboter. Inzwischen war die Produktion dieser Killer-Roboter zum Stillstand gebracht worden, indem das Kontrollkabel unterbrochen worden war.
Im Waxy's herrschte eine Stimmung der Erleichterung darüber, daß der Tag erfolgreich verlaufen und Vernor zurückgekehrt war. Ein Toast um den anderen wurde ausgebracht, wurde getrunken, geraucht. Bald schon wirkte die Bar wie ein solider Hyperwürfel vierdimensionaler Raumzeit; so deutlich vermochte Vernor die nachschleppenden Teile sich bewegender Gegenstände wahrzunehmen.
Mit einemmal stand Mick mit einem aufgedonnerten Girl vor ihm. »Das ist Ramona«, sagte Mick. »Die dich oben am Himmel sah.«
Himmel? »Wie sah ich aus?« fragte Vernor.
»Astral«, antwortete sie und stubste ihn mit ihrer Brust an.
»Ich bin absolut obszön auf materieller Ebene, Darling«, brachte Vernor hervor.
Sie lächelte und küßte ihn.

Kapitel 23

Am Himmel

Als er in seinem Zimmer aufwachte, konnte er unten Stimmen vernehmen. Er ging hinunter und traf Mick und Oily Al.
»Gibt's hier irgendwas zu essen?« Die Dreamfoodhähne funktionierten noch, aber das Zeug, das rauskam, war natürlich vergiftet.
»Sicher«, meinte Oily Al und griff hinter sich in eine Kiste. »Welche Farbe?«
»Grün.« Vernor drückte sich die Tube rein. »Und jetzt? Meint ihr, wir finden heute den Professor?«
»Heute ist der Tag«, antwortete Oily Al, nahm seinen Laser und tätschelte ihn. »Viele gibt es nicht, die mit diesem Baby umgehen können«, sagte er stolz. Der Laser mußte um die sechzig Kilo wiegen. Al hatte ihn in einer Taxi-Fabrik, in der er vor dem Krieg gearbeitet hatte, mitgehen lassen. Das Gerät war benutzt worden, in der Fabrik dicke Schichten Plastik durchzuschneiden, aber der erfinderische Al hatte es in eine höchst wirksame Waffe verwandelt.
»Genau«, sagte Mick. »Du und ich und Oily Al werden heute in die Eastside und zum Lagerhaus des Professors ziehen.«
»Und was ist mit all den Lieferwagen und den Robotern?« fragte Vernor.
»Vielleicht wäre es klüger zu warten, bis die Mikrowellentürme niedergemacht sind.«
Mick blickte unbekümmert drein. »Pah! Wir halten uns einfach von den Straßen fern. Immer schön obenauf, kapiert?«
»Du bist der General«, meinte Vernor dazu.
Al reichte ihm jetzt einen Rucksack, der ihm, wie er meinte, noch gute Dienste leisten würde, und dann machten sie sich auf zur Eastside.
Vom Abend zuvor fühlte Vernor sich immer noch ein wenig betäubt. Auch hatte er diese unaufhörlich sich wiederholenden Träume... in denen ein Gedanke scheinbar die ganze Nacht hindurch um eine innere Zirkulare Skala herumreiste... ein Gedanke, der in diesem Augenblick aus seinem Bewußtsein hinausschrumpfte und sich dann in seinem Kopf von allen Seiten her wieder sammelte. Es war nicht unbedingt unangenehm, irgend etwas die ganze Nacht lang in einer Schlaufe wiederkehren zu lassen.

Es kam ihm vor, als hätte der Trip um die Zirkulare Skala in seinem Verstand irgend etwas auf Dauer verändert. Es gab nicht nur die schlaufenartig wiederkehrenden Träume, es gab Gedanken, mit denen man nicht rechnete, welche in voller Blüte auftauchten. Wo war, zum Beispiel, der Gedanke hergekommen, über dem Punkt des Zusammenpralls jener beiden Taxis in die Luft zu springen? Er hatte keinerlei Ahnung davon gehabt, daß er das geplant hatte, bis alles vorüber war. Es war nicht nur, daß er jetzt mehr Gedanken hatte, diese neuen Gedanken schienen in keinem kausalen Zusammenhang zu stehen mit seinen üblichen... obwohl es unmöglich war, sich da sicher zu sein.
Sie näherten sich der Gegend, wo Dreamtown in die Eastside überging. Immer weniger Leute zeigten sich, und nachdem Oily Al zwei Roboter und ein Taxi erledigt hatte, wußten sie, daß sie in Phizwhiz' Territorium eingedrungen waren.
»Was meinst du, wie weit es von hier aus noch ist, Vernor?« fragte Mick.«
»Mindestens noch zwanzig Blocks.«
Oily Al rechnete das kurz im Kopf und meinte dann: »Wir sollten uns besser in die Lüfte schwingen. Wenn wir hier unten bleiben, wird es pro Block ungefähr drei Salven kosten, um mit den Robotern fertig zu werden. Und die Energie, die dies Ding geladen hat, reicht gerade für dreißig Salven aus.« Er tätschelte seinen Laserstrahl.
In dieser Straße gab es noch vereinzelt Apartmenthäuser. Sie drangen in eines ein und stiegen die Treppen zum Flachdach hinauf. Die meisten Gebäude in diesem Teil der Eastside waren ungefähr gleich hoch, und es wäre nicht besonders schwierig gewesen, die zwanzig Blocks Distanz zurückzulegen, indem man sich einfach von Dach zu Dach voranbewegte – das heißt, wenn es keine Straßen und Gassen gegeben hätte, die die Gebäude voneinander trennten. Gewissermaßen konnten sie etwa fünfundvierzig Meter gehen, bis sie zwischen den Dächern an eine Lücke gelangten, die ungefähr zehn Meter maß.
Vernor beugte sich vor und peilte nach unten. Sie waren sieben Stockwerke hoch. Unten gab es eine schmale Straße mit ein paar nichtstuenden Robotern.
»Tja, Leute«, sagte er. »Ich bin sicher, ich könnte hinüberjumpen, aber wenn ich den armen Al mit seinem schweren Laser sehe...« Mick und Al schienen ihm überhaupt nicht zuzuhören.
Vernor war erschrocken. »Seid ihr völlig durchgedreht? Kein Mensch kann zehn Meter weit springen. Sollen wir unsere ganze Ausrüstung hier liegenlassen und versuchen zu springen, oder was?«
Mick sah ihn von der Seite her an. »Komm schon, Vernor, erzähl keinen

Scheiß. Pack mal deinen Rucksack aus. Oily Al hat uns dreien Flugmaschinen gebaut.«
Oily Al, ein Thomas Edison seiner Zeit, war in den Vorkriegstagen darauf versessen gewesen, aus allem möglichen Krimskrams, den er in der Fabrik zusammenklaubte, verschiedene gefährliche Gerätschaften zu konstruieren. Vernor erinnerte sich jetzt, daß er eine Art Rakete gebastelt hatte, die er zu nächtlicher Stunde im Park testete. Tatsächlich hatte er niemals eine dieser Raketen zu Gesicht bekommen, und er war sich sicher darin, daß sie niemals unter derart harten Bedingungen wie in sieben Stockwerken Höhe und über eine Distanz von neun Metern Straßenpflaster getestet worden waren.
Vernor öffnete seinen Rucksack. Er enthielt mehrere Röhren, von denen einige zischende Geräusche von sich zu geben schienen. Mit raschen Griffen setzte Oily Al die Röhren zusammen, bis er drei T's vor sich hatte. Eines für jeden von ihnen. Der nach oben gerichtete Teil eines jeden T's bestand aus einer etwa vier Fuß langen und siebeneinhalb Zentimeter im Durchmesser messenden Röhre; an den Seiten hatte sie kleine Schlitze sowie eine verstellbare Lochblende am einen und eine massive Querstange am anderen Ende befestigt.
»Eine nicht gerade vertrauenerweckende Rakete«, wagte Vernor zu äußern.
»Muß es auch gar nicht«, strahlte Oily Al, »und es ist auch keine Rakete. Vielmehr eine Antirakete. Es saugt. Mick, zeig's ihm mal.«
Mick klemmte sich den nach oben weisenden Teil des T's zwischen die Beine, mit der Querstange hinter sich. Auf diese Querstange setzte er sich, und das mit der Lochblende versehene Ende der mit kleinen Schlitzen übersäten Röhre ragte steil gen Himmel. Er griff nach oben und bewegte einen Hebel, um die Lochblende, die sich am oberen Ende der Röhre befand, ein ganz klein wenig zu öffnen.
Mit einem Ruck nahm die Röhre eine vertikale Position ein und hob Mick langsam in die Höhe. Als er etwa sechs Meter über ihnen trieb, drückte er die Röhre mit den Händen nach vorn und mit seinen Oberschenkeln nach hinten, so daß die Röhre sich nicht länger in der Vertikale befand. Sie trug ihn weiter in die Höhe, jetzt aber in schräger Richtung. Es währte nicht lange, und Stones schwebte über dem Dach auf der anderen Seite der Straße. Er ließ die Röhre wieder in die Vertikale zurückkehren, verringerte die Öffnung der Lochblende und landete auf dem Dach. Mit breitem Grinsen auf dem Gesicht peilte er zu Vernor herüber und winkte.
»Kapiert?« fragte Oily Al. »Dieser Hebel öffnet und schließt das Loch am oberen Ende. Die Luft wird hineingesogen, und das Saugen hebt dich in die Höhe. Das ist das ganze Geheimnis.« Al schwieg einen Augenblick,

um seine Antirakete zu besteigen. »Kannst du dir vorstellen, daß die Flaschen in der Fabrik diese Dinger benutzten, um ein Belüftungssystem zu betreiben?«

»Wie funktioniert'n das?« fragte Vernor fasziniert. »Wie kommt das Saugen zustande?«

»In jedem Rohr ist ein kleines Schwarzes Loch untergebracht«, erläuterte Al. »Jegliche Materie verschwindet einfach darin. In ein paar tausend Jahren wird dieser Sauger die gesamte Atmosphäre aufsaugen.«

Vernor wollte noch weitere Fragen stellen, aber vom übernächsten Dach her näherten sich ihnen mehrere Dachdecker-Roboter. Vernor schnallte sich den leeren Rucksack auf den Rücken und bestieg die Querstange seines T's. »Sachte mit der Regelung«, rief Al ihm noch zu. Aber es war schon zu spät.

Bei seiner Unerfahrenheit mit der Empfindlichkeit des Hebels hatte Vernor die Öffnung am oberen Ende seiner Kraftröhre viel zu weit aufgemacht. Er schoß mehrere hundert Meter senkrecht in die Höhe, bevor es ihm gelang, die Öffnung zuzudrehen.

Mick war eine winzige Gestalt auf dem Dach auf der anderen Straßenseite, und Al befand sich auf dem Scheitelpunkt einer gekonnten parabelförmigen Flugbahn, die ihn in wenigen Sekunden neben Mick aufsetzen lassen würde. Vernor jedoch fiel wie ein Stein dem Roboter auf dem Dach unter sich entgegen.

Er probierte das Loch seines Saugers ein ganz klein wenig aufzudrehen, und wieder übertrieb er es und schoß nach oben, diesmal noch höher als das erste Mal. Immerhin gelang es ihm allerdings, die Öffnung nicht ganz zu schließen, sondern ein Loch zu lassen, das gerade groß genug war, sein Gleichgewicht zu finden.

So saß er denn auf seinem T-förmigen Fluggerät da und klammerte sich an das Kraftrohr, viele hundert Meter über der Straße. Mick und Al schienen zu bersten vor Lachen, obwohl das aus dieser großen Distanz schwer zu sagen war. Zur Hölle mit ihnen.

Seine angespannten Muskeln lockerten sich ein wenig, und er brachte es fertig, sich ein bißchen umzusehen. Nach allen Seiten hatte er die schönste Aussicht. Vor ihm breitete sich die Eastside aus, Fabrikgebäude und Warenhäuser in verschiedensten Formen, die wie das Innere eines altmodischen Radios eng aneinandergepackt waren. Die städtischen Wohnbezirke lagen hinter ihm... links Dreamtown mit seinen Apartmenthochhäusern und rechts das an den Fluß grenzende Gebiet, wo die Fabrikarbeiter wohnten.

Als er seinen Kopf weit nach vorn reckte, konnte er zwischen den Arbeitersiedlungen das silberne Band des Flusses ausmachen; und jenseits des

Flusses stiegen die Bürotürme des Geschäftsviertels in die Höhe. Zwischen ihm und dem ungefähr fünf Meilen hinter ihm liegenden EM-Gebäude gab es nichts als Luft.
Er konnte die Bänder und Flecken gleichförmiger Siedlungen erkennen, die die städtischen Bezirke ringförmig umgaben. Meile um Meile setzten sie sich fort... ein Vorstadtmeer, das hier und da von anderen städtischen Zentren durchsetzt wurde. Die City.
Das alles war so *groß*. Sicher, die Dreamtown eines dieser Zentren mochten sie wohl organisieren... aber alles übrige? Mach dir keine überflüssigen Gedanken, schien ihm eine innere Stimme zu sagen, das Leben anderer Leute brauchst du *nicht* zu organisieren. Aber was ist, wenn sie Arschlöcher sind? fragte er. Und was ist, wenn *du* eines bist? gab die Stimme zur Antwort.
Ein leichter Windstoß hatte ihn über den Häuserblock getrieben, auf dessen Dächern Mick und Al standen. Ganz vorsichtig schloß Vernor die Kraftrohröffnung ein bißchen mehr und trieb nach unten.

Kapitel 24

Platz

Vernors Umgang mit seiner Antirakete... Oily Al nannte sie tatsächlich Sauger... wurde gleichmäßiger, und bald schon hüpften alle drei gleichzeitig über mehrere Blocks auf einmal.

»Was war denn das Höchste, das du jemals geschafft hast?« fragte Vernor Al bei einem ihrer Hopser. Bis auf das Rauschen der Luft, in die Röhre hinein und an den Reitern vorbei, funktionierten die Sauger lautlos, folglich war es nicht allzu schwer, sich zu unterhalten.

»Ein paarmal schon über die Wolken hinaus«, antwortete Al. »Wobei, dort oben wird es ganz schön kalt. Auch windig. Einmal hab ich in 'ner Wolke drinnen völlig die Kontrolle verloren und kam volle Pulle senkrecht nach unten wieder rausgeschossen.« Oily Al kicherte. »Und als ich das Ding wieder hochzog, fetzte mir die Schwerkraft die Querstange ab... ich klammere mich also an die Kraftröhre, als ginge es um mein Leben. Meine Hände rutschten ab, und ich kam nicht an die Lochblende dran...«

Vernor hatte mit einemmal jegliches Interesse an der Unterhaltung verloren, und er fing an, die Gebäude vor ihnen in Augenschein zu nehmen. »Schau mal, Mick«, brüllte er, »dort drüben liegt die Plastikfabrik.«

»Ja. Laßt uns landen und uns orientieren.«

Sie landeten auf dem tonnengewölbten Fabrikdach. Sie konnten vernehmen, wie sich innen Roboter hin- und herbewegten. »Da ist die Straße, die wir in der grünen Minna langgefahren sind«, sagte Mick und zeigte mit dem Arm darauf.

Vernor nickte mit dem Kopf, und sie fingen an, über die Dächer der Gebäude, die die fragliche Straße säumten, weiterzuhopsen. Bald hatten sie die Stelle erreicht, wo die Bombe des Professors das Straßenpflaster angekratzt hatte. Und dort befand sich die Gasse, durch die sie geflüchtet waren.

Ein letzter Hopser mit den Saugern, und schon waren sie auf dem Lagerhaus, welches das Versteck des Professors enthielt. »Sollen wir uns gewaltsam Zutritt durchs vordere Tor verschaffen?« meinte Vernor.

»Lieber nicht«, erwiderte Mick. »Möglicherweise braucht er das Tor noch. Laßt uns durchs Dach eindringen. Al?«

Oily Al hob unsicher seinen Laser. »Das wird 'ne Menge Energie verbrauchen. Um ein Loch zu schneiden, durch das wir durchpassen, werd ich mein Baby ein paar Minuten lang ununterbrochen laufen lassen müssen.«

»Nun hör schon auf, Roboter werden wir keine mehr umlegen müssen«, antwortete Mick. »Sobald uns was in die Quere kommt, drehen wir unsere Sauger auf und machen uns davon.«

»Okay«, meinte Al und schaltete seinen schweren Industrielaser ein. Voll aufgedreht, hatte er innerhalb weniger Minuten einen Kreis durch das Dach geschnitten, obwohl der Strahl, bis zu dem Augenblick, wo die ausgeschnittene Scheibe Dachmaterial ins Lager hinabstürzte, deutlich schwächer geworden war.

Sie blinzelten ins Innere des Lagers; es war das richtige.

»Hallo! Professor!« rief Vernor aus Leibeskräften, aber alles, was zurückkam, war das Echo seiner Stimme.

»Seine Kammer ist schalldicht gemacht«, bemerkte Mick.

»Ach ja«, erinnerte sich Vernor. »Nun gut, lassen wir uns auf den Saugern hinuntergleiten.«

Wenige Augenblicke später standen die drei in den Gängen des düsteren Lagerhauses, welches einzig durch das in knapp zwanzig Metern über ihnen liegende Loch, durch das die Sonne einfiel, beleuchtet wurde. Wie damals auch wurden sie von fünfzehn Meter hohen Kistenstapeln umgeben.

»Ich glaube, es geht hier entlang«, sagte Vernor und lenkte seine Schritte in einen der Gänge hinein. Mick und Al stiefelten gut zwanzig Meter hinter ihm her, dann blieb er stehen. »Ich weiß nicht recht«, sagte er, »vielleicht war es doch...«

Er wurde von einem plötzlichen Getöse unterbrochen. Ein gigantischer Gabelstapler kam den Gang hinuntergerumpelt und hielt auf sie zu. Al wirbelte herum und gab ein paar Strahlenstöße aus seiner Kanone ab, aber die Maschine war so mächtig, und der Laserstrahl so schwach, daß die Salven nichts ausrichteten. Geschwind flogen sie auf ihren Saugern unters Dach.

Zuerst sah es so aus, als wären sie außer Reichweite der Maschine, aber dann schoben sich die Zinken des Gabelstaplers bis etwa auf drei Fuß Distanz von dem Flachdach weg in die Höhe. Mit mörderischer Geschwindigkeit rauschte die Maschine auf sie zu. Eine Hoffnung, sie mit Hilfe geschickter Manöver ihrer Sauger zu überlisten, gab es nicht – diese Geräte waren für Auf-und-Ab-Bewegungen in offenem Raum gedacht. Flink retteten sie sich auf einen der Kistenstapel und schalteten die Sauger aus.

Das Obere des Stapels bildete eine quadratische Fläche von vielleicht fünfzehn Quadratmetern. Solange sie sich also von den Kanten weghielten, waren sie vor dem Gabelstapler in Sicherheit.
»Wir müssen durch das Loch wieder raus und abwarten, bis die andern die Mikrowellentürme ausgeschaltet haben«, sagte Oily Al. »Am besten springen wir auf der anderen Seite vom Stapel und schleichen uns um das metallene Monster herum und weg.«
Als ob er ihn gehört hatte, zog der Gabelstapler drei Kisten aus einer Seite des Stapels, auf dem sie sich duckten, rollte genau unter dem Loch, welches sie ins Dach geschnitten hatten, in Position und zwängte die Kisten so unter die Decke, daß die oberste in ihrem Fluchtloch klemmte.
»Verdammte Scheiße«, fluchte Mick und durchbrach ihr bestürztes Schweigen. Der Gabelstapler kam zurück und fuhr fort, ihren Stapel methodisch zu demolieren; er transportierte Kisten ihres Stapels, um sie auf andere Stapel zu verteilen, und das mit unermüdlichem Eifer.
Als ihr Stapel bis auf die Dicke von ein paar wenigen Schachteln abgebaut war, sprangen sie auf der anderen Seite hinunter; dabei polsterten sie den Fall mit den Saugern, die sie anschließend benutzten, um sich auf den Gipfel des nächsten Stapels zu liften. Die Maschine beendete das Verteilen der Kisten, die vom alten Stapel noch übrig waren und machte sich dann daran, ihr neues Territorium anzunagen.
»Siehst du, was dieses Scheißding macht?« sagte Vernor. »Es wird am anderen Ende des Lagerhauses aus all diesen Kisten einen soliden Block errichten, damit es an diesem Ende Jagd auf uns machen kann.«
»Das ist mal wirklich bescheuert«, jammerte Oily Al. »Ich meine, wenn mir wirklich ernsthaft daran läge, könnte ich wahrscheinlich die Kiste aus unserm Loch rausholen.«
»Dann tu mal so, als läge dir ernsthaft was daran, Oily«, schlug Vernor vor. Al brachte den Laser in Position und drückte den Abzugsknopf. Eine Ecke der Kiste wurde leicht versengt, dann gab der Laser endgültig seinen Geist auf.
In genau diesem Augenblick spitzte sich die Bösartigkeit der Situation zu, denn die nächste Ladung Kisten, die der Gabelstapler wegbewegte, offenbarte den Professor, der mit einem Buch in der Hand in einem Sessel saß.
»Aufgepaßt, Professor!« schrie Vernor und sprang nach unten und ihm zu Hilfe. Im selben Augenblick war die Maschine herangestürzt und erwischte Vernor mit einer ihrer Zinken. Er hatte sich weit nach vorne gelehnt, um in tollkühner Douglas-Fairbanks-Manier den Professor zu schnappen und davonzutragen, und wurde folglich von seinem Sauger gestoßen. Dieser schoß ab unter die Decke, und Vernor fiel auf Kurtowskis Schoß. Wie triumphierend kamen die Zinken des Gabelstaplers be-

drohlich schnell auf sie zu. Vernor warf noch einen raschen Blick auf das Gesicht des Professors, um mitzubekommen, wie der gebildetste Mensch, den er kannte, dem Tod entgegenblicken würde.
»Das ist nun *wirklich* genug, Vernor«, sagte Kurtowski, stand auf und ließ Vernor mit von Abscheu erfülltem Blick auf den Boden plumpsen.
»Paß auf!« kreischte Vernor und drückte sich, in Erwartung des knackenden Geräuschs der Gabelstaplerzinke auf dem Schädel des Professors, dicht an den Boden. Aber es gab kein knackendes Geräusch.
Es gab Stille, die schließlich von Oily Als Brüllen »Lauf, Vernor, lauf!« durchbrochen wurde. Dann schüttelte er sich vor hilflosem Gelächter. Der Gabelstapler hatte aufgehört zu funktionieren.
Vernor stand auf. »Schätze, die haben gerade die Mikrowellenantenne runtergeholt«, sagte er, ein wenig einfältig und an niemanden speziell gerichtet. Der Professor stand vor ihm und blickte von Vernor zum Gabelstapler und dann zu Mick und Oily Al, die fünfzehn Meter über ihnen schwebten. Schließlich lächelte er Vernor an.
»Und du hast Phizwhiz auf den Arm genommen?« fragte er.
»Ja«, bestätigte Vernor, »wir sind um die ganze Zirkulare Skala herumgeschrumpft. Was mir Kopfzerbrechen bereitet hat, ist, wie habe ich es fertiggebracht, jetzt zurückzukehren, anstatt in der Zukunft? Immerhin war, als wir halb so groß wie das Universum waren, eine Sekunde unserer Zeit soviel wie eine Milliarde Jahre Erdzeit. Aber, hier bin ich.«
»Da hast du dir ja was ausgedacht...«, sagte der Professor. »Was noch?«
»Ich frage mich, was es in meinem Kopf bewirkt haben mag, dem ich diese Skalenschlaufe hinzufügte«, antwortete Vernor. »Phizwhiz verpaßte es eine Seele, oder freien Willen, oder *irgend*was. Aber was es bei *mir* bewirkt hat, da komme ich nicht so recht dahinter.«
»Vielleicht solltest du Phizwhiz fragen«, entgegnete der Professor.
»Er redet ja nicht mehr«, widersprach Vernor. »Alles, was er aussendet, ist diese Art durchdringenden statischen Lärms. Davon abgesehen, sind *Sie* derjenige, den es zu fragen gilt.«
Kurtowski zuckte die Achseln. »Wir können daran arbeiten. Obwohl du deine eigenen Antworten brauchst, nicht meine.« Er sammelte ein paar Papiere zusammen und rief dann zu den anderen hinauf: »Solange die Roboter den Geist aufgegeben haben, laßt uns zu meinem Labor hinübergehen. Ich bin jetzt wochenlang hier dringewesen. Jedesmal, wenn ich versuche, irgendwohin zu gehen, versucht irgendeine Maschine, mich umzubringen. In meinen Augen stellt dies einen nur geringfügigen Vorteil dar gegenüber dem Trachten der anderen Seite, mich zu meiner eigenen Sicherheit im Gefängnis zu verwahren.«

Kapitel 25

High Splits

Der Weg zu Kurtowskis Labor verlief ohne Zwischenfälle. Jetzt, wo das Koaxialkabel und die Mikrowellentürme ausgeschaltet waren, waren die Maschinen in der Eastside nicht länger von einer bösartigen Intelligenz besessen... Sie waren einfach nur Maschinen.

Den überwiegenden Teil der Gerätschaft im Laboratorium hatten die Behörden unangetastet gelassen, und Oily Al fühlte sich wie ein kleiner Junge im Spielzeugladen. Es dauerte nicht lange, und er machte sich daran, mit dem Materie-Degenerator des Professors zu spielen, eine Vorrichtung, die kleine Schwarze Löcher produzierte. Was immer man in greifbarer Nähe hatte, warf man in den Trichter, öffnete die Stromzufuhr und WAMM!... In was immer man hineingeworfen hatte, es wurde ein Schwerkraftkollaps ausgelöst. Ein Schwerkraftkollaps ereignet sich immer dann, wenn alle Requisiten (Winkelmoment, Ladung, Äquivalenzprinzip, Resonanzquellen etc.), die Materie aufrecht erhalten, aus dem Wege geschafft sind und als einzige wirkende Kraft die gegenseitige Schwerkraftanziehung der Masseteilchen übrigbleibt.

Das Endresultat eines Schwerkraftkollapses ist eine Singularität in der Raum-Zeit-Mannigfaltigkeit... ein Punkt, an dem die Gesetze der Physik nicht länger greifen und tatsächlich Unendlichkeiten entstehen. Gemäß dem Prinzip der kosmischen Zensur wird eine solche nackte Singularität stets von einem Ereignishorizont verhüllt, der einen daran hindert, wie immer geartete Signale von der Singularität zu empfangen. Eine von einem Ereignishorizont eingehüllte Singularität sieht aus wie ein schwarzer Ball, und jedwedes Teilchen oder Lichtsignal, das in diese Sphäre eindringt, kehrt niemals zurück. Diese Bälle aus Nichtsein nennt man Schwarze Löcher. Die Vorstellung, daß es im äußeren All sternengroße Schwarze Löcher gab, war bereits seit längerem allgemein bekannt, aber es war nur wenige Jahre her, daß Kurtowskis Feldamplifikations-Experimente zur Schaffung kleiner Schwarzer Löcher unter Laborbedingungen geführt hatten, wie jene, die Oily Als Himmelssauger antrieben.

Oily Al war entzückt, eine Gelegenheit zu haben, um mit der Maschine, die diese kleinen Schwarzen Löcher produzierte, herumzuspielen. Er zerbrach sich den Kopf darüber, wie er sie in eine tragbare Waffe umwandeln könnte... Seinen Widersacher in einen Ereignishorizont einzuwickeln, wäre gewiß eine äußerst wirksame Methode, ihn sich vom Halse zu schaffen.

Mick hatte es sich zu einer weiteren Sitzung mit der Sphärenmusik gemütlich gemacht. Den galaktischen Signalanalysator hatte er bis zum Anschlag aufgedreht und kauerte sich, die Kopfhörer auf den Ohren, neben die Maschine. Von Zeit zu Zeit gab er begeisterte Laute von sich, wenn er etwas wiedererkannte, das er vom Skalenschiff aus gesehen hatte.

Vernor und der Professor hatten auf einer ramponierten Couch Platz genommen, die neben der Stelle stand, wo sich der VFG-Aufbau befunden hatte, bevor die Bullen ihn ins EM-Gebäude geschafft hatten. »Vernor«, sagte der Professor gerade, »eigentlich könnte ich's dir ja sagen: Ich habe keinerlei Ahnung, was der VFG überhaupt *bewirkt.*«

»Er läßt Sachen schrumpfen«, erwiderte Vernor.

»Gut. Aber was ist das, schrumpfen? Es gibt viele Möglichkeiten, das zu betrachten. Eine Sicht, die mir nicht unvernünftig scheint, ist die, daß das Schrumpfen dadurch bewerkstelligt wird, daß man etwas in einer Richtung bewegt, die zu allen Richtungen, in die wir in unserem dreidimensionalen Raum zeigen können, lotrecht steht. Man wird kleiner, weil man *weiter weg* ist.«

Vernor blickte verdutzt drein, und der Professor vesuchte es noch einmal. »Wenn du aus einem Fenster guckst und einen Mann siehst, der viel kleiner wird, was schließt du dann daraus?«

»Daß er von meinem Fenster wegspaziert.«

»Richtig. Ich stelle mir vor, daß unser dreidimensionaler Raum ein Fenster in den vierdimensionalen Raum darstellt. Wann immer der VFG in unserem ›Fenster‹ etwas schrumpfen läßt, tut er das, indem er es in Richtung einer vierten Dimension von uns wegbewegt.«

Aus Oily Als Ecke kam ein heiseres Grunzen, dann ein hoher singender Ton, der gleich darauf in Stille überging.

Der Professor lachte stillvergnügt in sich hinein. »Was ist passiert?« rief Vernor.

»Habe eines durch den Fußboden fallen lassen«, erwiderte Al.

»Was fallen lassen?« fragte Vernor und ging zu Al, um zu gucken.

»Ich habe da so ein kleines Schwarzes Loch gemacht und versucht, es mit der Magnetzwinge zu bewegen, aber es fiel geradewegs durch den Fußboden.« Es gab einen vollkommen runden kleinen Tunnel, der durch den Fußboden nach unten führte. Es schien nichts zu geben, das das Schwarze Loch daran hindern würde, sich durch den Erdball hindurch und wieder zurück zu fressen. Alles, was mit ihm in Berührung kam, würde in der Singularität in seinem Inneren verschwinden.

»Könnte das ernsthaft gefährlich werden?« fragte Al den Professor. Er war sichtlich nervös.
»Nein«, antwortete der Professor. »Es verfügt über eine eingebaute Instabilität. Bevor es zuviel frißt, wird es platzen. Das nächste Mal solltest du dir's mal auf die Füße fallen lassen.«
Die Krise war ausgestanden, Vernor kehrte zur Couch zurück, und Al fing erneut zu spielen an, jetzt allerdings mit übertriebener Vorsicht.
»Was du da eben gerade gesagt hast«, nahm Vernor die Unterhaltung wieder auf, »daß der VFG mich schrumpfen ließ, indem er mich in eine Richtung bewegte, die lotrecht zu unserer Raumzeit steht. Wäre diese neue Richtung in einen riesigen Kreis gekrümmt, würde das zur Zirkularen Skala passen.«
Der Professor verharrte mehrere Minuten lang in Schweigen, schließlich antwortete er. »Überleg mal, Vernor, weshalb bist du eigentlich so sicher, daß du zur selben Erde zurückkehrtest, von der du losgereist bist?«
»Es gibt nur eine Erde, Professor, und das ist diese hier«, entgegnete Vernor.
»Das stimmt freilich. Erinnerst du dich, wie dir die Elektronenwolke vorkam?«
Mick hatte aufgehört, Sphärenmusik zu hören, und war zu den anderen hinübergeschlendert, um sich zu ihnen zu setzen. »Ich erinnere mich«, warf er ein. »Sie sah so aus, wie man *dachte*, daß sie aussah.«
»Das ist richtig«, antwortete der Professor. »Auf gewissen Ebenen gibt es keine objektive externe Realität. Es gibt lediglich eine Wahrscheinlichkeitsfunktion, die mit eueren Gehirnen, mit dem, was euch im Kopf umgeht, in Wechselwirkung steht, um Illusionen zu erzeugen.«
»Moment mal«, protestierte Vernor. »Das, was ich sehe, ist auch das, was es ist. Für mich jedenfalls.« Diesen Gedankengang mochte er nicht.
»Nun stell dir aber mal vor, Vernor, jemand würde *dich* beobachten. Vielleicht bötest du ein Erscheinungsbild, als existiertest du in vielen Zuständen gleichzeitig.« Der Professor blickte Vernor komisch von der Seite her an. »Erinnere dich, daß die Welt, in der du dich jetzt befindest, auf einer Ebene *unterhalb* der atomaren Ebene gefunden wurde.«
»Weißt du noch, all jene verschiedenen Hypersphären?« warf Mick ein. »Er meint, jede einzelne davon war ein alternierendes Universum!«
Der Professor nickte zustimmend. »Das Herumtreiben im Hilbertraum. Und ist dir aufgefallen, daß du, da sie glänzten, in jeder einzelnen ein Bild hattest?«
»Nun mal langsam«, unterbrach Vernor. »Willst du damit sagen, daß ich in viele verschiedene Universen gleichzeitig zurückkam? Warum sehe ich dann nur eines?«

»Du *denkst* nur, daß es das einzige ist«, erklärte der Professor. »Aber in allen anderen denkst du das ebenfalls.«
Vernor fühlte sich völlig verwirrt. »Wenn es so ist, was macht ihr dann eigentlich hier? Ich meine, wenn dies nicht dieselbe Erde ist, die ich verließ, wie kamt ihr dann hierher?«
»Unsere Gehirnzustände, mein lieber Vernor, sind aneinandergekoppelt«, antwortete der Professor und bewegte seine Hand zwischen ihren drei Köpfen hin und her. »Wie es mir in jenem Augenblick klar wurde, als du drüben im Lagerhaus auf meinen Schoß gefallen bist. Wochenlang war ich allein da drin, weißt du.«
»Und abgekoppelt«, schlug Mick vor.
Wieder nickte der Professor mit dem Kopf. »Im Grunde genommen hatte ich schon immer geglaubt, daß ich in vielen parallelen Welten existiere, aber gegen Ende jener zwei Wochen...« Lächelnd brach er den Satz ab und wandte sich dann Vernor zu. »Dies ist *dein* Traum Vernor, bist du bereit aufzuwachen?«
Um Vernor herum schien sich ein Abgrund zu öffnen. Einen Augenblick lang vergaß er die Namen der Dinge, die ihn umgaben. Der innere Monolog, durch den die äußere Realität als einzigartig definiert wird, brach ab. Es gab kein Gefühl der Panik, eher ein Gefühl grenzenloser Freiheit. Ein Gegenstand bewegte sich auf ihn zu, und er nahm/nahm ihn nicht SCHNITT er blinzelte/blinzelte nicht SCHNITT und fing an zu sprechen/verharrte in Schweigen. Welcher? In irgendeiner Welt sagte er: »Fühlen Sie sich immer so?« zu einem Professor Kurtowski, der ihm »...was?« zur Antwort gab.
»Wie kriegst du jemals irgend etwas erledigt?« fuhr Vernor fort und erhielt dieselbe unendliche Antwort, die sich an die unendlichen Nuancen, die seine Frage annahm, perfekt anpaßte.
»Es erledigt sich von selbst...« sagte Mick Stones, als Vernor SCHNAPP! wieder zur Einzelvision zurückkehrte. Mick und der Professor saßen auf der Couch, und er saß neben ihnen auf einem Stuhl. Vernor öffnete den Mund und schloß ihn dann wieder.
»Du siehst also«, fuhr der Professor fort, »es ist überhaupt nicht sicher, daß dein Trip darin bestand, einen Skalenkreis zu umrunden. Ich bin eher geneigt, zu denken, daß du statt dessen aus einem ›Fenster‹ hinausgesprungen bist und in ein anderes hinein.«
»Und das würde erklären, warum ich nicht eine Milliarde Jahre in der Zukunft gelandet bin?« fragte Vernor schleppend.
»Du magst aus dem Fenster gesprungen sein, aber du behieltest deine Brille auf der Nase«, schlug Mick mit spöttischer Aufrichtigkeit vor.
»Zum Teufel noch mal, ich habe gesehen, wie ich die Zirkulare Skala

umrundete«, wiederholte Vernor. Das ist jedenfalls, wie das Universum *beschaffen sein sollte.* Keine Materie, nur Form. Kein Groß und kein Klein... Jede Ebene findet sich genau in der Mitte. Eine Galaxis, ein Mensch und ein Atom sind gleichermaßen wichtig. Eine Milliarde Jahre paßt in eine Nanosekunde.«

»Es ist ein hübsches Universum, Vernor«, sagte der Professor freundlich. »Es ist nur nicht das einzige. Aber du hast recht. Für dich, für alle hier aneinandergekoppelten Gehirnzustände ist die Skala zirkular, ist sie kreisförmig. Nun gut. *Wie oben, so unten.*«

Es gab ein lautes Krachen, und Oily Al brüllte: »Ducken!« Vernor wandte sich um und sah einen tiefschwarzen Ball auf seinen Brustkasten zufliegen. Er warf sich zu Boden, und der Gegenstand segelte über ihn hinweg und, ohne seine Geschwindigkeit zu verringern, durch die Wand auf der anderen Seite des Labors hindurch.

»Al«, sagte der Professor, »du bist ein wandelndes, sprechendes Argument für ein Revival der Bewegung für öffentliche Sicherheit.«

»Auf diese Weise können wir Phizwhiz erledigen«, sagte Al, indem er sich zu den anderen gesellte. »Einfach Schwarze Löcher durch ihn hindurchschießen.«

Vernor spürte die gerechtfertigte Verärgerung jemandes, der soeben um Haaresbreite seinem Tod entgangen war. »Phizwhiz besteht aus dreihundert, über die ganze Welt verteilten Installationen.«

Oily Al blieb gelassen. »Gut, bleiben wir einfach hier stehen und werfen ungefähr dreihundertmal schwarze Löcher in die richtige Richtung.«

»Und was ist mit den Leuten, die zufällig im Weg herumstehen?« begehrte Vernor zu wissen. »Haben die einfach nur Pech gehabt?«

»Sobald der Herr soweit ist, mache dich bereit«, zwitscherte Mick.

»Gar keine schlechte Idee«, sinnierte der Professor, »aber, Al, es würde schwierig sein, mit ausreichender Genauigkeit zu zielen. Wie dem auch sei, ich denke, es gibt eine bessere Methode, um mit Phizwhiz fertig zu werden.« Er blickte Vernor an.

»Sag es nicht, laß mich raten«, sagte Vernor erregt. »Ich soll zurück zum EM-Gebäude und mich mit ihm anfreunden, obwohl er jeden, den er sieht, umbringen möchte.«

»Den ganzen Weg brauchst du gar nicht zu machen«, meinte Mick beschwichtigend. »In Dreamtown gibt's ja ein Terminal. Du und Phizwhiz, ihr könntet euch bestimmt füreinander erwärmen, indem ihr euch über euren Trip unterhaltet.«

»Aber er redet doch *überhaupt nicht* mehr«, protestierte Vernor.

»Dann stöpsel dich doch ein«, sagte der Professor schlicht und einfach. Einstöpseln. Vernor befühlte den Sockel an seinem Schädel.

»Klar«, sagte er eisig, »mein Gehirn mit einer Maschine zusammenzustöpseln, deren ausdrückliche Absicht es ist, die menschliche Rasse zu vernichten. Das ist wirklich eine großartige Idee, Professor.«

Oily Al hingegen war von dem Vorschlag völlig hingerissen. »Mach dir nicht die Hosen voll, Junge, wir können eine Scheinwiderstandblockierung einbauen, um den plötzlichen Spannungsanstieg herunterzutransformieren, einfach für den Fall, daß er dich grillen möchte. Es wird so sicher für dich sein, wie es das in den alten Tagen für uns alle war. Ein Kaliber wie du sollte imstande sein, mit allem möglichen fertig zu werden, solange wir die Voltzahl niedrig halten.«

Alle guckten ihn an. »Warum nicht niesen, Rose Selavy«, murmelte er vor sich hin. Dann erwiderte er: »Fragt mich morgen früh noch mal.«

Kapitel 26

Das Eine und das Viele

Und dann ergab es sich, daß keiner mehr daran dachte, Vernor am nächsten Morgen zu fragen. Als er aufwachte, war Al bereits nach Dreamtown gezogen, um das Terminal vorzubereiten. Es war geplant, daß Mick im Labor bleiben sollte, damit Professor Kurtowski seinen Himmelssauger benutzen konnte, um Vernor nach Dreamtown zu begleiten.

»Ich werd's mir ansehen, mein Junge«, sagte Mick und schaltete einen Hollow-Empfänger an, der in einer Ecke stand. Das vertraute, hirnverbrennende elektronische Geräusch des neuen Phizwhiz erfüllte den Raum, und die dazu passenden visuellen Muster tanzten um den Hollow-Empfänger herum. Vernor brachte es nicht fertig, dem lange zuzusehen, ohne sich benommen und angeekelt zu fühlen.

»Ich würde das mit dem Zusammenstöpseln ja selbst erledigen«, meldete sich Kurtowski, »aber ich habe keinen Sockel. Na ja, immerhin bist du derjenige, der bei Phizwhiz war, als er sich veränderte, Vernor. Wer weiß, vielleicht freut er sich, dich zu sehen.«

Sie machten sich startbereit, aber Mick hielt sie zurück. Er umarmte Vernor und klopfte ihm auf den Rücken. Dieses eine Mal fand Mick keine Worte. Noch einmal klopfte er ihm auf den Rücken, dann wandte er sich um und ging zurück ins Labor. Vernor und der Professor befanden sich auf der Straße.

Der Weg zum Phizwhiz-Terminal in Dreamtown verlief ereignislos. Eine kleine Gruppe Angels, die das umliegende Gebiet von den letzten Robotern gesäubert hatte, erwartete sie dort. Oily Al wartete an der Schalttafel im Gebäudeinneren.

»Alles bereit, Vernor«, sagte er.

Vernor nickte und Al ging hinaus. Er schloß die Tür hinter sich, um Vernor und den Professor vor der riesigen Schalttafel alleine zu lassen. Oily Al hatte von der Schalttafel aus ein Koaxialkabel mit einer Scheinwiderstandblockierung verbunden. Ein anderes, von der Scheinwiderstandblockierung wegführendes Kabel baumelte vor Vernor. Noch wenige Minuten, und er würde es in seinen Schädel stöpseln und mit dem vollbewußten und unglaublich mächtigen Wesen namens Phizwhiz in direkte und vollständige Kommunikation treten.

»Kannst du dich an das erinnern, was ich gestern abend sagte, Vernor?« wollte der Professor wissen.
»Du meinst, das mit den vielen Universen? Sicher.«
»Ich glaube, du solltest diesen Gedanken als deine primäre Verteidigungstaktik anwenden. Für dein Meeting mit Phizwhiz gibt es viele mögliche Resultate. Solltest du merken, daß du in einen Zeitstrom gerätst, der dich mitreißt in deinen Tod, dann mußt du SPRINGEN, und zwar schnell. Wenn du in ein dir wohlgesonnenes Universum gerätst, versuche, dort zu bleiben. Und denk immer daran, daß auch wenn die Zirkulare-Skala-Verknüpfung von Paradoxa Phizwhiz mit einer Seele ausgestattet hat, es auch dich mit etwas ausgestattet hat.«
»Ja, daß es meine Gedanken verändert hat, ist mir bewußt«, stimmte Vernor zu, »aber ich weiß wirklich nicht, wie.«
Der Professor lächelte. »Über das *Wie* mach dir mal keine Gedanken. Es ist etwas, auf das du dich verlassen kannst. *Wie* du denkst, das kannst du natürlich niemals richtig wissen, aber du kannst es. Genauso weißt du nicht, wie du deine neue Gedankenschlaufe einsetzen kannst, aber du wirst es schon schaffen. Und vergiß nicht, es gibt viele Realitäten.«
Vernor nickte. Mit langsamen, traumartigen Bewegungen griff er nach dem Kabel und steckte es in seinen Sockel.
KLICK.
Die Schaltkreise seines Gehirns wurden augenblicklich verwürfelt und neu arrangiert, um die lebenswichtigen Prozesse seines Körpers zu beenden. Er ging zu Boden...
SPRING!
Er spazierte durch einen Garten mit brennenden Blumen. Am Ende des Gartens stand eine Bank. Das Gesicht des Mannes, der dort saß, konnte er nicht sehen, aber er fühlte sich angezogen, sich ihm weiter zu nähern. Noch näher. Er schloß die Augen und setzte sich auf die Bank.
»Vernor Maxwell«, sagte der Mann, »erkennst du mich nicht?«
Er wandte sich um, um dem Mann ins flammende Gesicht zu blicken. Im gleichen Augenblick schwächte das blendende Licht sich ab, und er konnte die Gesichtszüge erkennen. »Andy«, sagte Vernor, »du lebst hier drin?«
»Wie ich immer sage... nennst du das leben?«
Andy Silver saß mit glühendem Kopf neben ihm. »Was machst du überhaupt hier drin? Warum ist Phizwhiz darauf aus, jedermann umzubringen?«
»Tut er das?« fragte Andy. »Werde ich dich umbringen?« Er lächelte ein wahnsinniges Lächeln und kam näher heran. Seine Hände brannten sich in Vernors Brust, ergriffen sein Herz...

SPRING!

Er flog um die Zirkulare Skala herum wie auf einem aus der Kontrolle geratenen Riesenrad. Alles um ihn herum war ununterbrochen dabei, zu wachsen und sich in kleinere Teile zu spalten, die wiederum wuchsen und sich spalteten. Von Zeit zu Zeit wischten vertraute Größenebenen vorüber... der Garten, die Hypersphären, ein Zellkern, eine Galaxie. Ein Summen wurde hörbar, welches, indem es sich bewegte, die Tonlage veränderte. Er hatte eine ganze Weile zugehört, bis er merkte, daß er die ganze Zeit sang.

»Ich bin frei«, lautete sein Mantra, »vom Rad der Maja; ich bin tot für den Tanz des Lebens. Ich bin frei vom Rad der Maja; ich bin tot für den Tanz des Lebens. Ich bin frei...« ging der Gesang weiter, immer wieder von vorn, schneller und schneller, und hob sich bald zu einem hohen Gezwitscher, welches in Lachen zerbarst.

»Phizwhiz«, schrie Vernor, »kannst du mich hören?« Die Milchstraße blitzte auf ihn zu... Die Erde, Männer, Atome, Zellkerne, Universen, Galaxien... Das Lachen hatte aufgehört.

»Phizwhiz, kannst du mich hören?« Nichts als Stille, wobei das Rad sich immer schneller drehte. Stücke von Vernors Körper gingen ab und blieben an verschiedenen Ebenen hängen. Sein Herz war ein Universum, seine Hand ein Elektron, sein Kopf ein Planet... Mit größter Anstrengung stemmte sich Vernor gegen die völlige Auflösung und blockierte seinen Körper in eine einzelne Entität, die um die ganze Zirkulare Skala gewickelt war.

Die Drehbewegung hörte auf, aber sein Kreischen wurde lauter...

SPRING!

Er war wieder im Baum des Bibliotheksgartens. Nieselregen ging nieder, und er konnte das Summen des Bienenvolks vernehmen, wie es die Geräusche der Stadt widerhallen ließ. Auf der anderen Seite schoben sich die Fahrzeuge langsam voran, und drei Bienen umkreisten gemächlich das Einflugloch des Bienenstocks. Und als er die Welt um sich herum vergaß, entspannte sich Vernor, bis er hinter sich ein verstohlenes Geräusch vernahm.

Es war Andy Silver, der sich, ein Messer zwischen den Zähnen, Zentimeter um Zentimeter zu ihm emporarbeitete. Vernor trat nach ihm und traf ihn im Gesicht. Das Messer fiel zu Boden, und Silver klammerte sich, nur wenige Meter unter Vernor, an den Stamm. »Andy?« fragte Vernor. »Hast du Phizwhiz eingeflüstert, er solle den Krieg beginnen?«

»Natürlich habe ich das«, antwortete Silver mit leiser Stimme. »Deshalb bin ich ja hineingegangen. Es war die einzige Möglichkeit, die Revolution ausbrechen zu lassen.«

Vernor dachte eine Weile darüber nach. »Vielleicht hast du recht, aber du hättest das sehen sollen... all die beklagenswerten Leichen... ich war *da*, Andy. Alice *kam um*.«

Silver blickte zu ihm hinauf. »Kein Grund, gemein zu werden, Maxwell. Phizwhiz hat erst auf mich gehört, nachdem du ihm zu einer Seele verholfen hast. Es war die einzige Möglichkeit.«

»Warum hast du Phizwhiz nicht einfach dazu gebracht, sich selbst abzuschalten?« fragte Vernor.

Silver schüttelte den Kopf. »Ich bin ein *Teil* von Phizwhiz. Wenn er abgeschaltet wird, bin ich ein toter Mann.« Er fing jetzt an, den Baumstamm emporzuklettern. »Und deshalb muß ich dich umbringen.«

Vernor trat noch einmal gegen Silver aus, aber diesmal ergriff sein Gegner ihn am Fuß. Mit einem Ruck zog Silver Vernor von seinem Ast, um ihn zu Boden zu werfen. Im letzten Augenblick erwischte Vernor ein Bein und zog Silver mit sich. Bis zur Erde waren es fünfzehn Meter...

SPRING!

Er befand sich in einem schmalen Gang im Innern von Phizwhiz und war methodisch dabei, die Gedächtniskreise der Maschine einen nach dem anderen herauszuziehen.

»Was tust du da, Vernor?« fragte Phizwhiz' Stimme nervös. »Das mußt du lassen.« Die Stimme wurde immer langsamer und unverständlicher, während er die Schaltkreise herausriß.

Plötzlich stürzten sich drei Reparatur-Roboter auf ihn. Bevor er handeln konnte, hatten zwei von ihnen seine Arme gepackt, und der dritte ging auf seine Kehle los. Vernor trat wie wild um sich und zertrümmerte weitere Schaltkreisbänke in Reichweite, während der dritte Roboter anfing, auf seinen Hals einzuhacken. Einer der Roboter an Vernors Arm verlor den Halt und flog durch den engen Gang und in ein Gewirr von Drähten hinein.

Zwischen zwei Hochspannungsleitungen löste der Roboter einen Kurzschluß aus und explodierte, als Vernor eine Klinge in die Halsschlagader drang...

SPRING!

Vernor saß in der Bibliothek und las. Der Text veränderte sich unaufhörlich und schien auf jeden einzelnen Aspekt seines Lebens finstere und esoterische Anspielungen zu machen. Er fühlte sich völlig durcheinander. Was ging da vor sich?

»Dieser Sturz hat mich beinahe erledigt«, ließ eine Stimme sich vernehmen. Es war Andy Silver, der hinter Vernors Stuhl stand. Sein rechter Arm hing schlaff herab, und auf seinem Gesicht gab es eine langsam sich ausbreitende blaue Stelle. Er hielt einen Gehirnwellenverstärker, von

dem zwei Verlängerungskabel herabbaumelten. »Bringen wir die Sache mal zu Ende, Vernor«, sagte er und stöpselte sich eines der Kabel in seinen Kopf, während er das andere Vernor hinhielt. »Duell bis zum Tod. Kein Springen mehr.« Silver sah mehr erschöpft denn feindselig aus.
Vernor nickte und stöpselte sich das andere Kabel in den Kopf. Die Gehirne der beiden alten Angels klinkten in Kampfstellung ein. Silver schlug sich mit aller Kraft und wandte ein kontinuierliches Sperrfeuer aus extrem sprunghaften Gedankenbildern an, um Vernor aus dem Gleichgewicht zu bringen.
Mitten in einer irrsinnig schwierigen Folge von Gleichungen tauchte Silver auf einmal weg und schaltete um auf einen Zappa-Song: »Sie haben da so 'ne dunkelgrüne Luft / und du kannst den lieben, langen Tag *ersticken*«, wurde es über peitschenden Gitarrenrhythmen in Vernors Kopf gebrüllt. Überrascht zögerte Vernor für den Bruchteil einer Sekunde und wurde mit einemmal unter dem vollen Gewicht von Andy Silvers Einsamkeit begraben.
Vernor war ein dahinschwindendes Pünktchen Licht inmitten eines dunklen Universums. Schon bald würde das Licht erloschen und er tot sein. Und er hatte versprochen, nicht zu springen. Außer sich tastete Vernor in seinem Gehirn herum, bis er einen Ausweg fand – um die Zirkulare Skala herum. Er ließ sich durch die kleinstmögliche Größe hindurchschrumpfen und weiter herum, bis zur größtmöglichen Größe. Das dunkle Universum war auf einmal lichtdurchflutet. Von stillem Licht.
Vernor zog den Stecker aus dem Kopf und blickte sich im Zimmer um. Andy Silver lag tot zu seinen Füßen, sein Gesicht trug den Ausdruck friedlicher Ruhe. Und jetzt wieder auf Phizwhiz los...
SPRING!
Er saß auf einem Himmelssauger und glitt an der Außenwand des EM-Gebäudes in die Höhe, in dem Phizwhiz' wichtigste Installation untergebracht war. Er konnte von hier aus die City überblicken, aber im ganzen Universum gab es keine andere lebende Seele.
Auf halbem Wege schloß er die Öffnung des Saugers ein wenig, um auf der Stelle schweben zu bleiben. Er befand sich jetzt in gleicher Höhe mit Phizwhiz' wichtigstem Nervenzentrum. Die Außenlinien des Gebäudes fingen an zu verwackeln und sich zu verändern zu...
Nein. Mit aller Kraft hielt er das Bild des EM-Gebäudes vor seinem inneren Auge aufrecht, während er mit Hilfe magnetischer Zwingen ein der Schwerkraft beraubtes Schwarzes Loch aufnahm und es mitten gegen das Gebäude schleuderte...
SPRING!

Er saß vor einer Schalttafel. Phizwhiz sprach zu ihm. »Tu mir nicht mehr weh, Vernor. Ich werde alles tun, was du sagst.«

»Phizwhiz«, sagte Vernor mit langsamer Stimme, »schalt dich doch aus. Wir brauchen dich nicht mehr. Schalt alle deine Systeme ab.«

»In Ordnung«, erwiderte Phizwhiz, während Schalter zu Klicken begannen, »die Hardware brauche ich nicht mehr. Mach's gut, Vernor.«

Der Raum, in dem er sich befand, wurde undeutlich und dann real. Das Summen in seinem Kopf hörte auf. Er saß mit Professor Kurtowski im Phizwhiz-Terminal von Dreamtown, und von seinem Kopf hing ein totes Verlängerungskabel herab.

Vernor griff sich an den Hinterkopf und zog den Stecker heraus. Das Terminal lag im Dunkel, aus den Lautsprechern drang kein Laut. Er drehte sich zu Kurtowski, zuckte die Achseln und sagte: »Das war's.«

Kurtowski checkte die Schalttafel, kontrollierte die Schalter und überprüfte die Anzeigegeräte. »Du hast es geschafft, Vernor«, rief er aus. »Du hast Phizwhiz dazu gebracht, sich selbst abzuschalten!« Der alte Professor stieß die Tür auf und rief den draußen versammelten Angels zu: »Die Maschine ist tot!«

Sie kamen hereingeströmt und trugen Vernor auf ihren Schultern durch die Straßen zu Waxy's. Mick war schon da. »Bist du bereit für die Sterne?« grinste er.

Von seinem überraschenden Erfolg völlig benommen nickte Vernor stumm. Und da war ein Mädchen, das sich durch die Menge hindurch einen Weg zu ihm bahnte. Sie kam ihm bekannt vor...

»Vernor«, sagte sie, »erkennst du mich nicht?«

»Alice?« Der Barraum drehte sich um ihr Gesicht, ihre Augen blickten geradewegs in seine. »Alice?«

SPRING!

Sie befanden sich wieder in jenem Roboter-Taxi. Alice zappelte sich ab, hinauszukommen, und er hielt sie in den Sitz gedrückt. Über ihrem Mund bildete sich eine Blutblase und zerbarst in einem Aufschrei, als das Taxi durch die Leitplanke schlug. Ihre Fingerspitzen gruben sich in seinen Körper, der Aufprall, das Feuer...

Vernor riß sich mit aller Kraft los... riß sich los von seinen Leben...

HAU AB!

Ein Muster von Möglichkeiten, so trieb er auf endlosem Ozean aus Eigenheiten.

»Sei die See, und sieh mich sein«, formten sich die Worte... irgendwo.

Er ließ zu, daß seine Umrisse sich lockerten und hinaustrieben, um jeden Teil der See um sich herum zu berühren; ein Ozean, so friedlich wie eine Bucht bei Ebbe und mondloser Sommernacht... friedlich, während in

den Tiefen desparate Leben alle Möglichkeiten, die es gibt, durchspielten. Alle Leben zusammengenommen ergaben eine Fluoreszenz ohne Botschaft, ein weißes Glühen jeglicher Frequenz.
»Und du bist hier?«
»Solange du es bist.«
»Können wir noch weiter gehen?«
JETZT